AF289744

R. ONCEDOR

Édition : BoD – Books on Demand, 12/14 rond-point des Champs-Élysées, 75008 Paris.

Impression : BoD - Books on Demand, Norderstedt, Allemagne.

ISBN : 9782322230273

Dépôt légal : juillet 2020

SOMMAIRE

I

LOYAUTE

DE CHAIR ET DE SANG

Texte d'ouverture

La musique vibrait dans toute l'arène.

Les gradins surchauffés par le soleil tressautaient sous ses basses agressives ; les pieds des spectateurs frappaient le métal de plus en plus vite, de plus en plus fort, imposant le rythme du combat, le rythme de la mort.

– Et devant vos yeux éblouis, hurlait le speaker agrippé à son micro, voici le tueur millénaire, le monstre aux cent victoires ! Vous le connaissez tous ! Carapace de tortue, six pattes d'ours, un dard de scorpion et une tête de lion… Vous l'avez tous vu triompher des wyvernes, des basilics mortels, des dragons et même des redoutables manticores ! Il est ici parmi nous au terme d'un long voyage, j'ai nommé… j'ai nommé… Oui ! C'est lui ! Le grand noir ! Un tonnerre de bienvenue pour Asmar !

Une vague de cris roula dans les tribunes, soulevant les corps et les esprits ; une vague de bras se leva le long des balustres, comme autant d'offrandes à des dieux disparus.

– ASMAR ! ASMAR ! ASMAR ! scandait la foule en délire.

En contrebas, près de l'entrée de la fosse, se tenaient deux compères accoudés aux énormes barrières.

– C'est à nous, lança le plus grand – celui qui avait les yeux clairs et un air mutin – avec un clin d'œil. Asmar, pépère, t'es prêt ?

Dans un grincement de fin du monde, le camion garé près d'eux s'agita lourdement, faisant protester ses essieux, piétinant l'herbe grillée par le soleil.

– Je crois qu'il est en forme, commenta le second, un petit brun mince comme un fil de fer.

À leur gauche, les barrières de quatre mètres de haut commencèrent à s'ouvrir lourdement, coulissant sur leurs gonds mal huilés avec un gémissement.

– QU'ON FASSE ENTRER LA BÊTE NOIRE ! ASMAR, JE T'INVOQUE PARMI NOUS ! rugit le speaker dans l'arène.

Les mugissements du public s'élevèrent une nouvelle fois. Enzo, épongeant ses cheveux dont la blondeur disparaissait sous la sueur, secoua sa grande carcasse avec un grognement et alla ouvrir le van.

Il y eut un chuintement et la porte s'effondra dans l'herbe d'un grand coup, délivrant des volutes de vapeur dans l'air brûlant. Une vague d'humidité jaillit du camion et submergea Enzo. Elle portait avec elle l'odeur de la bête, reptilienne et musquée.

Deux yeux d'or miroitèrent dans la pénombre du camion, clignant sous le soleil caniculaire ; leurs pupilles se rétractèrent en lames de couteau inhumaines.

– Allez, mon vieux. C'est à toi, dit Enzo en faisant deux pas en arrière.

Deux foulées lourdes, gigantesques, qui ébranlèrent le véhicule tout entier, amenèrent le monstre au niveau de son maître. La lumière du jour révéla lentement ses écailles d'obsidienne, dansa entre les stalagmites qui s'élevaient de sa carapace, puis coula sa queue de scorpion dans un moule d'or et d'argent.

Enzo posa la main sur le front de la créature, qui lui prenait bien deux têtes. Gantés d'une mitaine en cuir noir, ses doigts effleurèrent le mufle énorme, déposèrent une pichenette sur sa truffe de lion, avant de gratter les poils rêches aux couleurs de savane. Les grands iris aux lueurs de braise, calmes, confiants, s'accrochaient aux siens.

– Fais-leur manger la poussière, murmura l'homme à l'oreille de la bête.

Puis il se retira. La tarasque contracta les muscles de ses six pattes, faisant gémir la porte du van sous ses deux tonnes et demie. Dans un bond magistral, l'animal se propulsa à l'intérieur de l'arène et creusa le sable sous le poids de son atterrissage tourbillonnant. La musique mugit sur un rythme plus effréné tandis que la grille se refermait derrière lui.

– LE VOILÀ ! ACCUEILLONS ASMAR COMME IL SE DOIT !

Enzo rejoignit son ami d'un pas indolent. Celui-ci observait la tarasque rugir en arpentant l'arène. Aussi noirs que nuit, les yeux d'Aaron se plissaient sous l'éclat insoutenable du soleil qui brûlaient désormais terres, hommes et bêtes sans aucune saison de répit.

– ASMAR ! lança encore le speaker tandis que la foule scandait ce nom célèbre. Raconte-nous ! Quel est ton secret pour trucider tes ennemis aussi facilement ? Pour les découper en rondelles, les égorger, les réduire en miettes ! tonna-t-il dans le chaos des tribunes.

Le grand mâle tarascon rugit à son tour en secouant sa crinière de jais. Il partit dans un lourd galop, effleurant les grilles, faisant jaillir des éclats de sable sous ses six pattes pleines d'écailles. Des vivats saluaient son passage ; des mains se tendaient dans les tribunes comme pour bénir le monstre qui galopait en contrebas.

Pris dans la folie ambiante, ses deux propriétaires levèrent les bras eux aussi, poings brandis vers le ciel, hurlant des cris de guerre.

– Vas-y, Asmar ! Montre-leur ! braillait Aaron, son t-shirt trempé de sueur faisant luire sa peau mate.

– ASMAR ! gueulait le grand blond à ses côtés. ASMAR ! FAIS LE BEAU ! FAIS LE BEAU !

Loin là-bas, au bout de l'arène, la tarasque fit pivoter l'une de ses oreilles de chèvre, occupée à rugir tout son saoul en battant l'air de son dard venimeux.

– As-mar ! Fais-le-beau ! cria le duo en martelant du poing la balustrade. As-mar ! Fais-le-beau ! As-mar ! Fais-le-beau !

Dans un mugissement de taureau qui monta vers le ciel et submergea les gradins tout entiers, le grand mâle se dressa sur lui-même, soulevant sa première paire de pattes, puis la seconde, hissant lentement sa carapace énorme pour atteindre la verticale, dans un nouvel équilibre surnaturel qui faisait onduler ses muscles. Il rugit à nouveau, la gueule désormais au niveau des grilles et des mains qui s'y tendaient, espérant effleurer le mufle du fauve.

– OUAIIIIIIIIIS ! explosèrent ses maîtres, sur le point de briser la rambarde à force de la frapper sur le rythme lourd et entêtant de la musique.

Asmar remit pied à terre, ébroua tout son corps dans un frisson reptilien ; il se tourna vers Enzo et Aaron, ces deux petites silhouettes qui s'agitaient ridiculement à l'autre bout de l'arène. Il entrouvrit la gueule, laissant éclater le blanc de ses crocs en pleine lumière, dans un simulacre de sourire. Les deux garçons répondirent par des hululements plus stridents encore, entrecoupés d'éclats de rire.

– Mec ! hurla Enzo pour couvrir le vacarme des gradins. Prêt à se faire un max de thunes ? Ce soir ils scanderont nos noms avec celui du pépère !

– Tais-toi, ils envoient l'adversaire ! brailla Aaron en le poussant d'une bourrade.

Le speaker avait enfin fini de chauffer la foule – qui était partie pour deux heures de folie, au minimum – et introduisait la bête qui allait combattre leur Asmar.

– Mais face à cette tarasque qui gagne toujours va se tenir un combattant lui aussi invaincu ! Voici venir un monstre terrifiant ! Corps de lion et queue de scorpion, avec un terrible visage mi-homme mi-requin… qui est-ce ? Oui ! Vous avez bien entendu ! C'est la monstrueuse manticore ! Accueillez la Faucheuse comme il se doit !

Enzo et Aaron n'écoutaient déjà plus. Leur regard plein de ferveur était fixé sur Asmar, qui trottait sur le sable brûlant en petits cercles, tel un lion sur son territoire, et rugissait à chaque phrase du speaker comme pour défier celui dont il parlait ainsi.

– Il est magnifique, dit Aaron avec amour.

– Manticore ou pas, il va la trucider, répondit Enzo, un sourire jusqu'aux oreilles. Il en a déjà tué plusieurs !

Les deux compères n'étaient pas des maquignons ordinaires. Certes, il leur arrivait de trimballer un ou deux matagots illégalement, de racheter des pégases boiteux ou de vendre des bébés dragons non déclarés sur le territoire ; mais ce n'était qu'une activité comme une autre pour réussir à payer tous les frais que demandait leur véritable job : entraîneur de monstres.

Enzo, le grand, le fort, l'ambitieux, le passionné, avait grandi dans une riche demeure bien trop aseptisée pour lui, en tentant d'apprivoiser des scorpions, de caresser des mygales et de dresser des darts – des chats mi-serpents – en espérant qu'ils deviendraient manticores en grandissant.

Évidemment, un dart restait un dart, pas un bébé manticore, et l'enfant capricieux avait vite compris qu'il devait viser plus haut, et surtout beaucoup plus redoutable, s'il voulait devenir célèbre.

Il avait réussi, les dieux seuls savaient comment, à embarquer un quasi-inconnu dans les combats de monstres ; Aaron le rusé, le malicieux, qui aimait les créatures des livres et avait appris à dresser celles de la réalité, ces mêmes animaux qui traînaient dans les banlieues en fouillant les poubelles.

Un soir pluvieux, en ces années où il y avait encore de la pluie dans leur pays désormais écrasé par le soleil, le duo était tombé sur un carton à moitié déglingué, perdu dans les bas-fonds de la ville. Un carton qui se remplissait d'eau à vue d'œil. À l'intérieur, il y avait une espèce de truc pas très engageant, une sorte de petit diable noir et couvert de piquants qui était en train de se noyer.

Enzo s'inquiétait plus de l'averse polluée qui lui dégringolait dans le cou que du bébé bestiole en train de mourir sous ses yeux. Il avait voulu continuer leur chemin, mais Aaron avait croisé le regard d'or de l'animal, ces grands iris ronds et chauds, tout pleins de panique. Il avait retiré son anorak, emmitouflé sa main dedans, et avait extirpé du carton la petite boule piquante.

Enzo avait tempêté, disant qu'ils avaient assez à faire au quotidien avec leurs boulots minables, tentant de gagner assez d'argent pour acheter leur premier monstre. Ils n'avaient guère le temps d'élever une bestiole inconnue. Mais une fois n'est pas coutume, Aaron avait tenu bon, et il était parti avec.

Et six ans après, Enzo, même s'il ne l'aurait jamais admis, lui savait gré d'avoir gardé ce petiot tout laid qui était devenu leur Asmar.

Contrairement à la plupart des propriétaires de monstres, qui les dressaient à la dure, les enchaînaient, les battaient, les affamaient deux jours avant chaque combat pour les rendre plus féroces et plus efficaces, Enzo et Aaron n'avaient jamais eu à apprendre la haine à Asmar. Celui-ci était plein d'intelligence et de force, il n'avait pas besoin d'aimer le goût du sang. Il comprenait extrêmement vite ce qu'attendaient ses maîtres. Ils l'avaient éduqué, non dressé : éduqué à les suivre sans aucune laisse, éduqué à rester sage sans aucune chaîne, éduqué à faire le beau pour la foule, éduqué à rugir sur demande. Asmar était un gourmand, pour qui la récompense d'un gigot d'agneau était bien plus efficace que la menace d'un quelconque fouet. Les deux compères l'avaient très vite compris. Leur petite noirceur timide, sauvée de la noyade, s'était lentement transformée en un énorme mâle tarascon.

Asmar, même si Enzo ne l'aurait jamais admis non plus, représentait bien plus qu'une source de revenus et de distraction. Il était leur animal de compagnie, presque leur frère ; il avait dormi sur le lit d'Aaron, lui avait léché la figure chaque jour pendant plus d'un an, avait manqué de tuer un cambrioleur qui avait cassé une vitre de son appartement. Asmar était le troisième cœur de leur équipe, qui n'était un duo qu'aux yeux de la loi.

Et les trois larrons escomptaient bien faire régner la terreur dans l'arène encore quelques années, avant d'offrir une retraite bien méritée à chaque membre de l'équipe – de préférence sur une île paradisiaque quelconque.

– La voilà ! La terrible manticore ! Noyez-la dans un tonnerre d'applaudissements, voici la Faucheuse et ses mâchoires d'acier !

Il y eut un bref silence avant que les cataractes d'applaudissements ne se déversent dans l'arène. La grille se hissa lourdement vers le ciel, préparant l'entrée du monstre.

– Wow wow wow ! réagit le petit brun tandis qu'Enzo souriait encore. Ses mâchoires d'acier ? Les manticores sont toujours muselées !

Enzo redevint sérieux lui aussi, ses yeux bleu acier reprirent toute leur acuité tandis qu'il lui hurlait dans l'oreille :

– C'est une arène illégale, tu te souviens ? Il n'y a aucune règle !

Du gouffre noir tout là-bas, sous les hauts gradins, jaillit une énorme bête au pelage aussi rouge que le sang. La manticore s'ébroua, redécouvrant le soleil qui lui frappait le crâne à grands coups de lance douloureux ; elle trotta un peu sur le sable, son corps de lion s'étirant souplement. Greffée à même la peau, son armure scintillait douloureusement sous les regards du public.

– Ça aussi c'est interdit, gronda Aaron. Putain de propriétaire borné…

Seize lames d'acier articulées, implantées à la place de ses griffes, marquaient le sable de virgules agressives. Sa crinière avait été scalpée, remplacée par des transmetteurs radios, des aiguilles de fer et des nerfs synthétiques ; un anneau magnétique tournoyait autour de son cou massif, protégeant tout ce matériel fragile en miroitant sous les rayons lumineux du ciel. Au milieu de son visage presque humain brillaient deux yeux aveugles et immobiles. Sa bouche monstrueuse, qui s'étirait d'une oreille à l'autre, dévoilait tant de dents de requins que fermer les lèvres lui était impossible. Aaron était prêt à parier qu'à l'intérieur de son corps recousu, plus grand-chose n'était d'origine, mis à part sa peau scarifiée.

– Putain mais c'est quoi ce truc ? s'exclama-t-il. Regarde sa tête ! Son proprio la contrôle à distance ! C'est illégal, ça ! Illégal !

– Tu m'écoutes ou quoi ? On a tous les droits ici ! Même d'en faire des zombies ! Pépère va quand même la pulvériser, alors arrête de me brailler dans l'oreille !

Un sinistre pressentiment commençait à monter des entrailles d'Aaron, à gangréner son estomac, à lui faire glisser des gouttes de sueur le long du front. Ce n'était pas la première fois qu'ils amenaient Asmar dans une arène illégale, mais c'était la première fois qu'une telle chose se dressait devant lui.

Aaron en avait entendu parler, de ces propriétaires impies qui changeaient leurs bêtes en machines télécommandées, mais jamais il n'aurait cru en voir de ses yeux. Fallait-il être fou, fou à lier, pour changer une force de la nature en un esclave rampant ! Les implants cybernétiques étaient la norme depuis une bonne décennie, que ce fût pour les humains, les animaux de compagnie ou les bêtes de combat ; les griffes d'acier, les cuirasses de bronze, les colliers à clous, les visions infrarouges, les capteurs de mouvement, tout cela était commun pour un monstre d'arène. Mais un cahier des charges extrêmement strict régulait les améliorations biotechnologiques pour chaque espèce. Il n'y avait que dans les arènes de non-droit que l'on trouvait des dragons énucléés avec un bandeau infrarouge connecté à leur cerveau, des licornes aux os de titane, des chimères qui combattaient en exosquelette… et des manticores commandées à distance.

Et non muselées.

Aaron espérait au moins que le propriétaire avait eu la décence de ne pas foutre en l'air toutes les lois appliquées aux manticores de combat – créatures de catégorie A, qui devaient être muselées et dévenimées – et qu'il avait au moins vidé ses glandes à venin.

Le fier Asmar, face à la chose qui rugissait en tâtant ce sable qu'elle ne voyait pas, gonflait son poitrail de taureau et claquait ses mâchoires de lion, défiant son adversaire de venir au contact. Le fait d'affronter pour la première fois une manticore zombie, améliorée et démuselée ne semblait pas l'émouvoir.

Ici, le grand mâle était sans aucun doute la seule et unique bête de combat qui n'avait pas subi une seule opération chirurgicale – et qui avait dépassé les deux mois d'espérance de vie. Ni Aaron ni Enzo ne croyaient au pouvoir des artefacts technologiques. Pour l'un comme pour l'autre, c'était la force, l'intelligence, la rapidité qui faisaient le vainqueur. Et jusqu'à présent, le bel Asmar leur avait donné raison.

Jusqu'à présent.

Aaron se cramponnait de plus en plus fort à la rambarde, tandis que ce crétin d'Enzo continuait de brailler en tapant du poing.

– Je le sens mal, dit le brun à voix basse.

Mais personne ne l'entendit. Lorsque le gong résonna dans toute l'arène, au son d'un « PREMIER ROUND ! » titanesque, les deux monstres se propulsèrent l'un vers l'autre sous les vivats les plus intenses.

– Je le sens vraiment mal, putain !

Asmar esquiva, frappa, esquiva encore ; crispés sur les barrières, ses deux maîtres braillaient sans arrêt avec leur voix déjà cassées, en rythme avec ses mouvements, le guidant, l'encourageant, sachant qu'il entendait leurs timbres au-dessus du maelström bruyant de la foule. Lors des combats, ils n'avaient qu'un esprit pour deux, qu'un cœur pour deux. Les pensées fiévreuses qui leur traversaient le crâne étaient exactement les mêmes, calculant les frappes possibles, les issues, les points de faiblesse de l'adversaire.

– ESQUIVE ! FRAPPE ! ESQUIVE !

– Cours, cours putain ! COURS !

Asmar courut, volta pour se retourner en un instant fulgurant, juste au moment où la manticore allait lui bondir dessus ; il planta les dents dans sa gorge, ou plutôt dans cet anneau magnétique qui tournoyait, tournoyait sans jamais s'arrêter.

– LÂCHE ! LÂCHE CE PUTAIN DE TRUC !

Il ouvrit les mâchoires, se rétablit au sol dans une rosace de sable projetée vers le ciel par le contrecoup, puis esquiva et bondit encore.

– ESQUIVE ! FRAPPE ! ESQUIVE ! FRAPPE !

Il esquiva, frappa, esquiva, frappa, à se demander s'il était une tarasque de deux tonnes et demie ou bien un cobra plus vif qu'une anguille. La manticore, lente et assujettie aux transmetteurs enfoncés dans la chair de sa nuque, subissait ses attaques sans réussir à le toucher. La foule rugissait à chaque morsure, exigeant le sang du plus faible des deux, exigeant sa mort.

– AS-MAR ! AS-MAR ! AS-MAR !

Le grand mâle tourbillonna dans une volte effrénée, faisant gicler le sable en gerbes scintillantes, noyant le duo de monstres dans une vapeur de poussière et de chaleur qui les cacha une seconde à la vue du public.

– PUTAIN ASMAR, OUI ! OUI ! Recommence ! brailla soudain Aaron, cramponné à la balustre, qui arborait le teint d'un malade ou d'un mort.

Asmar recommença ; la manticore ne savait comment réagir, elle ne bougeait pas entre l'instant de la levée de poussière et celui de la retombée.

– En faisant ça, il cache la vue à celui qui dirige la manticore, comprit Enzo.

– ASMAR ! Utilise ça ! rugit son ami d'une voix qu'on n'imaginait guère sortir d'un corps aussi mince.

Au centre de l'arène, sous les pieds du speaker perché en haut de sa colonne de métal, le décompte des minutes luisait en lettres rouges.

1 : 35

1 : 34

— Allez, allez, allez, marmonna Aaron en s'essuyant le front.

La tarasque rampa dans le sable chaud, puis on la devina bondir sous les ondes dorées qui la rendaient brièvement invisible ; lorsque les deux adversaires réapparurent, elle avait les mâchoires scellées sur la gorge fragile de la manticore et s'employait à la réduire en pièces.

— OUAIIIIIIIS ! mugirent les deux acolytes avec le public.

Mais son adversaire se propulsa soudain sur ses pattes de devant, en un équilibre artificiel qui distordait son corps entier. Son dos se releva vers l'arrière, sa queue de scorpion scintilla un instant dans l'éclat dur du soleil, avant de frapper dans une courbe étincelante.

Frapper.

Frapper encore.

Asmar poussa un rugissement tel que ses maîtres en lâchèrent leur balustre et se cramponnèrent l'un à l'autre, glacés d'effroi ; mais ils se mirent à bondir en hurlant leur joie lorsque celui-ci s'éloigna de la manticore et repartit pour un tour de piste triomphant, dans un grand galop qui faisait tressauter sa carapace hérissée de pointes.

— Elle l'a pas eu ? souffla Aaron, sur le point de mourir de panique comme un lapin au cœur trop rapide.

— Elle a visé la carapace, cette conne ! répondit Enzo en s'épongeant le front de sa manche. Putain, plus jamais d'arènes illégales, c'est la dernière fois qu'il combat des manticores non réglementées !

— Je dis ça à chaque fois, mais tu m'écoutes jamais !

Souple et sinueuse, la manticore zombie glissa son énorme carcasse dans le sillage du tarascon, son visage de spectre giflé par les rafales de sable qu'il projetait derrière lui.

Ses propriétaires surveillaient le décompte.

— Plus que trente secondes. S'il tient ce round, on ramasse le fric et on se tire, dit Aaron dont le pressentiment se faisait plus présent à chaque seconde, plus désagréable, plus lourd.

— Le fric ? Qui aurait parié contre lui ? jeta Enzo. Ça crève les yeux que le monstre d'en face n'est pas à la hauteur ! Si on veut ramasser quelque chose, il va falloir rester plus longtemps !

— Hors de question ! Lui, on l'a dévenimé, mais cette satanée bête, elle peut le tuer en un instant avec son dard ! On finit ce round et on se tire ! s'énerva Aaron qui transpirait de plus en plus abondamment sous la panique qui l'envahissait.

— Hé, ok, calme-toi maintenant, calme-toi ! Ok, après ce round on s'en va ! cria Enzo à son oreille.

Leurs yeux remontèrent sur l'arène pour suivre le combat, juste à l'instant où le dard de la manticore transperçait l'œil droit d'Asmar.

Elle frappa.

Frappa encore.

Et encore.

Puis, son œuvre achevée, elle attendit patiemment.

Asmar resta debout face à elle, étrangement immobile, son œil crevé ruisselant de sang et de poison ; au bout d'un moment, il bascula doucement sur le côté, emporté par son propre poids comme un arbre frappé par la foudre. Le sol trembla dans l'arène lorsqu'il s'y effondra. La manticore s'avança jusqu'à le surplomber et pencha vers lui ses mâchoires de requin.

La gueule emplie d'une bave blanche et mousseuse, le tarascon convulsait brutalement dans le sable. Lorsque le venin atteignit son cœur, il eut un dernier spasme incontrôlable. Sa carapace se brisa en deux dans un craquement qui sonnait comme un glas.

La manticore ouvrit grand la gueule, très grand la gueule, et ses yeux vides semblèrent sourire.

À l'autre bout de l'arène, transperçant le silence qui engluait les oreilles d'Aaron et Enzo, retentit le cri victorieux de l'homme qui tenait les manettes.

***

Le retour fut long.

Très long.

Enzo avait coupé la musique qui braillait habituellement dans tout le van, et sur laquelle Asmar se dandinait de manière ridicule quand il était dans un bon jour, faisant pencher tout le véhicule.

Recroquevillé sur le siège passager, Aaron sanglotait doucement. Les larmes sillonnaient le visage d'Enzo, très droit face au pare-brise, qui ne faisait pas un geste pour les essuyer. Ses mains se crispaient fort sur le volant, si fort qu'elles en devenaient blanches.

Mais à travers la vitre noyée dans le sang du soleil qui se couchait à l'horizon, ce n'était pas la route qu'il voyait, ni les voitures qui roulaient.

C'était cet instant où tout avait basculé. Cette maudite seconde où Asmar avait baissé sa garde, et où le dard acéré de son adversaire était venu se loger au fond de son orbite.

Cet instant où son corps avait chuté sur le sable, massif et lourd comme une chose déjà morte, comme un cadavre de bœuf que le boucher s'apprête à découper.

Cet instant où les convulsions dues au venin avaient été si fortes que sa carapace, brillante, moirée et durcie par les années, s'était fendue en deux sur toute la longueur, laissant apparaître le corps mou et pâle qui se trouvait dessous.

Cet instant où le cri de joie et de triomphe, le cri fou d'un joueur qui a gagné sa partie, avait retenti dans l'arène.

Les mains blanchies d'Enzo manquèrent de briser le volant à cette pensée ; il les décrispa doucement, doigt après doigt, en respirant profondément.

– Il faut qu'on tue cette enflure.

C'étaient les premiers mots qu'il prononçait depuis plusieurs heures. Ils avaient couru auprès d'Asmar en silence – étaient-ils passés à travers les barrières comme des spectres ? Ils ne se rappelaient pas avoir rampé dessous –, ils avaient hurlé en silence, pleuré en silence, prié les dieux en silence, avaient maudit la manticore et son maître en silence. C'était comme si plus aucun son ne parvenait à leurs oreilles. Comme si l'agonie d'Asmar était une bombe qui avait réduit leurs vies à néant et dont l'onde de choc les avait rendus sourds, sourds à jamais.

Sourds.

Aaron ne répondit pas, d'ailleurs, et Enzo se demanda si l'ouïe lui était revenue.

– Ok, reprit-il au bout de vingt longues minutes, après avoir quitté les tentacules de cette autoroute magnétique qui n'en finissait pas. Je me souviens pas de son putain de nom. Mais on va le retrouver, et on va le battre à son propre jeu. Je veux que cette manticore crève. Je veux qu'elle crève dans les pires souffrances et qu'elle emporte son maître avec elle. Qu'elle crève. *Qu'elle crève !* hurla-t-il soudain comme un possédé.

Aaron ne dit toujours rien. Il avait cessé de sangloter, mais ses yeux noyés de larmes fixaient le pare-brise sans le voir.

– On va trouver un autre monstre, répétait fébrilement son acolyte. On va trouver la bête la plus énorme, la plus féroce que personne n'a jamais vue, on va s'endetter pour l'acheter, s'il le faut. Et s'il le faut, on la battra, on l'enchaînera, on lui apprendra à tuer. *Putain !* S'il le faut, on en fera un zombie, mais elle finira par buter cette manticore du diable !

– Dépose-moi là, dit Aaron d'une voix sans âme.

– Quoi ? sursauta son ami.

– Dépose-moi là.

– On est encore sur la voie magnétique, tu vas pas descendre ici !

– Si. Je ferai du stop pour rentrer chez moi. Après je rappellerai mon chef et je recommencerai à livrer des pizzas.

– Mais tu…

– *Dépose-moi ici.*

Interdit, Enzo ralentit brusquement et décrocha de la voie. Il se gara sur le bas-côté, contre les rails de béton qui prévenaient les accidents. Il regarda Aaron se frotter le visage, l'air épuisé, avant d'ouvrir la grosse portière du van et de trébucher sur le goudron surchauffé. Ils restèrent là longtemps, immobiles, à se regarder dans le blanc des yeux. Puis Aaron finit par se pencher vers l'habitacle, et il murmura – sa voix se perdit presque dans le vacarme de la route, mais Enzo l'entendit pourtant :

– Écoute-moi, espèce de taré, *Asmar est mort.*

Il y eut un silence.

– Il est *mort* et rien ni personne ne changera ça. Surtout pas ta petite vengeance. Moi, j'abandonne, je refuse de continuer. Pas si ça implique de torturer des bêtes ou de tuer des gens.

Une réplique cinglante monta dans la gorge d'Enzo, mais avant qu'il ait eu le temps de la laisser sortir, son ami ajouta :

– Fais ton deuil et laisse tomber les combats de monstres. On a déjà sacrifié Asmar sur cet autel. Ça suffit comme ça.

Il claqua la portière et fit deux pas en arrière. Enzo redémarra sans mot dire, passa lentement les vitesses, la seconde, la troisième, jusqu'à la septième, et se laissa emporter par le torrent des voitures magnétiques, emporter au loin dans ce ressac sans âme et sans vie.

Dans le triple rétroviseur scintillait doucement la silhouette d'Aaron. Il restait là, immobile, perdu au milieu des éclats de soleil qui ricochaient sur le goudron.

***

Contre toute attente, six mois plus tard, ce ne fut pas Enzo qui rappela Aaron, la voix pleine de fébrilité, mais l'inverse.

– Mec ?

– Mec ?

– C'est Aaron !

– J'avais capté ! Tu veux quoi ?

– T'as repris ton boulot ?

– Haha, mon pauvre. Je fais des ménages maintenant, je déteste ça, mais bon.

– T'as laissé tomber ton histoire de vengeance ?

– Ouais.

Enzo marqua une pause indécise, avant d'ajouter :

– Bon, ok, j'ai trouvé un bébé licorne dans une benne, y'a deux mois. Je l'ai ramené chez moi et j'ai voulu l'élever. Mais il a crevé au bout de deux jours, donc ça m'a découragé. J'en ai marre de les voir mourir.

– J'ai une bête pour nous.

– Vraiment ? Toi, tu veux recommencer les combats ?

– Ouais. Une idée m'est venue. J'en ai une sous la main, elle est dix mille fois plus coriace que notre vieux pépère.

– Non, c'était pas ça ma question. C'était : tu veux vraiment la tuer, cette bestiole ?

– Au contraire, je veux la libérer.

Le silence se déploya à nouveau, puis Aaron ajouta :

– Bon, tu sais, j'ai pas mal réfléchi à tout ça. On a eu tort d'envoyer Asmar dans les arènes, ce n'était pas un combattant dans l'âme, c'était plutôt le genre gros nounours. Ok, il était fort, rapide, et il gagnait toujours, mais c'est pas ça l'important. Je me suis rendu compte d'un truc. Les monstres sont comme les hommes : certains sont faits pour se battre, d'autres non. Regarde, toi, on pourrait t'envoyer dans l'arène, même si tu es paresseux…

– Hého !

– … parce que tu as la force, à l'intérieur, et que quelque part, tu y prendrais goût. Tu aimes briller. Moi, même si je suis rapide et que je sais faire mal, je suis pas fait pour combattre. J'ai déjà latté la gueule de trop de gars dans mon quartier. J'aime pas ça. Si tu me mets en arène, j'finirai par crever.

– Tout le monde finit par crever dans les arènes.

– Je sais, c'était pas ce que je voulais dire. Je voulais dire…

– Je crois que j'ai compris ce que tu voulais dire.

– Asmar… reprit Aaron (on entendait les larmes former une boule bien dure au fond de sa gorge). Asmar était pas né pour se battre. Il aurait été mieux en animal de compagnie. On aurait dû le garder à la maison, lui aménager le garage, se bagarrer avec lui… regarder la télé tous les trois.…

Un long silence s'installa entre eux, saturant la ligne téléphonique. Ils imaginèrent brièvement cette vie parallèle qu'ils auraient pu vivre ensemble, tout ce temps qu'ils auraient pu passer ensemble, si seulement…

– Ouais, ça va, j'ai compris, marmonna Enzo. Et la bête dont tu parlais, là, tu estimes qu'elle est du genre à combattre ?

– Oui, totalement. Ça la *libérerait*. Elle a ça dans le sang. Je dis pas qu'elle a la haine en elle, c'est pas vrai. Mais elle a la rage de vaincre. Et elle a besoin de se dégourdir les papattes.

Il ajouta, un ton plus bas :

– Ça fait trop longtemps qu'elle végète chez ma mère.

– Wow wow wow ! Attends ! Tu caches une bestiole chez ta *mère* ?!

– J'te raconterai l'histoire plus tard. J'ai grandi avec elle. Je la connais bien.

– Tu as… hein ? Mais il a quel âge, cet animal ?

– Euh… mon âge.

– *Hein ?* Tu veux faire combattre une créature de vingt-deux ans ? Ouvre un hospice pour vieux et mets-la dedans, le résultat sera le même mais en moins violent !

– Ça va, ça va, elle est à peine vieille.

– Bon, j'exploserai après, dis-moi d'abord ce que c'est, comme espèce.

– Euh…

– Quoi, euh ? T'espères pas que je vais dire oui avant de savoir dans quoi je mets les pieds ? tonna la voix grave d'Enzo à l'appareil.

– Eh bien…

– Aaron ! Crache le morceau ! C'est une manticore ou quoi ?

Une bouffée de haine monta entre les côtes des deux compères à la mention de ce mot, chacun de son côté.

– Oui.

– *Quoi ?* Alors envoie-la brûler en enfer ! J'entraînerai pas cette chose !

– Mais non, andouille, je plaisante. C'est pas une manticore.

Le petit brun prit une profonde inspiration.

– C'est un jackalope.

Il y eut un grand silence à l'autre bout du fil.

– Enzo ? Enzo, tu m'entends ?

– Tu n'espères pas sérieusement jeter un *jackalope* dans l'arène.

– Si. Crois-moi, tu ne la connais pas.

– Je sais que maintenant les éleveurs nous pondent des jackalopes de cinquante kilos, mais ça reste des putains de lapins ! Faudrait que ta bête pèse une demi-tonne, au moins, pour qu'elle ait une chance face aux dragons et aux sphinx !

– Pas des lapins, des lièvres. Elle…

– Mais t'as quoi dans la tête, sérieux ? Tu veux l'envoyer à la mort ? Elle va se faire bouffer dans les premières secondes ! Autant envoyer un dart ou un matagot !

Deux petites créatures à forme de chat, l'une reptilienne, l'autre au pelage noir et chargé de malheur, qui errait en disséminant la malchance autour d'elle.

– N'importe quoi ! réagit Aaron. Tu l'insultes ! Viens la voir chez ma mère avant de prendre ta décision !

– Ma décision c'est non, non, et non. Tu vas envoyer un lièvre de la taille d'un gros chien face à un dragon ou un basilic, mais tu rêves ! Quand je pense que tu m'as regardé de haut, à l'époque, en me disant que tu sacrifierais pas une bestiole de plus sur l'autel des combats ! Franchement, c'est quoi ça, outre une offrande facile ? J'y crois p…

– Ecoute-moi bien, crétin d'Enzo, dit doucement Aaron, d'une voix menaçante qu'il utilisait si rarement que l'autre crut rêver. Tu vas venir au 2, avenue Paul Lacustre, appartement 405. Dans deux jours, entre quatorze et seize heures. Après, ma mère rentre du boulot, et si on se fait pincer, ça va faire mal.

– Euh… ok, lâcha Enzo, interdit.

– Oublie pas.

Aaron raccrocha, laissant son ami éberlué, le portable encore à l'oreille.

***

Enzo, pour une fois, laissa sa mauvaise volonté de côté et apparut à la bonne heure et à la bonne adresse, devant la porte de la mère d'Aaron. Celui-ci lui ouvrit avant qu'il ait eu le temps de frapper.

– Quarante putains d'étages, bon sang ! grogna le jeune homme au visage rond, sa grande carcasse courbée sur ses genoux, en train de reprendre son souffle. Pourquoi elle vit si haut, ta mère ? Elle va finir par crever dans l'escalier ! Et comment tu peux mettre un jackalope dans un truc de deux mètres carrés ?

– On a pas eu le choix, figure-toi. J'ai grandi ici. C'est pas pour rien que je dis que je suis pauvre. Pourquoi tu halètes alors qu'il y a un ascenseur ?

– Il était en panne sur les dix derniers, souffla son acolyte avant de lisser ses cheveux blonds. Bon, tu me fais entrer, ou je vais rester sur le palier ?

– Ouais, ouais, dit Aaron avec mauvaise humeur en ouvrant grand la porte. T'as pas intérêt à faire tes commentaires de riche, j'te préviens.

L'immeuble était déjà sordide quand il était né, et les années ne l'avaient pas arrangé. Il n'était même plus aux normes anti-sismiques. C'était une tour immense qui avait été construite plus de cinquante ans auparavant, pour caser en urgence cette population ouvrière dont personne ne voulait plus et qui proliférait comme un peuple de rats.

– Ok, dit simplement Enzo en découvrant l'intérieur, qui était aussi petit et mal foutu que le chaos y était grand. Je ne dirai rien.

Des objets divers et variés s'entassaient partout, jusqu'à la table de la cuisine et les bords de l'évier, dans une vague hétéroclite qui n'avait pas de sens et recouvrait le T3 entier. Il n'y avait pas besoin de mots, la scène se suffisait à elle-même : cette boîte de conserve déguisée en appartement était bien trop petite, même pour une personne seule.

– Il est où, ton foutu jackalope ? grommela Enzo, doutant qu'un animal de la taille d'un dogue allemand ait pu vivre en ces lieux.

– Il est dans le cagibi.

– Mec…

Enzo s'immobilisa, contraignant son ami à s'arrêter aussi dans le couloir exigu.

– Tu ne caches pas sérieusement un jackalope adulte dans un cagibi de HLM, et ce depuis vingt-deux ans, pas vrai ?

Aaron ne dit rien et le poussa pour passer devant lui, avant de traverser la pièce à vivre.

– Je devrais appeler la SPAN, commenta Enzo en le suivant, avant de se cogner à un cintre auquel étaient suspendues quatre ou cinq culottes.

Société de Protection des Animaux Naturels. Vu leurs activités peu licites, aucun des deux n'avait envie d'avoir affaire à la SPAN. Ce qui tombait bien, vu l'aura plus que limitée de l'association dans ce monde gangrené par l'argent et la corruption.

– Aïe !

– Bien fait.

– C'est une momie, en fait, ta mémé jackalope ? répliqua le blond avec humour. C'est pour ça que tu arrives à la planquer sans qu'elle te démolisse ton cagibi d'un mètre sur deux ?

– Si tu savais. C'est bien loin d'être une momie. Ma mère voulait la vendre, mais c'était hors de question, elle aurait atterri chez un empailleur, un zoo ou directement à l'usine d'équarrissage pour finir dans la pâtée pour sphinx. C'est que j'y tiens, moi. On a quand même grandi ensemble.

– Tu sais que je vais dire non, hein ? Si encore c'était un wolpertinger, là je dis pas, mais…

Les wolpertingers étaient les cousins du jackalope. C'étaient eux aussi de grands lièvres portant des bois de cerf, mais ils possédaient aussi des crocs, des griffes et des ailes immenses. Du moins, quand il en existait encore.

– Tu sais bien qu'ils sont tous morts.

– Je dirais plutôt que les rares qui restent sont dans les musées, ou dans les zoos étrangers pour épater la galerie.

– Si c'était un wolpertinger, mon enfance aurait été encore plus merdique, plaisanta Aaron. Les wolpertingers sont carnivores, c'est autre chose qu'une vieille jackalope caractérielle !

Il posa une main sûre sur la poignée écaillée d'une petite porte. Le cagibi, supposa Enzo en se campant sur ses jambes.

– Ah, tu vois, tu dis toi-même que c'est du suicide de l'envoyer combattre dans l'arène ! lança-t-il, prenant le ciel à témoin. Sans griffes, sans crocs, sans ailes, cette bête ne vaut rien !

– Sans crocs ? Ça se voit que tu t'es jamais fait mordre par un lapin, toi.

– Mec, ne compare pas ça à une morsure de dragon.

– Non, effectivement. Si tu te fais mordre par un lagomorphe, tu te videras beaucoup, beaucoup plus vite de ton sang.

– Un lagoquoi ?

Aaron leva les yeux au ciel et ouvrit lentement la porte du cagibi, dans un grincement lourd qui ricocha entre les parois de l'appartement.

– Va faire connaissance, si tu la trouves si inoffensive que ça.

– Chiche, répliqua Enzo en haussant les épaules.

Il pénétra dans l'obscurité de la petite pièce, en se cognant au chambranle trop étroit pour ses larges épaules. Aaron ricanait ouvertement derrière lui.

– Pfiouh, cette odeur ! Je pensais pas qu'un lapin pouvait puer autant !

– Ma mère lui change sa litière tous les jours, répondit son ami derrière lui. Mais tu peux le faire à sa place, si ça te chante.

– Non merci, pouah. Putain, vous auriez pu la mettre dans une pièce avec une fenêtre, ne serait-ce que pour aérer ! Pfou là là !

Il y eut un gros bruit au fond, dans les ténèbres ; des balais et des serpillères furent précipités au sol sous l'impulsion de l'être qui venait de bondir vers lui. Un grognement rauque éclata dans le noir. La peur se referma sur lui, sous la forme de deux mâchoires qui se précipitèrent vers son entrejambe.

Aaron eut juste le temps de compter jusqu'à trois avant que son ami ne jaillisse du cagibi en poussant un hurlement atroce.

– Putain de meeeeeeerde ! Elle m'a mordu ! Elle m'a mordu !

– Tiens, ça fait mal, en fait, une morsure de lièvre ? fit Aaron d'un ton détaché.

– Non mais elle m'a mordu LES C…

– Oui, je sais, elle fait toujours ça. Elle a compris ça quand j'étais petit. Je te laisse imaginer ma douleur. C'est un bon point, non, vu que les dragons et les manticores eux aussi ont des c…

– Bordel de merde ! Je suis sûr que je pisse le sang !

Il se précipita dans les toilettes que lui indiqua son ami d'un geste nonchalant.

– Et moi je suis sûr que non, répondit celui-ci en haussant la voix derrière la porte. Vu le grognement qu'elle a poussé, c'était une morsure de niveau un. Suffisant pour éradiquer la menace. Elle est vraiment très forte pour doser ses attaques.

– Quoi, tu les classes en plusieurs niveaux ?

– Oui, j'ai inventé une échelle qui va de un à cinq, même si elle n'a jamais fait plus fort que le niveau trois dans mon cas, histoire de me mater. En général elle en reste au niveau un, ça suffit pour faire mal. Niveau quatre ou cinq, je pense que ça pourrait couper un doigt à quelqu'un, voire un bras s'il est pas trop gros.

– Bon, j'ai juste une petite coupure. Mais putain, ce qu'elle est nette ! On dirait une lame de rasoir !

– Je t'avais prévenu, mon pote. Fais-toi mordre à la gorge et ça te tranchera l'artère. Voilà ce que ça vaut, huit incisives aiguisées comme des lames ! Alors, tu acceptes qu'on l'entraîne ?

– Avant tout, ferme cette putain de porte et surveille ta créature du diable !

– Trop tard, elle est sortie.

– *Quoi ?* Je sors pas des toilettes, alors !

La vieille jackalope, aussi paisible que si rien ne s'était passé, surveillait d'un grand œil curieux son jeune maître qui s'adressait à cette porte parlante. Aaron tendit prudemment une main vers elle et caressa son front couvert de poils très doux. L'animal ferma les yeux avec un air satisfait. Sans cesser de grignoter son quatre-heures.

– T'inquiète pas, tout va bien. Là, elle est train de manger le canapé.

– Me voilà rassuré.

***

Au petit matin, ils arrêtèrent le camion sur leur aire d'autoroute favorite et l'engagèrent dans un vieux chemin, qui s'éloignait dans la prairie sèche et rase.

– Je déteste ces vieux sentiers, grogna Enzo en bataillant avec le volant.

Il n'avait guère l'habitude de l'utiliser en mode manuel, hors des voies magnétiques qui tapissaient désormais le pays.

– Passe-le-moi.

– Tu rigoles ? Mec, tu conduis comme une vache espagnole ! (Ils luttèrent un instant.) Ok, ok, j'arrête de râler, mais tiens-toi tranquille !

Ils garèrent le van, au bout d'une dizaine de minutes pleine de cahots et de grincements d'amortisseurs, sur un ancien pré transformé en parking. Celui-ci servait beaucoup dans la journée, car les dresseurs de monstres étaient nombreux en campagne ; mais à l'aube, il n'y avait jamais personne à l'aire d'entraînement.

Les deux compères jaillirent de l'habitacle et s'étirèrent avec volupté, dérouillant leurs muscles qui étaient restés coincés des heures dans les sièges de ce satané camion. L'aire d'entraînement qu'ils affectionnaient était paumée, ancienne, à moitié en ruines et loin de la métropole, mais elle valait le coup. N'était-ce que pour les souvenirs pleins de bonheur qu'elle leur rappelait : Asmar en train de faire le fou dans l'herbe, Aaron en train de lui monter dessus comme un chevalier sur son destrier, Enzo riant aux éclats, un brin d'herbe coincé entre les lèvres.

C'était une époque révolue, songea celui-ci avec désillusion. Et ce n'était pas la vieille jackalope qui allait se changer en destrier puissant.

Le ciel était blanc et pur à cette heure, mais la fraîcheur de la nuit se dissolvait déjà dans les méandres du soleil, préparant le retour de cette satanée canicule qui durait depuis cinq ans.

— Grouillons-nous avant que la chaleur rapplique, grogna Enzo. Fais sortir ta vieille carne !

Aaron déverrouilla la porte arrière du van, puis la déposa au sol en haletant sous son poids.

— Allez, viens te dégourdir les pattes, ma grande ! dit-il en s'essuyant le front.

Tout au fond du camion, plongé dans l'obscurité, un grand nez doux et aplati se mit à remuer. La jackalope sentit l'air, goûta les odeurs d'herbe coupée, de foin brûlé par le soleil ; elle se figea un instant, comme paralysée par l'idée de découvrir autre chose qu'un cagibi miteux dans un vieil appartement.

    – Allez, ma vieille, viens voir ! Grignotte ! Grignotte ! appela le jeune homme filiforme, claquant de la langue, en se gardant bien de tendre une main vers elle.

    – Attends, comment tu l'as appelée ? glapit Enzo cinq mètres plus loin. C'est quoi son nom ? Grignotte ?

    – On critique pas, j'avais deux ans, répondit Aaron sans se tourner vers lui.

    – *Grignotte ?*

    – Chut, tu lui fais peur ! Arrête de t'agiter !

    – *Grign…* attends, *moi* je lui fais peur ? Moi, je fais peur à ce… ce monstre ?

    – Allez viens, ma belle, viens voir ton maître, murmura Aaron en s'accroupissant à son niveau. N'aie pas peur !

    La bestiole finit par s'avancer, en grands bonds lourdauds et désordonnés qui faisaient jaillir des *Clong* sonores. Elle apparut sous la lumière bleue de l'aube, d'abord ses babines rondes, semées de moustaches vibrantes, puis sa tête entière, longue et renflée, sur laquelle ondulaient des poils doux qu'on avait envie de caresser. Puis les bois, granuleux et dorés, qui enroulaient et déroulaient leurs vrilles bien loin au-dessus de son front ; cette ramure de cerf millénaire avait suscité l'admiration d'Enzo, clamant qu'il n'avait jamais vu de jackalope aussi bien pourvu. Puis ses oreilles apparurent, immenses, diaphanes, transpercées par la lumière du soleil qui révélait leurs veines. Enfin, un dernier bond hésitant dévoila son corps entier, long et élancé, perché sur quatre énormes pattes musclées.

– Bon, j'avoue qu'elle a fière allure, quand même, ta mémé lapin.

Le grand œil d'or de la bête, prunelle étrécie en tête d'épingle sous la luminosité si forte, quitta son maître pour se poser sur la tête blonde et le visage rouge d'Enzo.

– Bon, j'avoue qu'elle a fière allure, quand même, ta mémé lapin, répéta-t-elle en remuant les moustaches.

Le jeune homme fit un bond d'au moins trois mètres.

– *Quoi ?* Elle parle ? C'était quoi ça ? C'était quoi ?

– Les jackalopes sont de vrais perroquets, tu ne savais pas ? C'est ce que rapportent les légendes des cowboys qui les ont découverts. Ils entendaient chanter leurs propres voix autour d'eux à la nuit tombée.

– Flippant, frissonna Enzo.

– Flippant, frissonna Grignotte.

– Oh, mais ! C'est pas bientôt fini ? Dis-lui d'arrêter ça ! s'énerva le jeune homme après un deuxième sursaut.

– C'est une hase, pas un chien, répliqua Aaron en tendant une main prudente pour caresser le front de son animal. Elle ne reçoit d'ordres de personne.

Il fit deux pas en arrière :

– Allez viens ma belle ! Viens ici ! Viens me voir !

La jackalope, qui devait bien peser cinquante kilos et dont les oreilles culminaient à quelque chose comme un mètre cinquante au-dessus du sol, jaillit du camion dans un grand désordre de pattes.

– Si elle s'enfuit, on ne la retrouvera jamais, prévint Enzo en se tenant à distance.

– Les monstres ne s'enfuient pas. Jamais.

Et c'était vrai.

– Bon, on va commencer par la faire courir un peu, lança le grand blond. C'est un peu le seul talent des lièvres, non ? La course ? Amène-la sur le circuit. Tu penses qu'elle courra après un leurre, comme les prédateurs ?

Grignotte, qui ne l'entendait pas de cette oreille et désirait visiblement faire honneur à son nom, se mit à ronger bruyamment la porte du van située juste devant son nez.

– Un leurre ? Un peu qu'elle va courir après ! Son rêve c'est d'être cannibale, elle aurait dû naître wolpertinger !

Aaron planta un index dans le dos mou et doux de la bestiole, qui se retourna d'un bond fulgurant et se mit à grogner, oreilles plaquées en arrière.

– C'est moi, ma vieille, dit-il en levant les mains assez haut pour qu'elles soient hors de sa portée. Viens voir, on a un truc qui va te plaire. (Avant de se tourner vers son acolyte.) Mets le leurre en marche ! On va voir comment elle réagit !

Enzo était déjà en train de tempêter, essayant d'activer le logiciel intégré à la borne du circuit de course. L'inconvénient quand on s'entraînait sur un terrain à l'abandon, c'était que l'électronique n'y était ni nettoyée, ni remise à jour, et préparait toujours quelques mauvaises surprises pour l'utilisateur.

Après une étincelle ou deux, le mécanisme consentit à se mettre en route avec un ronronnement de vieux chat asthmatique.

– Je lui mets quoi ? cria Enzo par-dessus son épaule.

– N'importe quoi ! Tant que ça bouge, elle voudra le bouffer ! Mais dépêche-toi, la porte du van est en train de finir dans son estomac !

Enzo consulta la liste des leurres disponibles, puis sélectionna le moins rapide – qui se trouvait justement être un petit lapin des plus mignons.

– Allez, mon petit, fais courir ta mémé, grommela-t-il dans sa barbe avant d'appuyer sur le bouton.

À dix mètres de lui éclata le bruit léger d'un spot qui s'allumait. Une silhouette de lapin virtuel, bruissant de lumière violette, apparut à côté de la rampe du circuit. Sur la ligne de départ, il attendait le monstre qui allait le chasser en faisant quelques bonds distraits.

Peine perdue, la jackalope n'était pas décidée à quitter ce véhicule qu'elle trouvait apparemment délicieux.

– Putain mais fais quelque chose, elle est en train de nous déglinguer le camion ! brailla Enzo en s'arrachant les cheveux.

Aaron se faufila près du van et appuya sur le bouton de fermeture ; la porte se releva lentement dans un grand bruit de mécanismes au supplice, et Grignotte fit un bond paniqué qui l'éloigna de son maître et la précipita vers la barrière du terrain d'entraînement.

– Elle va où ? s'inquiéta Enzo. Ramène-la ! Ramène-la !

– Lance le leurre ! lui cria son ami, occupé à ne faire aucun geste brusque. Lance le lapin !

– Cette garce de jackalope va nous faire suer pendant des heures, et tout ça pour rien ! tempêta le jeune homme en appuyant sur une nouvelle commande lumineuse.

Le lapin partit soudain comme un bolide. Il détala le long du rail comme s'il avait le feu aux trousses, environ cinq secondes avant que la jackalope ne le rattrape et se jette sur lui en grondant. Il disparut dans une kyrielle d'étincelles bleues, et la bête secoua les oreilles avec rage, frustrée.

– C'est pas possible ! Cinq secondes et quelques ! Elle était à l'autre bout du terrain, s'ébahit Enzo, ses yeux bleu acier écarquillés.

– Combien exactement ? demanda son compère, qui arrivait au pas de course.

Leurs regards se portèrent sur le décompte lumineux qui s'élevait au centre du circuit, sur ses chiffres holographiques.

– Trois secondes ! corrigea Enzo dont la mâchoire inférieure étant en passe de se décrocher et de tomber par terre. *Trois secondes !*

– Je me disais aussi, ça me paraissait un peu long pour elle. Essaie un autre leurre !

Enzo pianota sur le clavier lumineux.

– C'est parti pour le jaguar !

Cette fois, le grand œil de Grignotte capta immédiatement le mouvement lumineux. Elle bondit à la vitesse de l'éclair et n'eut besoin que de trois foulées, trois foulées fracassantes qui faisaient trembler le sol sous le poids de ses pattes gigantesques, pour rattraper le fauve de lumière.

Deux secondes.

– C'est pas possible !

– Essaie un autre leurre ! Regarde-la, elle adore ça ! Ça fait si longtemps qu'elle n'a pas couru comme ça !

– Le lièvre !

Trois secondes.

– Le pur-sang !

Trois secondes et demies.

– Le lévrier !

À peine quatre secondes.

– La gazelle !

Six secondes.

– Alors ma vieille, on se ramollit ? lança Enzo.

Mais ce n'était que pour sauver les apparences, pour sauver sa fierté d'humain qui se voyait complètement dépassé, écrasé par la puissance d'un animal dont il n'avait pas vu la force.

– Arrête de jouer, mets-lui ce satané guépard, qu'on en finisse ! répliqua Aaron avec impatience, un sourire jusqu'aux oreilles et des éclats de rire plein les yeux. Elle est pas géniale, ma Grignotte ?

– Mouais, grinça Enzo avec mauvaise foi en s'activant sur le tableau de commande.

La vieille jackalope, sur le qui-vive, guettait les proies potentielles à mi-chemin du parcours.

– C'est parti pour monsieur guépard. Pointe de cent dix kilomètres à l'heure, s'il vous plaît. Si elle le rattrape en moins de dix secondes, je mange mon chapeau.

– Tu n'as pas de chapeau. Parie au moins sur un truc que tu as sous la main.

– Ok. Je te donne la boîte de cookies planquée dans le camion.

– *Quoi ?* Mec, t'as des cookies dans le camion et tu m'as rien dit ? Je vais te…

Trop tard, le leurre était parti.

Fulgurant, quasi invisible, le guépard holographique avalait les mètres de sa longue détente musclée qui allongeait puis rassemblait son dos lors de l'impact, son corps ondulant tel un vague mortelle au rythme de ses bonds. Il avait déjà presque parcouru la totalité du circuit et s'apprêtait à entamer un deuxième tour.

Trop tard, la jackalope était partie.

Fulgurante, quasi invisible, la bestiole plantée sur ses pattes de géant avalait les mètres, de sa longue détente puissante et abrupte qui étirait son corps tel un ressort au rythme de ses bonds. Ses oreilles gigantesques flottaient dans son sillage, ses cinquante kilos creusaient la piste de terre battue, la marquant profondément de ses empreintes qui auraient prêté à rire dans un autre contexte.

Mais en relevant le compteur, Enzo n'avait pas du tout envie de rire.

— Neuf secondes et demies.

— Bravo, tu viens de gagner le droit de me regarder m'empiffrer de cookies.

— Mais c'est impossible ! Impossible ! bredouilla son ami en tiraillant ses mèches blondes qui scintillaient sous le soleil levant. L'hologramme avait au moins cinq mètres d'avance quand il est parti, et elle a mis presque une seconde à se mettre en mouvement !

— Ce qui prouve juste, une nouvelle fois, qu'elle est extrêmement rapide, se vanta Aaron en bombant sa poitrine mince.

— Mais regarde, même le logiciel ne comprend pas comment c'est possible ! Il m'accuse de tricher !

— C'est parce qu'il n'a jamais vu de jackalope.

— Il est en train de lancer son antivirus pour éradiquer l'erreur…

– Il est paramétré pour les monstres de combat, pas pour les jackalopes, j'te dis ! On fait une pause, bibiche est fatiguée.

Encore stupéfait, Enzo se tourna vers Grignotte, qui venait de se laisser tomber lourdement sur le flanc. Exhibant son ventre blanc et doux, étendant ses pattes puissantes sur le sol, elle haletait comme un chien, tête renversée en arrière et paupières fermées.

– Euh, tu es sûr que c'est normal ? Elle va bien ?

– Tu t'inquiètes pour ton yearling ? se moqua son ami.

– Mon yearquoi ?

– Yearling. C'est le nom qu'on donne aux jeunes chevaux de course, quand les jockeys commencent à les former pour les compèt'.

– On dirait qu'elle est en train de tomber dans les pommes, le coupa Enzo en s'approchant prudemment.

– Tu peux y aller, elle ne bougera pas. Et non, elle n'est pas en train de tomber dans les pommes. Elle recharge ses batteries, elle a eu un coup de chaud. Si le cœur des léporidés dépasse une certaine vitesse, la crise cardiaque les guette. Du coup, ils se mettent hors-circuit pour se calmer et reprendre des forces. C'est les seuls moments où je peux lui faire des câlins sans qu'elle essaie de me mordre.

Il s'approcha lui aussi, s'accroupit juste devant la grosse tête de la bête, et fit signe au grand blond de l'imiter. Celui-ci s'exécuta avec répugnance, les yeux fixés sur les longues incisives de Grignotte, à quelques centimètres de son visage, qui lançaient des éclats d'ivoire en dépassant de ses babines entrouvertes. La hase les surveillait sous sa ramure de cerf, les yeux mi-clos, les flancs agités comme des soufflets.

– Elle a vraiment la tête penchée bizarrement, en arrière comme ça. Elle va se taper un torticolis.

– Écoute, elle aime bien se reposer comme ça, j'y peux rien, arrête de me regarder comme si j'étais en train de la torturer ! Tiens, rends-toi utile, habitue-la à ta présence.

Il saisit la main de son ami avec un dégoût feint qui les fit rire, avant de tendre leurs deux bras réunis, peau blanche contre teint halé, et de la poser sur le large front de Grignotte. Enzo se crispa, mais l'énorme lapine ne réagit pas.

– Caresse-la doucement, dans le sens du poil. Tu peux monter jusqu'aux oreilles mais ne descends pas titiller son nez, ça peut la surprendre ou l'énerver.

– Je ne veux surtout pas l'énerver, confirma le grand jeune homme en avalant sa salive.

Il commença à lisser les poils couleur sable, partant du museau pour remonter vers les touffes qui saillaient sous ses cornes et devant les oreilles. Cette satanée vieille garce était tellement douce ! Il ne pouvait plus s'arrêter de la caresser. C'était autre chose que la crinière rêche d'Asmar !

À cette pensée, son visage béat se referma comme une huître et il se releva souplement, faisant sursauter la bestiole et son maître.

– Doucement, enfin, grogna Aaron en devenant le nouveau préposé aux grattouilles.

Il déposa une pichenette sur le grand nez plat de la hase, avant de lui offrir la paume de sa main ; elle ferma complètement les yeux dans une attitude pleine de satisfaction, et sortit une petite langue ronde et rose pour lui lécher la peau.

— Tss ! éructa Enzo en faisant les cent pas derrière lui. Je n'ai pas confiance en cette sale bestiole. Un coup elle manque de me changer en eunuque, un coup elle bouffe un camion qui ne lui a rien fait, un coup elle s'apprête à te mordre et dix minutes plus tard, elle te lèche la main !

— C'est parce que tu ne comprends pas sa logique, dit tendrement Aaron en reprenant ses caresses.

Grignotte baissa sa lourde tête et l'écrasa au sol, entre ses deux pattes avant, pour mieux recevoir ses attentions.

— Après, si ça peut te rassurer, elle ne risque pas de te lécher, toi. Chez les lapins, c'est celui qui reçoit les papouilles qui est le dominant ; et cette attitude-là, où elle a l'air de ramper par terre pour quémander des caresses, en fait c'est un ordre qu'elle me donne pour que je continue de lui en faire.

— Ça veut dire qu'elle nous considère comme ses larbins ? s'exclama Enzo en portant les mains à sa tête, prêt à s'arracher de nouveau ses cheveux d'or.

— Exactement. Mais l'avantage avec les lapins, c'est qu'ils sont plus malins que les chiens, tu vois, plus souples avec l'autorité. Là, quand elle m'a léché la main, elle me signifiait que je suis son égal et que moi aussi, j'ai droit aux papouilles quand je les demande.

— Et moi, je suis son égal ? demanda Enzo en s'accroupissant derechef et en tendant sa paume vers elle.

Aaron le bouscula d'un coup de coude, le sauvant de justesse.

– Toi ? Tu veux te faire couper la main, ou quoi ? Dans sa tête, tu dois être à peu près au niveau de la crotte de mouche !

***

– 48 –

– Dépêche-toi ! Les autres vont arriver ! Faut qu'on la teste encore un peu avant que les autres ramènent leurs dragons et leurs basilics, et qu'elle crève bêtement en essayant d'aller les bouffer comme les hologrammes.

– C'est bon, elle est pas complètement stupide non plus ! râla Aaron, une main sur le front de l'énorme bestiole, qui la guidait près de la zone de combat. Alors, tu veux la prendre sous ton management, ou pas ?

– Je me suis pas encore décidé. Là on l'a juste faite courir, et on a vu la puissance de ses mâchoires. Moi, je veux la voir en combat. Et je suis presque sûr qu'un jackalope, face à une wyverne ou un dragon, ça vaut rien.

Il épousseta le tableau de commande de l'arène virtuelle, tandis que son ami accompagnait la jackalope dans la zone de terre battue.

– Voilà, laisse-là. Maintenant reviens vite, viiiite avant que les hologrammes commencent à poper de partout ! Grouille !

– C'est bon, c'est bon, haleta le petit brun, s'épongeant le visage sous la chaleur du soleil maintenant haut dans le ciel. Lance le combat !

La jackalope broutait paisiblement à quinze mètres d'eux, remuant les babines et les dents dans un rythme parfaitement synchronisé, lorsqu'Enzo appuya sur l'interface.

Un arc scintillant se déroula dans le ciel, au-dessus du terrain de combat, avant de retomber en pluie vers le sol et de cerner la silhouette de Grignotte. Une sphère de lumière se déploya autour d'elle, quantifiant son poids, sa taille, l'hydrométrie de son corps, la puissance de ses muscles et l'épaisseur de sa peau, transformant le monstre à longues oreilles en données assimilables par le logiciel. Terrifiée par ces bruits et ces lumières sortis de nulle part, Grignotte se plaqua au sol comme une bête traquée, les yeux exorbités et l'échine hérissée.

— Eh bien, ça promet, commenta Enzo en croisant les bras derrière sa nuque. T'as pas peur qu'elle fasse une crise cardiaque ?

— Elle en a vu d'autres, répliqua le deuxième larron, dont le cœur battait pourtant plus vite sous le coup du stress. Avant mes six ans, quand elle était encore jeune et intenable, mon père la poursuivait dans l'appartement en brandissant un balai, et ma mère lui assénait des coups de poêle sur la tête.

— Eh bien, répéta Enzo dans un sifflement admiratif, avec un tel traitement, pas étonnant qu'elle ait perdu quelques neurones. Je vais vraiment finir par appeler la SPAN !

Au milieu du terrain d'entraînement, les chiffres lumineux se diluèrent dans les airs. Puis un gong retentit, faisant sursauter la jackalope qui se terra davantage au sol, comme pour se fondre dans son empreinte.

— Elle est terrifiée, dit Enzo, troublé. Laisse, on arrête là. Ta vieille copine va faire une attaque si on continue.

— Ça se voit que tu ne la connais pas. Ne touche pas à ce bouton ou c'est moi qui te couperai les…

Les hologrammes se matérialisèrent dans des pluies d'étincelles virtuelles.

Un bébé dragon, un bébé manticore et un bébé basilic.

Au vu du poids de Grignotte, le logiciel avait décidé de se montrer clément.

Comme le dictait la législation en vigueur, le dragon était muselé, tout comme la manticore. Un bandeau couvrait les yeux du monstre mi-coq mi-serpent, cachant son regard mortel.

Respectivement catégorie A, catégorie A+ et catégorie B.

Peut-être pas si clément que ça, finalement.

Les deux premiers restèrent suspendus dans les airs, hors d'atteinte de la jackalope qui, les yeux écarquillés, ne savait plus où donner de la tête ; le petit basilic atterrit lourdement sur le sol et se mit à sinuer vers la hase, à cette allure ondulante et détestable qu'ont en commun tous les reptiles.

Grignotte reprit immédiatement ses esprits.

Son regard s'éclaircit en un instant et elle se contracta en grondant comme un dogue sur le point de bondir, avant de frapper le sol de ses puissantes pattes arrière. Elle se propulsa sur son adversaire dans une poussée formidable. Droit vers la menace, les incisives en avant.

— Sa technique préférée, commenta Aaron. Tu vois, dans la nature les lièvres sont censés se battre d'une façon ridicule, en sautillant sur leurs pattes arrière comme des kangourous et en se foutant des beignes avec leurs pattes avant, comme des chihuahuas épileptiques qui ont appris à faire de la boxe. Les jackalopes, je sais pas trop, je suppose qu'ils se donnent aussi des coups de cornes. Mais elle !

Il se pencha vers le combat, une main en visière pour protéger ses yeux du couperet brûlant du soleil.

– Elle, non, elle s'est adaptée à cet environnement hostile qu'est le 2, avenue Paul Lacustre, appartement 405.

Visiblement, personne n'avait prévenu Grignotte de son grand âge ou de son inaptitude à combattre. Le molosse souple et musclé, traînant ses longues oreilles ridicules, se démenait comme un beau diable en frappant et en esquivant tout à tour ; elle piétinait la terre battue de ses énormes pattes, mettait à profit sa vélocité de guépard pour bondir, volter, tourbillonner, éviter les piètres attaques du serpent qui se dressait comme un cobra, sa petite crête de coq érigée vers le ciel, son bec acéré sifflant des menaces incompréhensibles. Leur affrontement était pareil à celui d'une tortue et d'une souris, d'un éléphant et d'une étoile filante.

D'un basilic et d'une jackalope.

– Nom d'un chien ! Nom d'un chien ! répétait Enzo sans cesse de s'éponger le front, dans un réflexe stupide destiné à occuper ses bras ballants. Nom d'un chien !

– Le petit coq est en train de se faire laminer, commenta Aaron sans s'émouvoir.

– Bon sang ! Comment tu peux être si calme ? C'est prodigieux ! Je n'ai jamais vu un monstre se montrer si rapide dans une arène ! Elle en devient invisible ! Bon sang, regarde ça, elle feinte ! Elle feinte ! (Il en riait sans y croire.) Personne ne lui a appris, c'est inné !

Aaron garda le silence sur la capacité d'une poêle et d'une mère déchaînée à apprendre des réflexes tels que la feinte chez un animal. Mais il n'en pensait pas moins.

— T'emballe pas trop, se sentit-il obligé de répondre. Ce ne sont que des hologrammes, ils n'attaquent pas, ils se contentent de simuler.

La manticore et le dragon étaient descendus au sol, déterminés à aider leur camarade mis à mal par les assauts tourbillonnants de Grignotte.

— Peu importe qu'ils ne soient que des images, nom de nom, regarde à quelle vitesse elle évite leurs attaques, à quelle vitesse elle se projette vers eux ! Les vrais seraient déjà morts !

Il riait vraiment à présent, il riait aux éclats, rendu ivre par ce miracle, ce don du ciel, cette preuve qu'une fois de plus, ce n'était ni le plus gros ni le plus venimeux qui triomphait, mais bien celui qui, plein de rage et de fierté, avait la force et la vie chevillées au corps.

— Par tous les putains de dieux, tu avais raison, tu avais raison ! Le combat la *libère* ! Je n'ai jamais vu aucune bête prendre la bagarre au sérieux, pas avant autant de générosité, regarde comme elle se donne ! Et on ne l'a même pas affamée !

Loin là-bas, le tigre à longues oreilles se livrait aux coups de grâce sans montrer un seul signe de fatigue, sans baisser sa garde, tournoyant et bondissant sous le soleil chaud, remplaçant ses attaques acérées par des charges violentes, brisant l'image tremblante des hologrammes à coups de bois et d'andouillers mortels ; mais son maître ne la regardait plus danser, non, son regard sombre et glacé était posé sur le grand blond qui riait à côté de lui.

– On ne l'affamera pas. Jamais.

Sa voix était si froide que son ami dessoûla immédiatement et se tourna vers lui.

– Non, c'est pas ce que je voulais dire.

– J'ai compris ce que tu voulais dire, mais je le dis quand même. On ne l'affamera pas. Et j'ai d'autres exigences, si tu veux la prendre comme combattante.

– Ok, dis-moi, répondit Enzo du tac au tac, ses iris clairs reprenant leur sérieux et leur teinte inflexible.

Les hologrammes abdiquèrent, explosant en milliers de fragments. La jackalope grogna avec rage, fit un tour de piste au grand galop pour assurer les limites de son territoire, ramure brandie vers le ciel et oreilles flottant au vent, avant de s'immobiliser et de se laisser tomber sur le flanc avec un air satisfait.

– Pas de chaînes, pas de coups.

– Sérieusement ? s'exclama Enzo en levant les mains. Tu me connais, non ? Tu pensais vraiment que j'allais battre ou enchaîner une bête ? Putain, Aaron !

– Pas d'améliorations.

Enzo prit le temps de réfléchir, avant de faire la grimace.

– Même pas un capteur dorsal ou des griffes en acier ?

– Mais qu'est-ce que tu veux qu'elle fasse avec des griffes articulées, andouille ? Elle ne se bat pas avec ses pattes ! lança Aaron en levant les yeux au ciel.

– Ok, bon, même pas une petite armure ? Il lui faut au moins un caparaçon. Mec, Asmar était cent pour cent clean, mais c'était une tarasque ! Il avait une carapace ultra épaisse, des écailles sur les pattes… Là, on parle d'un jackalope plus petit que nous ! Sa rapidité va l'aider à survivre, mais elle tiendra pas un round si le moindre coup de patte peut lui briser la colonne vertébrale !

Une bonne vieille lueur réapparaissait dans les yeux clairs du jeune homme. La lueur d'intelligence du professionnel, du manager, de l'entraîneur ; comme un capteur qui s'allumait quand ses pensées devenaient rusées, stratégiques, quand il quantifiait la moindre chance, le moindre risque.

Son acolyte connaissait bien cette lueur. Cela faisait six mois qu'il ne l'avait pas vue.

– Bon, soupira Aaron, on verra pour l'armure. Mais je ne veux pas qu'elle devienne une bestiole cybernétique. Il faut qu'elle reste elle-même, qu'elle reste un animal de chair et de sang face aux implants de tous les autres. Comme Asmar. C'était notre combat et je veux que ça le reste. La chair plus forte que le métal…

– Marché conclu. Tu as d'autres conditions, associé ?

– Oui, une. Et elle va pas te plaire du tout.

Il prit une grande inspiration sous le regard interrogatif d'Enzo.

– Jveuxpasqu'onchangelnomdgrignotte.

– Hein ? T'as parlé trop vite, j'ai rien compris. *Replay.*

– Je veux pas qu'on change le nom de Grignotte.

– Quoi ? Mec ! On peut pas se présenter aux arènes avec un jackalope nommé Grignotte ! T'en es conscient, hein ?

Il y eut un silence. Aaron n'osait pas relever les yeux.

– Déjà, un tout petit monstre, c'est mal barré, ensuite, une femelle, c'est encore plus mal barré – tu sais comment sont les speakers : à les entendre, seules les vouivres peuvent se passer de testicules ! –, et puis une jackalope, j'ose même pas penser à la réaction du public, mais Grignotte ! *Grignotte !* On dirait un nom de hamster ! Non, sans blague… Tu sais bien que les combats, c'est du marketing ! Trouvons-lui un nom de spectacle bien féroce, et on continuera à l'appeler Grignotte hors de l'arène. Ça te va ?

Il ne s'attendait pas à ce qu'Aaron secoue violemment la tête.

– Non ? traduisit-il, résigné. Pourquoi non ?

– Ce sera Grignotte ou rien. Y en a marre de cet aspect marketing, justement. Qu'est-ce que tu espères sauver ? On amène une vieille jackalope, comme tu dis ! Ce n'est pas en l'appelant Tornade ou *White Death* que ça va changer quoi que ce soit ! Jouons la carte du naturel jusqu'au bout. Je l'emmènerai pas dans une seule arène si elle ne porte pas le nom que je lui ai donné quand j'avais deux ans. Il faut qu'elle soit Grignotte, qu'elle combatte en tant que Grignotte, qu'elle triomphe en tant que Grignotte. Toute ma vie j'ai voulu lui offrir un autre endroit que ce cagibi puant, quelque chose de mieux, une vie de sauvagerie et de liberté. Mais c'est à Grignotte que je veux l'offrir, pas à Tornade ni à *White Death*.

– Ok, je comprends, soupira Enzo en baissant les bras, vaincu. Je comprends. Mais j'ai juste une chose à dire. Si tu veux vraiment lui offrir cette fameuse vie de liberté, ne l'emmène pas dans l'arène, ne la fais pas combattre. Libère-la vraiment.

Un rictus contracta les traits racés d'Aaron. Il haussa les épaules et leva les yeux vers le ciel.

– Enzo, tu n'es jamais sorti des villes ou des voies magnétiques. Moi non plus. Et tu sais pourquoi ? Parce qu'il ne reste plus que ça. Pourquoi on retrouve des bébés tarasques dans des cartons au pied des buildings ? Pourquoi les licornes accouchent dans les bennes à ordures ? Pourquoi les dragons sauvages viennent fouiller nos poubelles ? Ils méritent mieux que des bidonvilles. Je l'aurais déjà relâchée, crois-moi. S'il restait encore une once de nature, je l'aurais fait.

***

La route couverte de symboles lumineux filait sous les roues du camion, filait comme un ruban d'argent.

– Allô maman ? Oui, c'est moi, non, je sais pas si tu as vu que Grignotte avait… oui oui, elle n'a pas disparu, t'inquiète, je suis passé la chercher avec un ami. J'ai décidé de la prendre chez moi, j'ai pas beaucoup plus de place que toi, mais au moins je l'emmènerai se balader et tout. Et toi, ça te fera moins de travail.

– Ben voyons, commenta Enzo à côté, écoutez-moi ça.

– Chhhht ! Oui, t'inquiète pas, je vais bien. Non, j'ai toujours pas rencontré de fille. Maman, on s'est vus y a deux semaines, arrête ! Mais oui, ça va, j'ai assez de sous pour me nourrir, t'inquiète. Je… quoi ? Arrête avec ça ! Mais… Hein ? Attends ! Stop ! D'accord, d'accord, calme-toi, je pèse quarante-huit kilos, voilà, t'es contente ?

Enzo le vit lever les yeux au ciel avant de mimer une pendaison, encore au téléphone.

– Maman, je vais bien, allez, bonne soirée. À bientôt, bisous. Oui oui, allez, à plus, gros bisous, je t'aime aussi !

Il raccrocha avec un juron et se frotta le visage avec un air exténué.

– Elle me fatigue.

– Elle a raison, quarante-huit kilos ça fait pas beaucoup, commenta Enzo d'un ton pince-sans-rire.

– T'as vu ma taille ? glapit Aaron. Elle me prend pour un gaillard d'un mètre quatre-vingts, ou quoi ? Je suis un nain en forme de fil de fer, va falloir qu'elle s'y fasse un jour. (Enzo s'esclaffa tant cette description peu flatteuse lui correspondait.) Bref, ralentis un peu, tu vas te faire flasher.

– Mais non.

– Ralentis, je te dis, andouille ! On a une jackalope non déclarée dans ce foutu van ! Tu veux pas tomber sur les flics et moi non plus.

Enzo ralentit à contrecœur.

– Non déclarée ? Il manquait plus que ça ! Tu as caché un jackalope dans un T3 pourri, au quarantième étage d'une tour de banlieue, pendant vingt-deux ans, sans le déclarer ?

– A ton avis, ils auraient fait quoi si on l'avait déclarée ? rétorqua Aaron d'une voix acerbe. Ils nous l'auraient enlevée. C'est interdit de détenir des animaux de plus de vingt kilos dans des appartements pareils. Et c'est interdit de détenir des animaux tout court dans une tour de quarante étages.

– Ça se comprend, commenta Enzo en secouant sa tête blonde, son regard vif fixé sur la voie magnétique quasi déserte. Pauvre bête. Comment elle est arrivée là, d'ailleurs ?

– Ma mère travaillait à la municipalité du quartier, dans un service quelconque. Elle gérait les éboueurs et les jardiniers, entre autres. Un jour, l'un de ses collègues lui a rapporté Grignotte, toute petite encore, à moitié crevée. Il lui a dit qu'un homme l'avait balancée par la fenêtre du troisième étage, dans une rue déserte, juste au-dessus de lui pendant son service, et qu'il l'avait rattrapée au vol.

– Putain mais il y a vraiment des gens tarés... Même les proprios de monstres font pas des trucs pareils !

– Du coup, il savait pas quoi en faire. Tous les collègues de ma mère ont décidé de se cotiser pour lui offrir une visite chez le véto. Celui-ci a dit qu'elle tiendrait pas deux jours sans sa mère, pas à cet âge-là, du coup il a rien fait pour elle, mais il a embarqué le fric quand même ! (Le garçon souffla avec exaspération.) Un des collègues de ma mère connaissait un entraîneur de monstres, alors il l'a contacté. Le mec lui a dit que ça avait l'air d'être un wolpertinger, et que si on arrivait à la garder en vie jusqu'à ce qu'elle grandisse un peu, il la prendrait avec lui.

– Du coup, ta mère l'a ramenée à la maison.

– Ouais, et elle l'a nourrie au sein en même temps que moi. Avec le recul, je me demande comment une bestiole élevée de cette manière a pu tourner aussi méchante en grandissant.

Enzo leva les yeux au ciel.

– On se pose vraiment la question. Après tout, elle a juste passé sa vie dans un appart minable et un cagibi pourri, coincée avec des gens qui lui tapaient dessus quand elle montrait les dents.

L'air gela soudain entre eux. Aaron le fusilla du regard.

– Tu veux que je continue ou tu préfères me faire la morale ?

– Ça va, je rigolais.

Mais il ne plaisantait pas, et ils le savaient tous les deux.

– C'est facile de monter sur ses grands chevaux quand on vit dans une putain de baraque de trois étages avec un parc privé, cingla Aaron. Dommage qu'on se soit pas connus à l'époque, je te l'aurais confiée, hein ? Elle aurait pu courir en liberté, entre les massifs de rose et les arbres taillés à la dernière mode. Tu lui aurais même mis un petit collier, tu sais, les trucs avec des diamants, là !

Enzo soupira.

Il détestait quand la conversation dérapait sur ce sujet.

– Ma mère aurait foutue ta Grignotte à la benne, si tu veux savoir. J'admire la tienne. Allez, calme-toi, c'est bon.

– Non, c'est pas bon. Vas-y, va jusqu'au bout de ta pensée, j'suis curieux. Tu voulais qu'on la laisse crever dehors, c'est ça ?

– Aaron...

– Ou qu'on appelle la SPAN et qu'elle finisse dans une rangée de trente cages, entre des clebs maltraités et des dragons des rues, en attendant l'euthanasie ?

Enzo respira à fond, les mains crispées sur le volant.

– Bon, donc ta mère l'a nourrie au sein et Grignotte a survécu. Et après ?

Ils échangèrent un regard glacial. Aaron consentit enfin à poursuivre son récit.

— Elle a repris du poil de la bête. Des mois après, ma mère qui n'y connaissait rien en monstres l'a ramenée voir l'entraineur. Mais le mec a éclaté de rire quand il l'a vue, en disant que c'était pas un wolpertinger mais un simple jackalope, et que sans ailes, sans griffes et sans crocs, ça ne valait rien. Du coup ma mère s'est retrouvée toute bête avec son petit jackalope dans les bras.

— Et elle l'a ramenée chez vous.

— Bah oui, elle savait pas quoi en faire, elle avait aucun contact dans ce milieu. Elle se disait que ce serait un compagnon sympa pour moi, comme on avait commencé à grandir ensemble. Des années après, vu le monstre que Grignotte était devenue, elle a menacé tous les jours de la vendre à un empailleur, mais elle l'a jamais fait.

Enzo hocha la tête.

— Je comprends mieux. Pourquoi t'en as jamais parlé avant ?

— Je sais pas trop. Dans ma tête, c'était pas un monstre comme ceux qu'on entraîne. C'était juste ma vieille Grigri, une sorte de relique de mon enfance. Je sais pas, elle appartenait pas à ma vie d'adulte jusqu'à maintenant… et en plus, j'ai gardé l'habitude de parler d'elle à personne, pour pas qu'on se fasse pincer.

— Bon, conclut Enzo, attache ta ceinture, on va prendre la huit voies.

Devant eux se déployait l'immensité des embranchements de l'autoroute, pareils aux tentacules d'une pieuvre titanesque, figée dans le bitume. Des panneaux signalétiques, des publicités holographiques, des messages de prévention circulaient dans les airs et sur les bas-côtés, tournoyaient sur les piliers de soutien et au-dessus des péages automatisés.

Derrière eux disparaissait la campagne et ses steppes rases, brûlées par le soleil ; disparaissait la petite aire d'entraînement abandonnée.

Ils roulaient depuis deux bonnes heures à présent. La jackalope glissait souvent sa grosse tête derrière leurs sièges, à l'arrière, et ouvrait grand les yeux devant le pare-brise qui les éclaboussait de lumière. Les voies magnétiques se succédaient sous les roues du van lancé à trois cents kilomètres/heure, les emportant vers de nouvelles aventures, vers de nouveaux combats. La ville et sa banlieue les attendaient. Cette banlieue détruite, sordide, d'où s'élevaient des tours et des buildings défiant la gravité, comme des arêtes dépassant d'un cadavre de poisson ; cette banlieue pleine de décharges à l'abandon, dans lesquelles se déroulaient des rixes invisibles aux yeux de la loi, soumises à leurs propres règles, leur propre public.

Aaron mit la radio d'un doigt hésitant – dans leur esprit retentissait encore ce terrible jour où ils l'avaient coupée à jamais – et tapota le tableau de bord sur le rythme lourd et effréné des basses, sur le rythme des combats de l'arène. Enzo grogna avant de tourner le bouton à fond. Les sons explosèrent dans l'habitacle, colorant l'autoroute de violence et de notes dansantes, passant un filtre brutal et endiablé sur ce coucher de soleil qui n'en finissait pas, sur les pensées fébriles qui tournaient dans leur tête.

Ils sursautèrent de concert lorsque la voix du rappeur, dure et abrupte, s'éleva derrière eux à l'unisson avec l'autoradio. Cachée dans l'obscurité du camion,

Grignotte se prenait au jeu. Elle déployait des harmoniques féminines, aigües et tourmentées lors des refrains, emplissant l'habitacle d'une tourmente de sons mélodieux, avant de redescendre brusquement dans les graves pour les couplets, empruntant la voix de l'homme au même rythme que lui – impossible à suivre pour un être normalement constitué –, avec une diction et une précision dignes d'un métronome. Véloce, sa voix galopait sur le rap, sur la route, dictant avec violence ces paroles qu'elle ne comprenait pas, les assénant à l'intention de l'autoradio dans un américain irréprochable. Enzo et Aaron, soufflés, se regardèrent, puis Enzo appuya sur la pédale de l'accélérateur ; leur véhicule braillant de rap et de musique fonça sur la huit voies ultra-rapide, fonça vers l'horizon et vers la liberté, dans un sillage de soleil et de basses puissantes.

La liberté les noyait dans son étreinte.

Liberté. Violence. Combats.

Leur trio fraîchement reconstitué était dans la place. Enfin.

C'était parti pour l'échelon un.

L'échelon un, dans le vieux programme qu'ils avaient établi pour Asmar des années auparavant, c'était celui des petites bagarres amatrices, des entraînements de jeunes monstres mal dégourdis. Avec l'habitude, ils avaient appris à connaître ce milieu où les sans-abris tenaient lieu d'arbitres, où des groupes d'adolescents curieux pariaient sur les monstres, et où les punks à chiens régissaient le déroulement des affrontements.

Ils se précipitaient à nouveau vers cette vie qui leur avait tant manqué, prêts à replonger dans les nuits inconfortables que leur offrait ce vieux camion, dans ces journées passées à suer dans les bidonvilles et les campagnes sous un soleil de plomb. Ils refaisaient connaissance avec cette vague d'excitation si particulière.

Oui, Enzo et Aaron étaient de retour.

— On passe chez le véto avant, non ? lança le premier en changeant de vitesse.

— Pourquoi ?

— Pour lui faire mettre une armure. Ou alors tu préfères passer l'échelon un au naturel ?

— Je sais pas. T'en penses quoi ? Elle risque gros contre des jeunes mal dressés ?

— Faut pas tenter le diable. Même les jeunes pèsent deux ou trois fois plus lourd qu'elle. C'est son échine et son cou fragile qui risquent de prendre en premier. Franchement, toute coriace qu'elle soit, sa peau est dix fois plus facile à trouer que celle d'une manticore, et ses os dix fois moins solides.

— Hum. Ok. Tu connais un véto digne de confiance ?

Sous-entendu : qui accepterait de les aider au noir, sans les dénoncer, et qui ne les plumerait pas au passage.

— On m'a parlé d'une femme en banlieue, là où on va. Elle a l'habitude des dealers et des trafiquants, j'pense pas qu'un jackalope non déclaré la fasse beaucoup sourciller, en comparaison des licornes à deux têtes ou des dragons énucléés.

— C'est parti, alors, dit Aaron avec un sifflement ténu. Ça promet.

****

– Vous pouvez la faire monter sur la table, dit la vétérinaire en leur ouvrant la porte, désignant déjà Grignotte planquée derrière son propriétaire. Ça sert à rien de te cacher, ma grosse, ajouta-t-elle en riant, t'y passeras quand même !

L'âge et la sagesse avaient marqué ses traits, et sans doute aussi l'angoisse et l'épuisement ; mais elle restait une belle femme, avec des yeux vifs et intelligents et des cheveux poivre et sel qui brillaient au crépuscule.

Poussant du pied les canettes et les cartons qui s'amoncelaient sur le trottoir sale, les deux jeunes hommes pénétrèrent dans la salle de consultation, l'un attirant Grignotte avec un vieux bout de bois, l'autre la poussant par derrière en jetant des coups d'œil inquiets de chaque côté de la rue. Si une seule voiture apparaissait dans son dos, la hase se noierait dans une panique totale et qui sait s'ils réussiraient à la récupérer…

Ils découvrirent une pièce large, très haute, dont l'énorme table d'auscultation, actuellement posée au sol sur son cric, était prête à accueillir dragons et manticores. Des vagues d'objets hétéroclites submergeaient les angles et les étagères ; sur un bureau branlant en formica qui devait être plus vieux que les deux garçons réunis, un ordinateur couvert de poussière et d'éclaboussures suspectes ronronnait doucement sous la lumière du néon.

De lourdes cordes en nylon serpentaient au pied de la plateforme, destinées à immobiliser les bêtes récalcitrantes, mais ni Enzo ni Aaron ne firent un geste vers elles. Le maître de la jackalope jeta son appât déjà à moitié rongé sur cette table qui lançait des éclats dangereux vers le plafond ; l'énorme lièvre s'y précipita en grands bonds désordonnés, propulsant ses cinquante kilos sur l'acier déjà marqué par des poids bien supérieurs au sien.

— Très bien, dit la véto en refermant la porte derrière leur trio peu commun. Ne bouge pas, ma grande.

Aaron, crispé, couvait la bestiole des yeux, convaincu qu'en l'espace de dix minutes elle aurait pu manger l'ordinateur, le bureau en formica et les étagères avec. Mais très curieusement, la hase paraissait se cacher sous sa ramure magnifique, se recroqueviller sur la table froide et sans âme, comme un petit rongeur en terrain hostile.

— C'est la première fois que je la vois comme ça dans une pièce aussi pleine de choses bonnes à ronger, plaisanta-t-il, le rire dans les fossettes mais les yeux encore prudents.

— Ils sont toujours comme ça, répondit la femme en tapotant le crâne de Grignotte, qui ne réagit pas. Même les pires sphinx deviennent doux comme des agneaux quand ils posent les griffes sur cette table.

Elle appuya sur un bouton et le cric puissant se mit en mouvement sous la table, étirant son squelette en accordéon afin d'amener Grignotte au même niveau que son visage. Enzo et Aaron se crispèrent au même instant, nerveux devant la vision des dents de Grignotte si près du nez de la vétérinaire.

— Alors, dit-elle en constatant que la hase terrifiée se plaquait sur l'acier sans oser bouger, qu'est-ce qui ne va pas chez madame ?

— Elle va très bien, commença Aaron. Mais en fait… euh…

— On voudrait l'améliorer, compléta Enzo.

— D'accord, mais plus précisément ?

Les deux acolytes se regardèrent, mal à l'aise.

– Euh… On voudrait lui mettre une armure de combat, s'il vous plaît.

Il y eut un silence. La véto releva ses yeux perçants sur le duo, qui dansait d'un pied sur l'autre.

– Une… Vous allez faire combattre cette femelle jackalope dans les arènes ?

– Oui, asséna Enzo en serrant les poings.

Elle haussa les sourcils, suspicieuse, mais il n'y avait nulle surprise dans ses iris gris.

– Vous savez que la dernière fois que quelqu'un m'a demandé ça, c'était un homme qui parlait à son parapluie et qui voulait faire combattre son dart de compagnie ?

– Si ça peut vous rassurer, je ne parle pas à mon parapluie, répliqua Enzo en écartant les mains dans un geste vague. Par ailleurs, j'ai pas vu de parapluie depuis au moins cinq ans…

La véto posa les paumes sur la table d'auscultation et s'y appuya de tout son poids.

– Vous l'envoyez à la mort.

– Pas du tout ! rétorqua Aaron avec véhémence. C'est une vraie combattante ! Elle va leur faire mordre la poussière, on l'a vu de nos yeux. J'ai grandi avec elle, il est hors de question que je l'envoie au casse-pipe.

– Mais si elle n'a pas d'armure pour la protéger des coups, elle n'a pas beaucoup de chances de s'en tirer, ajouta Enzo.

Immobile sous le feu croisé de leurs regards noir et bleu, les yeux posés sur Grignotte toujours statufiée, la quadragénaire garda le silence. Elle parut calculer le taux d'échec de leur idée, puis celui de la stupidité tapie sous leurs crânes. Enfin, elle soupira d'un air résigné.

Les deux garçons lisaient dans son esprit comme dans un livre ouvert.

Si ce n'est pas moi qui le fais, ce sera quelqu'un d'autre. Et si elle n'a pas d'armure, ces deux idiots vont finir par la tuer.

– Bon, c'est d'accord, dit-elle enfin. On va essayer de la rendre plus redoutable qu'elle n'est déjà.

– Merci ! Merci beaucoup ! s'exclamèrent-ils d'une même voix.

– Je ne sais pas ce que vous pouvez nous proposer, mais il lui faut au moins un caparaçon sur l'échine, et aussi quelque chose pour protéger son cou, ajouta immédiatement Enzo, fébrile et impatient.

– Hum, l'avantage d'inscrire un jackalope aux arènes, c'est que c'est une espèce non référencée pour les combats, donc non réglementée par la loi. Pas de muselière, aucune interdiction de modification corporelle. Vous pouvez vous livrer à quasiment tout sur sa personne…

– On ne compte pas vous demander autre chose que l'armure, se hérissa Aaron. Je ne veux pas en faire un cyborg !

– Bon, bon, répondit la véto avec un geste apaisant, je vais voir dans mon catalogue ce que je peux vous proposer, je reviens tout de suite.

Elle s'éloigna et alla farfouiller dans la pièce d'à côté. Les deux associés en profitèrent pour se rapprocher :

– On a eu du bol. Celui qui me l'a conseillée avait raison, elle est vraiment cool. Et elle s'y connaît en combats. C'est pas le cas de tous les vétos.

– Ma vieille Grigri va avoir une super armure ! sourit Aaron en ébouriffant les touffes de poils doux qui surgissaient devant ses oreilles.

– Voilà tous les modèles d'armure distribués chez les vétérinaires agréés, lança la femme en leur lançant un catalogue qui avait déjà bien servi. Toutes celles qui ont une croix rouge à côté, je ne les ai plus en stock.

Ils rattrapèrent le magazine de justesse.

– Aucune n'est prévue pour un jackalope, mais je me débrouillerai pour l'adapter. De toute manière, ils prévoient toujours une marge selon la corpulence de la bête.

– Le bronze, ce serait pas mal, non ?

– T'es fou ? Trop lourd ! Elle est plus rapide qu'un guépard, ce serait stupide de l'alourdir, répondit Aaron à voix basse.

– Une armure l'alourdira forcément, s'énerva Enzo en feuilletant le catalogue, de plus en plus agacé au fil des pages. C'est des machins conçus pour des monstres de cinq cents kilos minimum ! Le bronze et l'acier ne pèsent pas lourd pour une tarasque ! Putain, ils ont même des pièces d'armure en marbre noir, j'hallucine…

– Pas forcément, glissa la vétérinaire qui caressait Grignotte entre ses oreilles titanesques. Il y a une armure que personne ne prend jamais, et qui est aussi légère qu'une combinaison en tissu.

– Pourquoi personne ne la prend jamais, alors ? demanda Aaron en même temps qu'Enzo répliquait :

– Elle ne doit pas protéger grand-chose !

– Détrompe-toi, expliqua posément la quadragénaire. C'est un polymère composite intelligent. En d'autres termes, un alliage de plastique et de carbone qui est sensible à toute pression qui s'exerce sur sa face extérieure. Au moindre coup, au moindre contact contre sa surface, sa structure cristalline se resserre en quelques nanosecondes et devient aussi dure que l'acier. Dès que la pression disparaît, il reprend sa douceur originelle.

Les deux garçons se regardèrent.

– C'est du génie ! s'exclama Aaron à l'instant où Enzo, qui n'avait rien compris, demandait :

– Et euh… à cet instant où sa structure se… resserre, son poids n'augmente pas ?

La femme haussa les épaules.

– Je suis vétérinaire, pas ingénieure. Mais je sais que sa résistance n'a aucun rapport avec son poids, juste avec l'organisation des fibres polymères à l'intérieur. En bref, c'est une armure ultra-légère et adaptative.

– Elle doit coûter une blinde, commenta Aaron, une grimace sur ses traits halés.

– En fait, non. Ce matériau est très répandu. Vos volets sont fait dans cet alliage, comme beaucoup de coques de téléphones et de portes, même s'il porte un autre nom. Et l'armée l'utilise depuis des années. Ce n'est pas un matériau noble, au contraire du bronze ou du fer ; il est beaucoup moins difficile à produire, à copier et à structurer.

– Mais pourquoi personne n'achète jamais cette armure ? s'étonna le petit brun alors qu'Enzo s'arrachait les cheveux :

– C'est pas du tout logique !

Un sourire futé éclaira brièvement les traits de la vétérinaire ; il la transforma littéralement, lui redonnant le visage d'une jeune fille.

– Si, ça l'est. Les arènes sont des lieux de spectacle, de publicité, comme vous le savez probablement. Des lieux où l'apparence est reine, et souvent mieux considérée que la force réelle. Tous les entraîneurs de monstres désirent une armure, non pas pour protéger réellement leurs bêtes qui sont déjà très solides, mais pour les rendre plus redoutables aux yeux du public. Ce qu'ils veulent, c'est une armure de bronze ou de marbre, et si elle est cloutée d'argent et couverte de feuilles d'or, c'est encore mieux ! Ils veulent une armure d'apparat.

Elle marqua une pause volontairement théâtrale.

– Vous, vous n'avez pas besoin d'une armure d'apparat, mais d'une armure fonctionnelle, pour protéger votre animal. Et faites-moi confiance : le bronze se déforme sous les coups, le fer finit par rouiller, mais le polymère composite, changez-le une fois tous les ans et vous serez certain qu'il fonctionne.

Les deux jeunes hommes se concertèrent du regard.

– C'est d'accord, on le prend ! dirent-ils à l'exact même instant.

– Voyons, je dois avoir une taille bébé dragon, ça pourrait peut-être convenir.

Pendant qu'elle retournait fouiller dans sa réserve, ils s'arrachèrent mutuellement le magazine des mains pour jeter un œil aux photographies de cette fameuse armure composite.

– Ça va, c'est pas trop laid, commenta Enzo juste avant qu'Aaron ne le lui reprenne.

– Hé, la couleur est au choix. On prend du doré, ça va avec ses bois de cerf !

– Si tu veux, moi je m'en tape, répondit le grand blond en levant les yeux au ciel. L'important c'est : quelles parties on prend ? Regarde les photos, on a le choix entre l'intégrale, ou…

– C'est pas un problème, ça, lança la vétérinaire du fond de la pièce d'à côté, je vais vous arranger votre armure selon ce que vous voulez, ce sera du fait maison !

– Au minimum le caparaçon, donc, rebondit Enzo en se replongeant dans les photographies.

– Il lui faut un truc pour le ventre.

– Ok.

– Et le cou.

– Rien n'est prévu pour un cou de lapin…

– C'est pas grave, je vous dis ! brailla la véto toujours dans les profondeurs de son antre. Si on le découpe au scalpel sur sa face intérieure, le polymère se laissera faire, je l'ai déjà fait !

– Bon, bon, reprit Enzo en haussant les sourcils devant son enthousiasme. Le dos, le ventre, le cou, et ?

– Les oreilles.

– Les oreilles ? Quoi, t'es sérieux ? C'est pas toi qui me disais que tu voulais absolument garder son aspect naturel ?

– Crétin. Ce sont des cibles faciles, vu leur taille, et en plus les oreilles d'un lièvre sont hyper vascularisées. Si elle se fait percer ou arracher l'oreille, elle se videra de son sang très vite.

– Il a raison ! s'exclama la véto qui arrivait au pas de charge.

– Bon, gronda Enzo, ok pour les oreilles, mais comme elle n'a aucun point fort et que des points faibles, à ce rythme-là on est bons pour la recouvrir entièrement de ce truc polymère. Ses yeux sont fragiles, sa tête est fragile, son nez est fragile, ses pattes sont faciles à casser ou à arracher…

Dévasté par l'ampleur de la tâche, il se pinça l'arête du nez, sentant poindre un début de migraine. C'était une chose de s'emballer en voyant la jackalope vaincre des hologrammes, ç'en était une autre de l'envoyer combattre des manticores et des dragons. Eux étaient recouverts d'écailles, leur peau était épaisse, leurs mâchoires solides. Ils étaient nés pour ne craindre aucun autre animal.

Il leur suffirait de poser une patte sur la jackalope pour que celle-ci soit réduite en bouillie.

À cet instant, sans l'avoir vu venir, les deux garçons réalisèrent d'un seul coup que Grignotte n'avait que des poils sur sa peau fragile, et juste en dessous, son squelette fin.

Ils prirent pleinement conscience de ce que signifiait ce mot : Proie.

Un lièvre était fait pour être déchiqueté par les mâchoires d'un plus gros que lui, pour être démembré, égorgé, dévoré tout cru.

Et Grignotte, toute agressive qu'elle soit, ne faisait pas exception à cette règle.

Soudain épuisés, rongés d'angoisse par la perspective de ces futurs combats qui faisaient battre leur cœur avec impatience encore une heure plus tôt, les deux acolytes se regardèrent. Puis se retournèrent vers la vétérinaire qui les fixait, sourcils haussés.

– On prend l'intégrale, dirent-ils en même temps.

– Bon, et bien voilà ! Ah oui, et je suis tombée sur un petit quelque chose que j'avais complètement oublié –

parce que c'est aussi le genre d'amélioration dont personne ne veut dans les arènes, bien que la législation l'autorise.

– On vous a dit qu'on voulait seulement…

– Ce n'est pas un implant, le coupa-t-elle, une étincelle de défi brûlant au fond de ses iris. C'est une option supplémentaire distribuée par le vendeur du polymère adaptatif. Il s'agit d'une nano-caméra qui, quand on la connecte à cette armure, retransmet en direct les motifs qu'elle capte sur les fibres de carbone extérieures.

– J'ai pas compris, dit Enzo.

Mais Aaron, yeux écarquillés, avait saisi. Il leva un regard incrédule sur la vétérinaire, qui lui prenait presque une tête.

– C'est… commença-t-il sans y croire.

– Oui, asséna-t-elle avec un sourire dans ses iris gris. Cette option rend l'armure capable de reproduire à la perfection l'arrière-plan qui se trouve derrière celui qui la porte. Vous en mettez une de chaque côté et votre jackalope se fondra dans le décor.

Elle fit une pause.

– Pour cent agnels de plus, vous achetez une armure adaptative *et* caméléon.

***

Le camion fou, assourdi de rap et de *battle rock*, fonçait à nouveau sur la voie magnétique. Il louvoyait au-dessus de cette immense mer de béton et de verre, cette banlieue laide et fonctionnelle qui colonisait davantage de terres chaque année, pareille à une vague de détritus, étendant l'emprise de la métropole dans un océan sonore et plein d'odeurs puantes.

— On va où en premier ? brailla Aaron au-dessus du vacarme.

— Attends, j'allume la carte !

Une pression sur le tableau de bord, et un énorme panorama lumineux se déploya sur tout le côté droit de l'habitacle, épargnant le pare-brise gauche et le conducteur.

— On a le choix entre quoi ? demanda Enzo en baissant le son.

— Wow, tu as des arènes illégales sur ta carte ? Elles sont censées être indétectables !

— Elles le sont sur les cartes agréées par le ministère. J'ai juste cracké une version un peu plus hardcore. Utile pour les entraîneurs de monstres.
— Euh, là je vois des zones surnommées *Barbarian Ravage*, *BlitzUltimateCarnage*, *InfernoNocte*, *Girly Skull*, *Clash & Riven...* Ils pourraient pas leur donner des noms un peu plus faciles à lire, au lieu de se la péter ?

— T'iras les critiquer en face, si tu veux, mais sans moi : je tiens à la vie. Bref, *Girly Skull* me dit quelque chose, c'est quoi ?

— Moi aussi, ça me dit un truc. On y était allés avec Asmar, au début, non ?

— Oh putain ! s'exclama Enzo, un sourire jusqu'aux oreilles et les yeux pleins de souvenirs. C'est l'arène des folles ! Tu sais, les meufs qui se baladaient seins nus, voire entièrement à poil, avec des slogans féministes bombés sur le dos ! Cette arène est réservée aux monstres femelles ! Tu te souviens, quand on avait débarqué avec Asmar, on n'était pas au courant, on n'avait rien compris. Elles avaient menacé de l'émasculer. On était partis en courant tellement on était flippés !

Aaron éclata de rire devant cette vision, celle des deux garçons terrifiés en train de détaler comme des lapins, leur tarasque adolescente sur les talons.

– C'est vrai, ça me revient !

– Elles avaient l'air tellement badass, rêva Enzo en posant le menton sur son volant comme un petit vieux. Et leurs chimères étaient les plus classes que j'avais jamais vues !

De semblables arènes – officielles et gérées par des associations féministes, ou officieuses et gérées par des cyberpunks à moitié nues – s'étaient développées en parallèle des combats de monstres ordinaires, pour contrer le machisme grandissant du milieu. Les speakers, censés vanter les qualités de chaque bête, ne manquaient jamais une occasion de lancer de petites piques moqueuses à l'intention des femelles. Seules les sphinx, les vouivres et les licornes – espèces dépourvues d'individus mâles – échappaient à ce couperet. La plupart des arènes féministes restreignaient également les améliorations cybernétiques sur les monstres.

En somme, ces arènes cumulaient tous les avantages des combats, mais pas leurs inconvénients. Pas de risque de tomber sur une manticore zombie là-bas.

De derrière leurs appuie-têtes mouillés de sueur jaillirent soudain les grosses babines de Grignotte, en train de ronger le vide avec défi. Elle était impatiente d'arriver – elle ne savait pas où, mais un quelque part hors de ce camion lui suffirait.

Les deux garçons se regardèrent, un éclat malin ricochant dans leurs fossettes.

Ils avaient justement un monstre femelle sous la main, entièrement naturel et qui ne payait pas de mine.

– C'est parti pour *Girly Skull*, lança Enzo en faisant littéralement décoller le camion sous l'impulsion de l'accélérateur.

La zone de combat illégale ne se trouvait pas à ciel ouvert. Pour atteindre la fameuse *Girly Skull*, il fallait d'abord traverser l'ancienne zone industrielle via de petites voies magnétiques à moitié défoncées, dans lesquelles Enzo s'agrippait au volant tel un koala à sa branche. Puis il fallait louvoyer entre d'anciennes usines désaffectées, si gigantesques que le camion avait l'air d'une fourmi à leur pied, et passer dans l'ombre des cheminées d'évacuation. Ils finirent enfin par garer le van dans l'ombre d'un ancien silo chimique, qui arrondissait son énorme bedaine au-dessus d'eux. Une fois sortis de l'habitacle, ils firent plusieurs pas en arrière. Le gigantesque contenant de zinc et de fer, rond et cabossé par les années, devait être aussi large qu'une ferme hors-sol et culminait au moins à trente mètres de haut. Il tutoyait le ciel dans une attitude de défi, pareil à une menace envoyée aux dieux par les hommes qui l'avaient conçu. Un tag énorme, aussi rouge que le sang, étalait ses lettres plus hautes qu'un homme sur tout son ventre de métal gonflé.

GIRLY SKULL
DON'T FORGET YOU'RE GOING TO DIE

Sur fond de paysage apocalyptique et avec la musique haineuse qui s'échappait du van derrière eux, il n'y avait pas à dire, ça faisait son effet.

– Charmant, commenta Enzo.

– Ça veut dire quoi ?

– N'oublie pas que tu vas mourir, jeta le grand blond en contournant le camion pour aller ouvrir à Grignotte. Je me souviens maintenant, ça fait longtemps mais le message de bienvenue n'a pas changé.

– La fais pas sortir tout de suite ! glapit Aaron guère impressionné par la petite phrase prophétique. T'es fou ou quoi ? Elle est pas comme Asmar. Allons tâter le terrain avant, faut déjà lui trouver un combat…

À ces mots, une peur énorme se réveilla au creux de ses entrailles, lui tordant les boyaux. C'était fait. Ils étaient devant l'arène. Grignotte allait combattre des prédateurs six fois plus lourds qu'elle. Le visage crispé par l'angoisse, il serra les dents et fit signe à Enzo de le rejoindre. Celui-ci s'exécuta en grognant. Ils gravirent les quelques marches de fer rouillé, à moitié déglinguées, et poussèrent l'immense porte découpée au laser à même la cuve. Elle leur brûla les paumes : le soleil inflexible tapait sur le silo depuis le matin, chauffant ses parois à blanc.

Puis ils pénétrèrent dans *Girly Skull.*

Un maelström de bruits assourdissants claqua à leurs tympans et une vague d'odeurs fortes, désagréables pour quiconque n'élevait pas de monstre, se rua dans leurs narines. Ils inspirèrent à pleins poumons, heureux de retrouver ces fumets si particuliers, et plongèrent dans la fournaise pleine de corps et de bêtes. Une foule de souvenirs se déployèrent dans leur esprit ; leur souffle s'accéléra sous la brusque montée d'adrénaline qui présageait des combats.

– Faut qu'on trouve les responsables ! hurla Enzo, agrippé à l'épaule d'Aaron pour ne pas le perdre.

Quelqu'un brandit un index vers une direction quelconque ; le jeune homme remercia et s'enfonça dans la foule bigarrée, traînant son ami derrière lui tel un fétu de paille.

Une musique de combat, dure et inflexible, tonnait dans tout le silo en résonnant curieusement entre ses parois rouillées ; des vagues de corps s'agitaient les uns contre les autres, souvent à moitié nus. Les femmes et surtout les jeunes femmes étaient partout, très supérieures en nombre, sûres de leur place parmi les hommes. Leurs cheveux multicolores, hérissés en tours dangereuses ou en arabesques figées, teintaient la pénombre de lueurs arc-en-ciel ; des éclats de lumière ricochaient un peu partout, comme des papillons miroitants qui traversaient le silo percé. La chaleur se révéla vite insoutenable. Le fier Enzo retira très vite son t-shirt déjà trempé, affichant son buste – presque – sculptural ; Aaron haletait derrière lui comme un enfant derrière un homme, refusant d'offrir son corps à la vue de tous-tes.

Au centre de cette assemblée hétéroclite et pleine de sueur, une zone de combat était matérialisée par un grand ring. Des chaînes lourdes, tendues à se rompre, délimitaient cette aire vierge dont le sol était cabossé d'anciens coups. Le rouge de la rouille se mêlait à celui du sang, qui s'y épanchait goulûment. Une jeune sphinx, dont le beau visage humain était tordu de rage, y affrontait une licorne noire d'au moins deux mètres de haut.

– Merde ! hurla Aaron à l'oreille d'Enzo en se hissant sur la pointe des pieds. C'est quoi ce ring pourri ? Si un monstre s'échappe, tout le monde est mort !

– Non, regarde ! répondit Enzo sur le même ton. Chacune porte un collier, et chaque collier est enchaîné au centre ! Elles peuvent pas sortir du ring tant qu'elles portent ça !

Aaron plissa les yeux. Deux longues chaînes fouettaient l'air dans le sillage des adversaires, comme deux cobras en train d'attaquer ; une de leurs extrémités était fixée à un anneau scellé sur le sol, l'autre était accrochée aux énormes colliers de cuir portés par les monstres.

– Ce truc n'ira jamais à Grignotte ! s'exclamèrent-ils en même temps.

– C'est pas grave ! brailla Enzo juste après. C'est une jackalope, elle est pas censée être dangereuse pour les humains ! On s'en passera, je pense pas qu'elles feront d'embrouilles !

Aaron, les yeux écarquillés, essaya d'évaluer le pourcentage de risques que Grignotte décide de bondir par-dessus les chaînes du ring, de s'échapper et de foncer dans la foule, voire de manger quelqu'un.

– Je le sens pas ! glapit-il. Viens, on se tire et on trouve une zone de combat avec une vraie arène !

– CALME-TOI ! Calme-toi, ok ? Laisse-moi gérer. T'inquiète, ça va bien se passer ! répondit Enzo en le traînant vers la plateforme dédiée au speaker et aux organisatrices, qui surplombait la foule.

Sans force, mort de peur et le ventre douloureux, Aaron se laissa tirer par l'épaule comme un gamin ; Enzo fendit les vagues de spectateurs comme une proue de navire, les cyberpunks glissant le long de sa stature d'athlète. Ruisselant de sueur, la peau moirée sous les rais de lumière qui ricochaient autour de lui, il se dressa vers la plateforme de bric et de broc, d'où le speaker – une femme aux yeux cybernétiques – braillait de sa voix grave.

– Hé ! Vous deux ! On veut un combat pour notre monstre ! hurla-t-il en levant un bras vers les organisatrices, un jeune duo déshabillé qui le défiait du regard en silence.

– On prend que les femelles ici ! répondit la plus jeune sur le même ton, en penchant vers eux son corps plein de rondeurs.

Elle avait la peau sombre et les mains posées sur les hanches dans un aplomb orgueilleux, ses doigts agiles jouant avec les trous de sa grosse ceinture cloutée – celle-ci étant l'unique vêtement qu'elle arborait. Elle narguait visiblement les deux hommes, qui ne savaient plus où poser les yeux.

– C'est une femelle qu'on a ! répliqua enfin Enzo en fixant son visage, les joues cuisantes sous sa barbe blonde de deux jours.

– Ok, ça roule ! répondit-elle dans un pas de danse sur la musique folle, un pas beaucoup trop déhanché qui fit bouger sa lourde ceinture. Une jeune licorne, ça vous va comme adversaire ?

– Oui oui ! C'est parfait !

Ils soupirèrent de soulagement ; les licornes étaient redoutables, mais ils avaient réussi à échapper aux dragons, manticores et compagnie.

Elle se pencha davantage, aussi souple qu'un jeune roseau ; dans sa main brillait un ticket déjà bien abîmé. Enzo le récupéra de justesse, avant qu'elle ne se rétablisse sur sa plateforme dans un petit saut d'équilibriste qui fit teinter ses triples boucles d'oreilles

– Vous passerez après celui-ci ! On a prévu cinq rounds maximum, ça vous laisse un quart d'heure max pour préparer votre bête ! C'est bon ?

– Ouais, lui cria Enzo.

– Ok super ! Vous la ferez entrer par l'entrée du ring, à l'autre bout ! ajouta-t-elle en désignant une immense sortie qu'ils n'avaient pas remarqué, et dont la lumière incendiait une partie du silo, faisant souffler un vent chargé de vapeur brûlante. Je dis quoi au speaker ? Vous avez le speech ?

– Merde ! s'exclamèrent-ils en même temps.

Ils n'avaient absolument pas prévu comment annoncer Grignotte. Un stress énorme bouillonna soudain dans leurs entrailles. Ils échangèrent un regard, yeux écarquillés, les neurones sur le point de partir en fusion.

– Dis-lui que… balbutia Enzo dont le regard avait échoué, par mégarde, sur la poitrine généreuse de la jeune fille. Dis-lui d'annoncer Grignotte, le monstre aux cent victoires, la tueuse millénaire… la mangeuse de tripes ! Oh, et puis zut, qu'elle se débrouille, elle est là pour ça avec son putain de micro, alors qu'elle brode !

– Ok, rigola la jeune fille aux cheveux bleus. C'est quoi comme bestiole ?

Les deux larrons se regardèrent à nouveau, sans oser répondre. Ils formaient un îlot de silence au milieu de la foule bruyante.

Plus ils tarderaient à répondre et plus cela aurait l'air suspect.

Plus ils hésiteraient, et plus cela crèverait les yeux qu'ils avaient *honte*.

– Un putain de jackalope qui va bouffer les tripes de cette putain de licorne ! beugla enfin Enzo en décidant de jouer la carte du culot.

Puis il tourna vite les talons et s'enfonça à nouveau dans la foule, traînant Aaron derrière lui, le cœur battant à tout rompre et le visage plus rouge qu'un poivron mûr.

Leurs oreilles apprécièrent grandement le silence qui régnait à l'extérieur. Le vent chaud parut soudain frais sur leurs corps humides de sueur.

— Allez, allez, allez, répétait fébrilement Enzo en arpentant le sol grillé près du van. On la fait descendre, on la fait rentrer, elle défonce cette putain de licorne sur ce satané ring et après on voit si on peut s'attaquer à des plus gros morceaux. Ça peut marcher. Ça peut marcher !

Aaron fit descendre Grignotte en silence ; intelligente, elle commençait à prendre l'habitude des balades et resta à ses côtés, remuant son grand nez plat en guettant toutes les odeurs qu'elle ne connaissait pas.

— Déploie l'armure, dit Enzo qui ne tenait pas en place.

— Oui, c'est bon, grogna le garçon filiforme.

Sourcils froncés sous le stress qui habitait tout son corps, il appuya sur les deux rectangles noirs que portait Grignotte — l'un au sommet de l'échine, l'autre entre ses bois dorés. Il y eut un claquement sec, puis un étrange froufroutement de plastique. Son armure se déploya et la recouvrit comme une seconde peau. Ondoyant, nacré, couleur de miel fondu, le polymère léger et élastique scintillait sur l'intégralité de son dos et de son ventre. Il formait une sorte de large collier au niveau de sa nuque, descendait sur son poitrail comme une coulée d'ambre ; le même épanchement liquide recouvrait ses oreilles, son large front, jusqu'à son nez et ses babines, et se livrait à des excroissances protectrices au-dessus des yeux.

— C'est qu'elle a fière allure, commenta Enzo.

– Wow, attends, elle essaie de la bouffer ! s'exclama Aaron en agitant désespérément les mains autour de la grosse tête de Grignotte.

Celle-ci, déterminée à goûter ce truc étrange qui venait caresser ses moustaches, remuait les babines dans tous les sens possibles et imaginables pour réussir à y planter une dent. Mais la vétérinaire avait réussi son œuvre, le polymère restait hors d'atteinte ; les deux garçons éclatèrent d'un grand rire nerveux devant la bouille de la hase de plus en plus énervée.

– Il faut qu'on y aille, reprit Enzo en consultant sa montre. Ce sphinx avait l'air déchaîné, ça m'étonnerait que la licorne noire tienne cinq rounds ! Grouillons-nous !

Aaron attrapa la première chose pouvant faire office d'appât – en l'occurrence une vieille bouteille en plastique qui roulait à leurs pieds sous l'impulsion du vent – et l'agita devant le nez de la jackalope ; cahin-caha, Enzo assurant leurs arrières, ils contournèrent l'énorme silo à une allure de limace arthritique et finirent par trouver l'entrée des fauves, immense, débordante de musique lourde, de voix énervées, de rugissements et de bruits cacophoniques. Grignotte agitait ses longues oreilles, ses gros yeux de plus en plus exorbités, et de plus en plus réticente à avancer ; elle finit par s'arrêter au pied de la porte, nerveuse et frissonnante dans son armure rutilante.

– Je le sens mal, marmonna Aaron en tapotant son front poilu pour la calmer. On n'a pas choisi le meilleur endroit pour son premier combat.

– Ah, arrête de dire ça, espèce d'oiseau de mauvaise augure ! Tu vas finir par nous porter malheur. Même avec Asmar, tu disais ça à chaque combat !

– Mais on pourrait peut-être…

Une troisième voix les interrompit soudain.

– Excusez-moi.

Ils se retournèrent d'un bloc vers l'intruse, à quelques mètres, qui les fixait d'un air hautain. C'était une fille de dix-sept ou dix-huit ans, certainement pas plus, assez hirsute avec ses cheveux longs et bouclés.

Sur la défensive, ils croisèrent les bras dans un même geste et tentèrent de la toiser avec davantage de mépris qu'elle ne le faisait. Ce qui s'avéra impossible.

– Allez-vous vraiment… faire entrer ce jackalope là-dedans ? poursuivit-elle.

Une alarme se mit à sonner dans la tête d'Aaron tandis qu'il la détaillait davantage. Vêtue de manière passe-partout, maigre comme une brindille et propre sur elle, elle n'avait strictement rien en commun avec les gens qui hurlaient et riaient dans le silo. La petite barrette en forme de lapin blanc qui retenait une mèche rebelle, sur sa tempe, la discréditait encore plus que le reste. Pire, sa voix se teintait d'une nuance très inquisitrice. Trop inquisitrice au goût d'Aaron.

– Merde, souffla-t-il vers Enzo. C'est la SPAN. C'est sûr, c'est la SPAN…

– Quoi ? T'es fou, cette fille est trop jeune… rétorqua le jeune homme sur le même ton, avant de hausser la voix. Ouais, c'est bien ce qu'on va faire, pourquoi ? Qu'est-ce que tu fiches là, toi ? T'as pas l'air d'une dompteuse de monstres, sans vouloir te vexer.

Vexée, elle l'était très probablement. Elle croisa les bras à son tour, furieuse.

– Mais vous êtes… vous êtes complètement tarés ! Ce n'est même pas un monstre de combat ! Vous allez l'envoyer là-dedans ? Vraiment ?

Elle regardait l'énorme silo comme s'il s'agissait de l'antre du diable en personne, ce qui assura aux deux garçons qu'elle n'y était jamais entrée de sa vie. Ni dans *Gurly Skull*, ni dans aucune autre arène. Cela crevait les yeux. On aurait dit une grand-mère devant un MP3 intégré ou un implant biochimique : résolument contre, sans jamais l'avoir essayé. Rasséréné par ce constat, Enzo reprit l'avantage.

– Ouais, vraiment. Te fais pas avoir, ce jackalope est redoutable, cingla-t-il d'un ton sec. Il pourrait te couper un doigt. T'es déjà entrée là-dedans, au moins ?

Un silence éloquent s'ensuivit.

– Non, asséna-t-il avec un sourire goguenard. T'y connais rien. Laisse-moi deviner, tu…

D'un coup de coude, Aaron lui indiqua l'un des badges épinglés sur le t-shirt de la fille. Il montrait une main humaine serrant une patte de chien, surmontée du slogan « Luttons pour les animaux ». Devant une telle niaiserie, Enzo ne put retenir un nouveau sourire.

– Ah ouais, encore mieux que la SPAN, tu fais partie d'une asso anti-arènes, pas vrai ?

Elle hocha la tête, les yeux lançant des éclairs.

– Exact ! Le reste du groupe arrive bientôt, et on…

– Oh, c'est pas vrai, me dis pas que vous allez venir faire chier les filles d'ici, la coupa le grand blond. Vous avez pas d'autres trucs à faire, des bébés licornes à sauver, des dragons à confisquer chez les gens, ce genre de trucs ?

– Enzo, marmonna Aaron à voix basse.

– Laisse-moi parler, espèce de connard ! s'exclama la fille qui semblait sur le point d'exploser de frustration. Bien sûr qu'on vient *faire chier* les gens d'ici ! (Elle désigna l'arène d'un grand geste.) C'est de la maltraitance ! Vous n'êtes que des... vous êtes complètement inconscients !

– De quoi ? siffla le jeune homme en s'avançant d'un pas. Ici, les améliorations biotechno' sont restreintes, d'accord, donc va t'attaquer à des arènes illégales où personne respecte les règles, avec des putains de manticores téléguidées ! Au moins, tu seras utile ! Ici, on respecte les monstres !

– Enzo, maugréa Aaron sans que personne ne lui prête attention.

– Vous respectez les monstres ? répéta une autre voix féminine d'un ton si moqueur que les cheveux d'Enzo se hérissèrent dans sa nuque. Ben voyons !

Derrière la jeune fille, une deuxième adolescente s'avança. Ses cheveux blonds coupés au carré lui balayaient les épaules ; elle était si petite que même Aaron lui prenait une tête.

– Putain mais elles sont combien, ces enquiquineuses ? grommela Enzo entre ses dents.

D'autres voix s'avançaient vers eux. Ils entendirent le pas de plusieurs personnes sur le goudron.

– Enzo, répéta Aaron d'un ton las.

Il détestait ce genre de confrontations. Grignotte, inconsciente de la tension qui régnait entre les quatre humains, s'approcha des jeunes filles à petits bonds et renifla leurs baskets.

– Reviens ici, toi, maugréa Enzo.

La petite blonde lui caressa le dessus de la tête d'un geste suffisamment doux pour ne pas l'énerver. La hase agita les oreilles, suscitant un sourire amusé chez la fille.

— Non mais regardez-vous ! lança-t-elle à l'intention d'Enzo. Vous allez la tuer. (Elle leva le regard vers l'énorme ventre du silo.) C'est vrai que *Girly Skull* est mieux que d'autres arènes, d'accord. Et après ? Tout ça devrait être interdit ! Dresser des monstres, les enfermer, les affamer et les faire combattre pour s'amuser…

— C'est un passe-temps de brutes, martela la première fille. Vous êtes vraiment assez obtus pour vous dire « Tiens, les animaux adorent ça, se faire dresser puis étriper en public, continuons gaiement » ? (Elle leva les yeux au ciel.) Vous et votre petit jackalope, là ! Vous faites pitié !

Fulminant, Enzo s'avança encore jusqu'à les surplomber toutes les deux.

— Alors maintenant, vous allez arrêter les conneries. J'ai jamais, jamais maltraité un animal de ma vie et ça va pas commencer maintenant. Cassez-vous de là et allez vous attaquer aux malades qui battent leur bête. Ici, c'est pas le genre de la maison.

Aaron se frotta les paupières, déjà exténué par leur discussion stérile. Il envoya un regard vers les deux filles qui, espérait-il, en dirait long.

Enzo n'avait aucun mal à fustiger les dresseurs brutaux, les mauvais dompteurs. Aaron et lui se trouvaient du bon côté de la barrière. Mais jamais, jamais le jeune homme n'admettrait l'éthique douteuse des arènes. Jamais il ne remettrait en cause le concept des combats, qui lui avait fait vivre tant d'aventures, tant d'émotions — de la joie la plus intense au deuil le plus noir –, et qui l'avait transformé, de petit bourgeois hautain, en un garçon malin et pragmatique qui connaissait tout de ce milieu.

Jamais il n'admettrait que les monstres n'avaient rien à faire dans les arènes, à porter des colliers et des armures. L'arène était toute sa vie, elle cristallisait tous ses rêves de grandeur.

– Tu n'es qu'un minable, asséna la blondinette en plissant les yeux.

Aaron se figea. Elle venait de frapper Enzo là où il ne permettait à aucune flèche de l'atteindre. Cela allait s'envenimer.

– Ce sont des esclaves, continua-t-elle en désignant Grignotte. Vous en faites des esclaves et vous gagnez de l'argent sur leur dos ! Et vous en êtes fiers ! Ils méritent mieux que ça !

– Tais-toi ! tonna le jeune homme. Tu dis n'importe quoi ! On s'occupe bien d'elle. Tu voudrais qu'on la mette où ? Dehors ? En liberté ? (Il écarta les bras, moqueur et méprisant.) Tu veux qu'on appelle la SPAN et qu'elle finisse dans une rangée de trente cages, entre des clebs maltraités et des dragons des rues, en attendant l'euthanasie ?

Aaron claqua de la langue, mécontent d'entendre ses propres mots réutilisés dans ce contexte.

Derrière les deux filles, un groupe d'une dizaine de personnes arrivait nonchalamment, portant des banderoles et des affiches.

– Il y a des sanctuaires pour ça ! rétorqua la fille hirsute à la barrette lapin. Votre animal serait plus heureux là-bas qu'ici !

Perturbé, Aaron fronça les sourcils.

Il n'avait jamais entendu parler de tels sanctuaires.

– Des sanctuaires ? s'exclama Enzo. Laisse-moi rire ! Ce sont des mouroirs où les monstres sont parqués dans des enclos, avec trois arbres pour se gratter le dos et un faux rocher en ciment au milieu !

Elle perdit un peu de sa véhémence.

– Peut-être bien, mais c'est toujours mieux que ce que *vous* leur donnez !

Le jeune homme lui jeta un regard méchant. Elle recula, nerveuse, quand il fit un pas en avant.

– Dégage d'ici. Ton combat est perdu d'avance. Personne fera une croix sur ses monstres, ici. On aime nos bêtes et oui, on gagne notre vie grâce à elles. Je bosserai pas dans un bureau ou dans un restaurant. J'ai assez fait de jobs merdiques dans ma courte vie, c'est fini. (Il pointa le ciel de l'index, désignant l'astre brûlant qui les écrasait de chaleur et qui grillait le pays depuis des années.) J'vais pas rester ici, hors de question. Mon pote non plus. Si tu veux t'enterrer ici toute ta vie, à faire ta petite guéguerre, ben vas-y, éclate-toi ! Mais pour nous, les arènes, c'est notre ticket de sortie. (Il planta ses yeux clairs dans les siens.) C'est le seul moyen qu'on a pour gagner assez de fric et s'offrir une vie un peu moins merdique qu'ici, dans un pays où la canicule est pas encore arrivée.

– Oh, c'est ça, alors ? s'exclama-t-elle, moitié ahurie, moitié exaspérée. Bande d'égoïstes ! Vous envoyez vos bêtes au casse-pipe pour sauver votre peau ?

– Et la leur avec ! rugit Enzo. Tu crois qu'on va les laisser derrière nous ? Tu crois qu'on n'a pas de cœur ? Espèce de petite garce ! Tu nous prends de haut alors que...

Aaron lui saisit le bras d'un geste sec.

– Stop, ça suffit, siffla-t-il. Arrête d'envenimer les choses. Elle a raison.

Campés en ligne droite, tous les membres du groupe anti-arènes les toisaient derrière les deux adolescentes.

– Elle a quoi ? sursauta Enzo. *Raison ?* Tu déconnes ou quoi ?

Aaron lui jeta un regard furieux.

– Oui, sur le fond, elle a raison et tu le sais très bien. (Il se rapprocha de lui et lui souffla d'une voix quasi imperceptible.) Asmar est mort à cause de nous, il n'avait rien à faire en arène. Sois honnête.

Enzo se dégagea, sidéré de ce revirement, une expression trahie sur le visage. Il ne comprenait pas. Aaron lui-même ne comprenait pas.

Il savait juste que la fille avait raison. Au fond de lui, il le savait.

Mais il ne voulait pas renoncer aux combats, pas encore. Pas alors qu'il pouvait peut-être, avec assez d'argent, s'offrir une nouvelle vie loin de ce marasme en emportant Grignotte avec lui. Elle ne méritait ni l'arène, ni les sanctuaires minables dont Enzo se moquait. Elle méritait beaucoup plus que ça. Asmar aussi avait mérité beaucoup plus. Et les deux garçons n'avaient pas su le lui donner. Pris dans leurs rêves de gloire, dans les cris du public qui scandaient leurs noms, ils n'avaient pas su s'arrêter à temps. Ils s'étaient laissés emporter par ce tourbillon mortel, ils avaient voulu enchaîner les victoires, amasser l'argent, continuer pour toujours ce mode de vie éphémère.

Pas cette fois, se promit-il. *Cette fois, personne ne mourra. Cette fois, tout ira mieux.*

– Ouais, c'est ça ! leur cria la petite blonde tandis qu'ils se détournaient. Écoute ton pote, espèce de grand con ! J'ai raison et tu le sais bien ! Ce que tu fais est mal ! Reconnais-le !

Des cris d'assentiments résonnèrent derrière eux. Aaron sentit le biceps d'Enzo se contracter sous ses doigts, mais il ne le laissa pas se retourner. Il le poussa d'une bourrade vers l'entrée de *Girly Skull,* avant de se retourner vers les militants. Son regard croisa celui de l'adolescente, qui le détaillait avec un air circonspect. Elle ne savait pas à quoi s'attendre de sa part.

– Tout n'est pas noir ou blanc, lui lança-t-il à voix basse.

– Peut-être, mais on peut toujours faire mieux, lui rétorqua-t-elle sur le même ton. À condition de le vouloir.

Le garçon accusa le coup.

La jeune fille caressa Grignotte une dernière fois, accrocha quelque chose sur l'un de ses bois, puis lui tapota le front avec tendresse. Aaron l'appela en agitant les bras et l'animal le rejoignit en quelques bonds. Il regarda ce qu'elle avait fixé dans sa ramure. Il s'agissait d'un des badges de leur association, attaché avec un petit bout de fil. On pouvait y lire « AMI, PAS ESCLAVE ». Une silhouette de wolpertinger se détachait sous ces mots, dorée sur fond noir, avec de grandes oreilles et d'immenses ailes déployées. Sa ramure de cerf ressemblait à celle de Grignotte.

– On n'a pas de pin's avec des jackalopes, lui lança la blondinette d'un ton déçu. Désolée. Mais… c'est presque pareil, non ? Les wolpys ont disparu… il ne faut pas que les jackalopes finissent comme ça. Prends soin d'elle, d'accord ?

Ces mots le touchèrent bien plus qu'il ne pouvait décemment le laisser paraître. Il hocha la tête dans sa direction. Enzo refuserait de l'admettre, bien sûr, mais c'était une chouette fille.

Une fille qu'Aaron aurait aimé connaître s'il n'avait pas été dresseur de monstres, et elle, militante pour la cause animale.

Soudain, une cascade d'applaudissements et de huées résonne à l'intérieur du silo.

— ET MAINTENANT, pour vous ce soir à *Girly Skull*, voici le plus étrange combat que vous verrez de votre vie, l'affrontement le plus déséquilibré que vous auriez pu imaginer !

Enzo, sur le seuil de l'arène, se retourna vers lui. Ils pâlirent en même temps.

— Merde, dirent-ils en chœur alors que le cœur leur remontait dans la gorge.

— Vous connaissez déjà la reine de la mort, la vierge sanglante, l'affamée de chair ! Combien de combats a-t-elle déjà gagnés ici-bas ? COMBIEN ?! (Le public rugit de concert avec la voix surexcitée du speaker.) Et pourtant, il ne s'agit que d'une toute jeune fille, allez ! Accueillez notre qilin national, notre licorne aux mille dents ! Voici Samsara et sa puissance incontrôlable !

— Oh non, dit Aaron d'une voix atone. Elle nous avait dit une licorne, c'est un qilin.

— Abus de langage, répondit Enzo du bout des lèvres.

Tous deux étaient pâles comme la mort. Les licornes se montraient violentes et dangereuses, avec leur corne acérée, leurs techniques de charge mortelles et leur manie d'écraser l'adversaire à coups de sabots. Mais les qilin additionnaient à tout cela une dangereuse mâchoire et des écailles solides. Et, considérés comme catégorie C+, ils n'étaient pas muselés.

Ils se regardèrent. Puis ils jetèrent un coup d'œil vers les militants, qui installaient leurs piquets et leurs banderoles. Les bras croisés, les deux filles haussèrent des sourcils inquisiteurs dans leur direction.

C'est ce que vous vouliez, non ? Assumez, maintenant. Assumez ce que vous faites avec la vie d'autrui.

Leurs visages étaient si expressifs qu'ils n'eurent aucun mal à savoir ce qu'elles pensaient.

Ils regardèrent Grignotte. Apeurée, plaquée au sol, elle n'osait bouger devant tant de bruit.

— PUTAIN, ON SE CASSE D'ICI ! rugit Aaron à l'instant même où Enzo beuglait :

— ALLEZ ON Y VA, ELLE VA LA DÉFONCER !

L'un poussant Grignotte vers l'arrière, l'autre la poussant vers l'avant, il fallut une nouvelle ovation du public et la reprise du speaker féminin pour les sortir de leur folie :

— Mais face à ce monstre d'élégance et d'agressivité, voici que se dresse une nouvelle venue, et pas n'importe laquelle ! ET OUI, MESDAMES ET MESSIEURS ! Voici venir une créature ô combien méprisée parmi nous, dresseurs et dresseuses de monstres, et pourtant ! Elle va nous surprendre, sans aucun doute ! Voici venir la tueuse millénaire, le monstre aux cent victoires, la mangeuse de tripes… La jackalope nommée Grignotte ! Je veux une standing ovation pour cette combattante extraordinaire ! Levez-vous, levez-vous !

Rouges de honte, mais emplis de reconnaissance envers le speaker qui avait fait son travail bien mieux qu'ils n'avaient osé l'espérer, les deux jeunes hommes se regardèrent à nouveau. Ils n'avaient plus le choix. D'un seul élan, ils rassemblèrent leurs forces et hissèrent Grignotte dans l'arène.

L'énorme hase patina de manière ridicule sur ses grosses pattes, trébuchant sur le sol courbe du silo, absolument débordée par toute cette agitation qui se déployait devant ses yeux ; elle poussa de petits cris aigus pareils à celui d'un bébé qui pleure, oscilla sur son équilibre instable, puis tenta d'esquiver les bravos, les rires et les vivats de la foule en quelques bonds maladroits.

Cela ne fonctionna pas, évidemment, mais l'amena en plein milieu du ring, là où se croisaient les chaînes d'attaches. Là où la femelle qilin arpentait son territoire d'un pas fier.

La hase cornue, ses gros yeux terrifiés prêts à jaillir de leurs orbites, ainsi que ses deux maîtres qui s'encadraient dans l'ouverture derrière elle, levèrent lentement le regard sur l'adversaire qui les surplombait.

La « licorne aux mille dents » avait visiblement déjà atteint sa taille adulte. Elle culminait à près de deux mètres de haut, son long cou de cerf hardiment dressé plus haut encore ; sur sa grosse tête boursouflée d'écailles, puissante comme celle d'un bœuf mais dotée de dents de loups, s'élevait sa corne unique : un bois de cerf brun et tortueux, bien plus court que ceux que portaient Grignotte. L'avant de son corps était celui, élancé et haut sur pattes, d'un jeune cerf fringant ; sa croupe puissante était celle d'un cheval, un cheval qui aurait été recouvert d'écailles de serpent. De lourd sabots terminaient le tableau, ainsi qu'une queue battante qui renouait avec le bœuf.

Ironie ou coup de chance, la dénommée Samsara semblait dépourvue de toute amélioration, dépourvue même d'armure.

Elle dansait sous les feux des rais de lumière, faisait les cent pas sur cette scène de fortune comme un terrible lion en cage. Ses muscles puissants roulaient sous sa peau fine, suscitant les vivats du public.

Grignotte se tenait aplatie par terre face à elle, écrasée par la panique et ces bruits gigantesques qui la rendaient sourde, tétanisée, recroquevillée comme un chaton terrifié. Ses yeux roulaient dans ses orbites, ses flancs palpitaient comme des soufflets devenus fous.

Les deux garçons derrière elle réalisèrent d'un seul coup leur bêtise, avec la force d'un coup de massue dans l'estomac.

Le gong sonna, faisant sursauter la pauvre hase toujours plaquée au sol, et déchaînant la fureur du qilin qui fonça sur sa proie.

— ROUND UN ! scanda la foule où se mêlaient les rires et les cris ébahis.

— ELLE VA SE FAIRE DÉTRUIRE ! beugla Aaron en se jetant vers sa vieille hase.

Enzo le retint de justesse, mobilisant toute sa force pour empêcher son ami d'aller se faire trucider avec son animal.

— Elle est déjà morte ! lui hurla-t-il dans l'oreille. Laisse-la !

Ils commencèrent à se battre en arrière-plan, invisibles dans le chaos ambiant, comme un écho au véritable combat, un miroir tendu à la jackalope et au qilin.

La hase, toujours statufiée sous la panique, regarda cet énorme monstre se jeter sur elle ; elle fut projetée contre les grosses chaînes du ring dans un cri aigu, comme si ses cinquante kilos ne pesaient rien, comme si elle n'était qu'une poupée de chiffons ; mais elle bondit avant même de retomber au sol, vive comme une étincelle, et détala le long des chaînes qui lui interdisaient la fuite avant de se tapir à nouveau dans un coin, meurtrie mais bien vivante. Sauvée par son armure. Son cœur battait si fort et si vite qu'on voyait son poitrail tressauter. Le qilin se jeta derechef sur elle, corne en avant. Elle traversa à nouveau le ring, frappée si fort que l'on entendit le choc sur son armure.

Les larmes dévalaient le visage d'Aaron, qui avait cessé de se débattre comme un diable et sanglotait sur le bras d'Enzo qui le maintenait immobile. Il ne cessait de répéter : « C'est moi qui l'ai tuée, c'est moi qui l'ai tuée, c'est à cause de moi… à cause de moi…La fille a raison… Elle a raison sur toute la ligne… »

Mais Grignotte se rétablit à nouveau, complètement sonnée par le choc, son armure souple épousant ses mouvements désordonnés, juste avant que le qilin ne bondisse sur elle une nouvelle fois, ses gigantesques mâchoires grandes ouvertes.

Le temps parut se figer d'un seul coup.

On entendit un craquement d'os, un craquement affreux qui résonna tout autour du ring, au-dessus du vacarme ambiant, un craquement qui parut briser le rythme de la musique abrupte, la réduire à néant l'espace d'un instant.

Toujours coincé par la prise d'Enzo, Aaron enfouit son visage dans ses mains.

Un cri suraigu – celui d'un lièvre au supplice – brisa à nouveau les clameurs, vrillant les tympans de chacun dans le public ; le qilin secouait sa prise, ses dents plantées dans le corps de Grignotte comme un piège à loup meurtrier. Il secouait sa proie comme pour la faire éclater, avec la folie du monstre qui a été fouetté, la folie de l'esclave à qui on a appris la haine. Il ouvrit les mâchoires et lâcha la hase qui fut projetée au sol deux mètres plus loin, dans un filament de bave nacrée qui scintilla sous les rayons du soleil.

Loin derrière le silence qui bouchait les oreilles d'Aaron, sonné, détruit, rugissait encore la voix du speaker.

– Nous sommes presque à la fin de ce premier round, mais voilà que cette pauvre jackalope semble K.O ! Un ! Comptez avec moi, comptez avec moi !

– Deux ! rugit la foule.

– Trois !

Le petit corps de Grignotte miroitait au centre du ring, échoué comme un faux espoir, comme une vie brisée.

– QUATRE !

– CINQ !

– SIX !

Le qilin arpentait l'espace, ses écailles vert-de-gris luisant sous la lumière qui crevait le plafond ; il attendait, patient, que sa proie se relève.

Et elle se releva.

Aaron hoqueta sous la clé d'Enzo qui le maintenait toujours, les yeux écarquillés de surprise ; la hase s'était encore remise sur pattes, sans effort apparent, et se plaquait de nouveau par terre en attendant la prochaine attaque.

– Ahaha, mes amis ! Cette fieffée Grignotte faisait la morte pour mieux nous tromper ! rugit le speaker ravi de la tournure que prenaient les choses. Peut-être nous surprendra-t-elle encore d'ici la fin de ce combat ! Mais voilà que Samsara bondit de nouveau vers elle !

Mais c'est à ce moment précis que le gong résonna dans le silo. Parfaitement dressé par le fouet et les coups, le qilin, suspendu un instant en plein milieu de son saut, dévia sa trajectoire d'un coup de reins puissant pour éviter Grignotte ; il se projeta contre les chaînes du ring et se rétablit tant bien que mal dans une explosion sonore, une patte tordue sous lui. Immobile, haletant, il fixa la hase toujours recroquevillée, de longs filaments baveux s'étirant sous la gueule. Il fixa sa proie qu'il n'avait plus le droit de toucher.

– Les dompteurs ont deux minutes pour s'occuper de leurs bêtes et déclarer forfait s'ils le désirent ! Deux minutes avant le deuxième round ! brailla à nouveau le speaker avant d'aller prendre sa pause.

Enzo lâcha enfin Aaron, qui s'essuya nerveusement les joues et se précipita au chevet de Grignotte.

– Oh là là, ma pauvre vieille… balbutia-t-il après avoir désactivé son armure, en caressant doucement son front et son dos pour l'apaiser.

– On est vraiment trop cons, dit Enzo en ajoutant ses caresses aux siennes. Vite, faut qu'on se tire ici. Je vais leur dire.

Il se dressa, humain sans peur au milieu de l'arène, face au qilin immobile et grondant, et fit de grands gestes à l'intention de la jeune organisatrice aux cheveux bleus. Elle lui répondit de la même manière, un sourire jusqu'aux oreilles sur son visage rond ; mais l'expression d'Enzo était sévère, fermée, et il se mit à frapper ses deux avant-bras l'un contre l'autre. L'expression de la jeune fille devint grave. Elle hocha la tête avant de glisser quelque chose à sa consœur. Puis elle cria quelque chose aux deux garçons, quelque chose qui se perdit dans le vacarme du silo ; mais le petit sourire contrit qu'elle affichait, empreint de pitié, suffit largement au fier Enzo.

— Allez, j'ai déclaré forfait. Heureusement qu'on n'a rien parié. On se casse, jeta-t-il d'un ton sec en tirant sur les bois de Grignotte pour l'aider à se relever.

La hase disparut à petits pas frissonnants dans l'ouverture de lumière, entre les deux silhouettes de ses maîtres. Le qilin, comprenant que le combat était fini, grondait de rage derrière eux sous les caresses de sa propriétaire.

***

Tout ça pour ça.

Aucun ne le dit à voix haute, mais les deux garçons le pensaient si fort que c'était comme si la phrase flottait au-dessus de leurs têtes.

Sur le chemin du retour, le camion était silencieux et pesant. Grignotte dormait dans le van, affalée de tout son long, épuisée après les évènements de la journée ; à l'avant, Enzo et Aaron ne pipaient mot. Ils ruminaient l'odieux combat. Ils ruminaient surtout les regards lourds – dédaigneux, méprisants, haineux – qu'avaient posé sur eux les militants de l'association quand ils étaient sortis tous les deux, blafards, moites de sueur, encadrant Grignotte qui avançait à petits bonds tremblants.

Aaron avait soigneusement évité de croiser le regard de la petite blonde. Il s'était contenté de serrer le pin's noir et or dans sa main, sans dire un mot. Même Enzo, vidé de sa rage et de toute son énergie, avait laissé glisser les insultes et les remontrances qui pleuvaient sur eux, sans même ouvrir la bouche. Ils n'avaient plus rien à dire. La honte leur collait à la peau, lourde et étouffante. Aaron avait secrètement nourri l'espoir de demander son nom à la jeune fille, après le combat, en ressortant du silo. Et peut-être son numéro de téléphone.

Pauvre imbécile.

Elle avait raison. Ils n'étaient que des minables. Il ne voulait pas voir le mépris dans ses yeux.

Ils avaient démarré le van sous une pluie de quolibets telle qu'ils n'en avaient jamais, jamais reçu de toute leur vie.

— Pas de regrets, lança Enzo en déposant les deux autres devant la tour sinistre du 2, avenue Paul Lacustre.

Ce n'était pas une question, mais la phrase sonnait de la même manière.

— Pas de regrets, jeta Aaron, traits tirés et muscles fourbus de fatigue.

Il fit descendre la hase, la mena doucement devant la porte de l'immeuble gigantesque. Reconnaissant les odeurs de cette banlieue à l'abandon, la bestiole s'ébroua avec contentement.

— Je m'arrangerai avec ma mère pour qu'elle la reprenne, ajouta le jeune homme.

Son visage était crispé de chagrin ; le contrecoup de leurs faux espoirs le frappait de plein fouet, lui frappait le cœur, encore et encore. Le rendait malade.

– Bonne chance, dit seulement Enzo avant de remonter la vitre et de redémarrer.

Debout sur le bitume, le garçon au teint bistre et l'énorme hase, dont les oreilles lui arrivaient au menton, regardèrent s'éloigner le vieux camion à moitié déglingué.

Il tourna à l'angle, puis disparut.

Ils montèrent en silence et prirent l'ascenseur tant bien que mal. Lorsque la cabine s'immobilisa au trentième étage, brinquebalante sous le poids de Grignotte et de son maître, avant d'annoncer que les dix prochains étages n'étaient pas desservis pour cause de dysfonctionnement, Aaron maudit ce putain d'immeuble hors service, maudit ces putains d'appartements trop étroits, maudit ces putains d'escaliers exigus qui sentaient la pisse d'humain et de bête, maudit la banlieue et la totalité de cette métropole pourrie.

Il força à moitié la porte pour leur ouvrir un passage hors de l'ascenseur, poussa Grignotte à l'extérieur ; puis il s'avachit sur les premières marches et fit une pause, ruisselant de sueur sous la chaleur étouffante qui régnait dans la tour d'habitation.

Il maudit cette putain de canicule qui n'en finirait jamais.

– Je veux de la pluie, dit-il entre ses dents serrées. Je veux de la putain de pluie.

Mais il n'y aurait plus jamais de pluie dans ce pays. La dernière fois que de l'eau était tombée du ciel, il avait dix-sept ans. Il avait même râlé car l'averse l'avait empêché d'aller se faire un foot avec ses voisins. Il s'en souvenait comme si c'était la veille.

Réchauffement climatique de merde.

Depuis bientôt six ans, les arrosages automatiques avaient pris le relai. Comme d'étranges plantes de métal, ils avaient fleuri absolument partout.

Grignotte, calme et remise de ses mésaventures, vint renifler la paume de son maître et y mettre un coup de langue avant de s'étaler de tout son long à ses côtés.

Il maudit ce cagibi étroit, obscur et puant, dans lequel il s'apprêtait à l'enfermer sans doute pour le restant de ses jours.

— Tu me pardonnes, ma grande ? murmura-t-il en caressant son flanc doux et exempt d'hématomes.

L'armure lui avait sauvé la vie.

Les deux rectangles noirs, sur son dos et sur son front, brillaient comme des échecs, comme des preuves de leur stupidité et de leurs espoirs idiots. Il faudrait qu'il les enlève, avant de s'en aller. Il fit tourner le pin's de la jeune fille entre ses doigts, en lisant et relisant le message doré, ruminant encore les insultes qui s'étaient déversées sur eux au sortir du silo.

Tarés ! Idiots ! Connards ! Fils de pute ! Vous avez de la chance qu'elle soit encore en vie ! Confiez-la à la SPAN ! Elle sera mieux qu'avec deux brutes comme vous !

Peut-être avaient-ils appelé la SPAN. Peut-être avaient-ils pris la plaque du van en photo... Si les flics débarquaient chez lui, Enzo mentirait-il en leur expliquant qu'il n'avait jamais vu de jackalope de sa vie ? Ou leur donnerait-il l'adresse du 2, avenue Paul Lacustre, appartement 405 ?

Une détonation retentit soudain hors de l'immeuble, quelque part dans la banlieue, si fort que les échos claquèrent à leurs oreilles comme des gifles sonores ; Grignotte fit un bond et s'écrasa au sol, aplatie comme pour se fondre dans son ombre, oreilles plaquées en arrière et yeux exorbités.

Aaron la fixa une seconde, deux secondes.

Elle se recroquevillait par terre.

Trois secondes.

Elle était paniquée.

Les pupilles de son maître se rétractèrent en tête d'épingles sous la puissance de l'idée qui venait de s'imposer à lui.

– Oh putain.

Ses mains se portèrent à ses cheveux courts, agrippant ses mèches noires comme le faisait souvent Enzo avec sa tignasse blonde.

Grignotte leva les yeux vers lui, toujours figée de terreur.

– Oh putain de merde. J'ai trouvé. J'ai trouvé.

Il bondit sur ses pieds, leva le regard vers les dix étages qui le séparaient de l'appartement de sa mère, prit une grande inspiration et se jeta dans l'escalier.

– Ne bouge pas d'ici ! cria-t-il à la hase qui semblait tout à fait d'accord. Je reviens tout de suite ! Bordel de merde, je sais, je sais, je sais ! Bouge pas !

Hurlant comme un beau diable, le cœur battant à cent à l'heure, il se remit à gravir les marches quatre à quatre.

– On moisira pas ici, Grignotte ! Tu retourneras pas dans ce putain de cagibi, c'est hors de question ! Tout va s'arranger !

Il défonça presque la porte de l'appartement 405, s'immobilisa un instant pour reprendre son souffle puis courut à la salle de bains.

Il rejoignit Grignotte dix minutes plus tard, une grosse boîte de coton sous le bras.

– Fonce ma vieille ! Fonce ! On redescend !

Ils bondirent dans les escaliers comme des sauterelles, dédaignant cet ascenseur lent et puant ; Grignotte dévalait les marches par série de dix, elle paraissait voler, ses grosses pattes dérapant sur le béton ciré à chaque atterrissage.

Parvenus en bas de l'immeuble, ils tournèrent le coin de la rue puis Aaron la fit monter sur la banquette arrière de sa vieille Citroën. La hase s'y tassa avec difficulté, mais beaucoup de bonne volonté. Aaron lui planta un baiser sur le front, entre les bois, puis claqua la porte et bondit derrière le volant.

– Prête, ma vieille ? rugit-il avec la voix que prenait Enzo avant chaque combat. Ça va dépoter du lapin !

Il démarra en trombe, louvoya dans les petites rues sales et activa sa vieille carte virtuelle – celle-ci était agréée par le ministère, au contraire de celle du van, mais il n'en avait besoin que pour situer ce que sa mémoire avait retenu.

Le soir tombait lentement sur la métropole, déposant sa cape sombre sur le haut des buildings.

– Direction *BlitzUltimate* bidule truc !

Ils allaient réussir.

Tout allait s'arranger.

Et cette fois, il allait parier.

***

Enzo se réveilla en sursaut d'un cauchemar dans lequel un qilin de quinze mètres de haut tentait de l'écrabouiller comme une mouche. Le jeune homme s'essuya le visage, se leva en grognant, alla fermer la fenêtre grande ouverte sur la fraîcheur nocturne. Les vingt-cinq degrés qui régnaient dans son appartement lui hérissaient la peau et les poils, dans un murmure froid que peu d'humains supportaient à présent. Car désormais, c'était la chaleur intense de la canicule qui régnait en maître, jour après jour. C'était elle qui leur dictait ses lois. Enzo, comme tout le monde, s'y était adapté ; trop bien adapté sans doute. Cette pensée fugitive disparut vite. Il revint à son lit et tenta de se rendormir.

Peine perdue, son téléphone ne cessait de vibrer sur son bureau, et il finit par comprendre, le cerveau engourdi et l'esprit embrumé, que c'était ça qui l'avait réveillé.

— Allô ? mâchonna-t-il en étouffant un bâillement. Sarah ?

— Sarah ? brailla une voix incrédule et indéniablement masculine à l'autre bout du fil. *Sarah ?* Qui est Sarah, nom d'un chien, me dis pas que t'as réussi à te trouver une fille ! Et que tu m'en as pas parlé !

— *Aaron ?* balbutia le grand blond à moitié nu, tout à fait réveillé d'un seul coup. Pourquoi tu m'appelles à cette heure-ci, il s'est passé un truc ?

Il se mit à hausser la voix pour tenter de se faire entendre par-dessus le vacarme qui résonnait dans l'appareil, du côté d'Aaron.

— Enzo, Enzo, Enzo, il faut que tu viennes ! Il faut que tu viennes voir ça ! Enfile un truc, prends le van et viens voir !

— Hein ? Mais venir où ? Quoi ? Comment ? Tu…

— Je suis à l'arène illégale de *Blitz-Truc* ! gueula Aaron dont la voix se perdait dans un chaos musical et sonore digne d'une boîte de nuit mixée avec un ring de boxe.

"BlitzUltimateCarnage ! " corrigea quelqu'un qui hurlait en fond sonore.

— Nom de nom, glapit Enzo se redressant comme un ressort, qu'est-ce que tu es allé foutre dans une arène illégale ? Le désastre d'aujourd'hui t'a pas suffi ? Tu cherches une bête à acheter ?

— T'es fou ? Pas besoin de monstre, ma vieille Grignotte fait ça très bien ! répondit la voix de son ami, déformée par une joie communicative.

— *Grignotte ?!* hurla Enzo à son tour en essayant de se faire comprendre. Grignotte ? Tu as amené cette pauvre hase se faire laminer dans une autre arène ? *Toi,* monsieur « Sois honnête, la fille a raison » ? Tu es complètem…

Des coups sourds retentirent à sa gauche, frappés dans la cloison par l'un de ses voisins ; l'homme éructait derrière le mur, visiblement réveillé en sursaut. Enzo râla en son for intérieur. Parfois, il regrettait la grande demeure familiale et son parc privé – même s'il refusait de l'admettre devant son complice de toujours.

— Tu vas la tuer ! brailla-t-il en ignorant le voisin mécontent.

— Non ! Je te dis de venir voir ! J'ai trouvé le miracle, la recette magique ! Viens je te dis ! Viens au moins empocher tout le fric que je gagne dans les paris !

Le rire faisait trembler la voix du garçon surexcité.

– La recette… Hein ? De quoi tu parles ? Comment t'as fait pour faire combattre cette vieille carne ? demanda Enzo éberlué.

– Du coton, mec ! cria Aaron dans l'appareil juste avant de raccrocher. Du putain de coton !

Enzo n'avait rien compris, mais trente secondes plus tard, débraillé, haletant, il démarrait le van en enfilant un t-shirt.

***

Et ce qu'il découvrit, en déboulant dans la décharge à ciel ouvert, envahie de sans-abris, de jeunes délinquants et de punks à chiens, submergée de cris et de bravos, le laissa sans voix.

Dans une arène circulaire, encadrée de chaînes et de grilles de fortunes qui avaient été soudées les unes aux autres, se battait une petite manticore rouge sang et tourbillonnait Grignotte.

Ou du moins une Grignotte aux trois quarts invisible, difficilement détectable pour qui ne savait pas qu'elle portait une armure caméléon.

Les yeux écarquillés, il se retint de justesse à un réfrigérateur qui dépassait de la mélasse sableuse dans laquelle se noyait la décharge. Il regarda, bouche bée, la hase cornue virevolter au rythme du rap, bondir sur son adversaire au rythme des bravos, enchaîner passes, voltes et morsures sous la lumière puissante des projecteurs, feinter et feinter encore dans une valse mortelle, esquiver la pauvre manticore qui ne savait plus où donner de la tête, telle un spectre translucide trop rapide pour être vu.

Quelqu'un lui tapa sur l'épaule. Hagard, il se retourna en sursaut et reconnut Aaron, tout autant débraillé que lui, qui de manière tout à fait surprenante se trouvait torse nu. Il affichait un superbe tag luminescent en travers de la poitrine.

Une tête de lapin en train d'attaquer, incisives en avant.

— Elle les a tous battus au premier round ! braillait-il en brandissant une chope de bière.

— Mais qu'est-ce que tu fous là, toi ? Tu détestes ce genre d'arènes, et tu détestes la bière !

— Enzo, regarde, c'est la nouvelle coqueluche des parieurs ! répondit le petit brun en le bousculant, désignant la mêlée bigarrée et hurlante. Elle est géniale ! Ma vieille Grigri dépote du lapin !

Enzo attrapa sa chope et la vida entièrement au sol, avant de la lui rendre.

— Déjà, ça c'est fait. Maintenant, explique-moi comment t'as réussi ça ?

— J'ai réfléchi ! C'est tout. Pourquoi Grignotte était aussi terrifiée dans l'arène de *Girly Skull*, alors que sur le terrain d'entraînement elle n'avait aucune peur ? Les sons ! brailla-t-il en désignant sa propre oreille rendue à moitié sourde par le chaos énorme qui régnait dans *Blitz Ultimate Carnage*.

Il ajouta, sans parvenir à tenir en place :

— Les lièvres perçoivent les sons bien mieux que nous ! Si une arène nous fait bourdonner les tympans pendant des heures, imagine pour Grignotte… Elle était terrifiée ! Ça la rendait folle !

Il lui montra une boîte de coton blanc à moitié vide, un immense sourire sur le visage. Rajeunis, ses traits parurent presque juvéniles à Enzo.

– J'ai résolu le problème ! Pouf, dans les oreilles !

– Tu… essaya de dire le grand blond, ébahi comme deux ronds de flan.

– Attends, attends ! Mais ensuite, je me suis dit : ça ne peut pas être que ça ! Les sons avertissent une proie de l'arrivée d'un prédateur ! Grignotte craint les prédateurs, comme tout lièvre et tout jackalope. Elle craint tous ceux qui sont plus gros qu'elle !

– D'où les petits adversaires, commenta Enzo dont le cerveau recommençait à fonctionner.

Il porta son regard sur la zone de combat, où le speaker déchaîné faisait le décompte au-dessus d'une manticore échouée à terre et visiblement K.O. Grignotte, grondant d'agressivité, superbe sous son armure parcourue de reflets, sous sa ramure de cerf qui déployait et vrillait ses branches au-dessus de son front, faisait les cents pas – les cent bonds plutôt – le long des grilles en attendant que son adversaire se relève.

– Regarde-la ! brailla Aaron en éclata de rire. Regarde comment elle se plaît !

Enzo l'attrapa par le bras, l'empêchant d'aller rejoindre sa bête.

– Ok, elle gère pour l'instant. Mais on ne pourra pas lui faire combattre des bébés monstres tout le temps, tu sais ça ?

Tout autour d'eux planait le souvenir d'Asmar, le roi de l'arène, qui un beau jour avait brutalement cessé de l'être.

Aaron dégrisa immédiatement. Il lui lança un regard plein d'acuité. Enzo inspira, soulagé, en réalisant que son ami était loin d'être ivre — et loin d'être inconscient face à ce qu'il faisait.

— Tout le temps ? répéta le jeune homme au teint mat. On n'a pas besoin de temps. (Il brandit une liasse de billets sous son nez.) Les parieurs ne nous connaissent pas. Ils ont vu débarquer un jackalope, tu crois qu'ils ont réagi comment ? Grignotte a eu une cote tellement énorme au début, j'ai gagné tellement de fric ! Dix fois plus, cent fois plus qu'avec un monstre normal ! C'était du quatre-vingt contre un au premier combat ! Tu te rends compte ?

Il leva brièvement les yeux vers le ciel nocturne, noir et gris, plombé par la pollution qui cachait les étoiles. À cet instant, il y voyait Asmar, qui tirait une langue malicieuse dans leur direction. Et aussi la petite blonde, les bras croisés et le regard mécontent, qui les tançait vertement pour les remettre dans le droit chemin.

Désolé, pensa-t-il. *Désolé, mais il faut que je le fasse. Je sais que c'est mal. Je sais que c'est dangereux. Ce n'est pas pour longtemps, promis.*

Il avait accroché le pin's de l'association sur son jogging. Enzo regarda briller la silhouette dorée du wolpertinger, avant de lire le slogan naïf. Il lui fit les gros yeux.

— C'est quoi cette merde ?

Son ami haussa les épaules avec un sourire mystérieux.

— Le futur que je veux vivre.

Il recula avec une courbette moqueuse et courut flatter sa vieille hase, qui s'était laissée tomber sur le sol de l'arène. Elle haletait fièrement en attendant le début du prochain combat.

— CETTE SATANÉE JACKALOPE NE MORDRA DONC JAMAIS LA POUSSIÈRE ?! rugissait le speaker en alpaguant les badauds. Après la manticore, le dragon, la licorne, qui d'entre vous a une bête suffisamment forte pour égaler sa puissance ? QUI ? Qui parviendra à stopper cet animal qui, je le rappelle, ne dispose d'aucun implant ? D'aucune amélioration, mis à part une stupide armure en plastique ! Vos monstres sont-ils tous devenus faibles et stupides ? Que vaut le métal, que vaut l'électronique face à un être de chair et de sang ? Remuez-vous, BATTEZ-VOUS, relevez le défi que vous lance Grignotte ! PAR ICI, LES AMIS ! Par ici les paris !

***

Au petit matin, lorsqu'une Grignotte épuisée ressortit de l'arène, des dizaines et des dizaines de mains se tendirent pour effleurer son armure miroitante, pour caresser ses poils doux et trempés de sueur. Fière et droite, la vieille hase fila sous les bravos sans s'arrêter, jusqu'à s'échapper enfin de cette haie d'honneur dont elle ne voulait pas, de ces hommes qu'elle aurait pu mordre ; elle rejoignit ces deux humains qui l'attendaient au loin, ces deux silhouettes dressées sur fond de soleil levant.

L'une était haute et puissante, l'autre petite et filiforme ; la jackalope bondit à leurs côtés vers l'astre orangé, transformant ses oreilles en faisceaux de lumière, ses bois en arbre scintillant, changeant tout son corps en ombre chinoise. Ils s'éloignèrent ainsi, la bête au centre et un garçon à chaque flanc, dans un trio atypique qui aurait pu prêter à rire. Ils s'en allèrent avec les poches pleines de cet argent qui leur promettait la belle vie, prêts à embrasser une retraite bien méritée loin de ce foutu pays brûlé par le soleil.

Ils en avaient fini avec les rêves de grandeur, fini avec les paris dangereux, fini avec les sacrifices stupides.

Ils allaient enfin s'offrir ces billets qui les emmèneraient quelque part, ils ne savaient où ; sur une île inconnue ou peut-être dans les steppes froides du Nord. Peu importait tant qu'il s'agissait d'une contrée lointaine, la plus lointaine possible. Et Grignotte viendrait goûter le vent de la liberté à leurs côtés.

Ils s'éloignèrent ainsi, ce trio qui aurait pu prêter à rire, vers l'horizon tapissé de lumière de ce vieux monde caniculaire.

Dans leurs ombres mêlées, allongées par l'aurore, souriait la silhouette d'une tarasque au grand cœur.

D'OS ET DE MÉTAL

Le fouet claqua d'un coup sec, lançant des vibrations cruelles dans l'air chaud comme des ondes circulaires autour d'un ricochet. Deux centimètres à peine en contrebas, l'oreille ronde et douce du félin se plaqua en arrière. Le fauve se ramassa sur lui-même dans un feulement agressif.

– Allez, Tempo. Allez mon beau !

Le dénommé Tempo ne semblait pas réceptif aux ordres de son maître, mais ce dernier savait que sa mauvaise tête ne durait jamais bien longtemps. Le tigre blanc était magnifique, et, pareil à un jeune Don Juan, paraissait le savoir. Il arpentait le sable chaud de ses longues foulées souples ; sa fourrure veloutée scintillait sous l'or des projecteurs. La musique dédiée au numéro des fauves rappelait les notes langoureuses du tango, sur lesquelles il paraissait danser. Des nuages de poussière s'élevaient lentement dans son sillage, faisant voltiger des grains délicats sous les yeux fascinés du public. L'air était torride sous les projos de spectacle, comme une gangue de miel fondu, humide et collant, qui étouffait les corps et rendait les respirations courtes. La lourde odeur de fauve assommait les sens. Le dompteur ruisselait de sueur dans son costume rutilant, et son œil exercé avait remarqué les empreintes sombres laissées par les pattes des bêtes sur le sable sec.

Ernest devenait vraiment trop âgé pour tout ce cirque.

Il refit claquer le fouet, encore plus près de l'oreille du tigre. Leurs regards se heurtèrent avec dureté, s'accrochèrent l'un à l'autre. Le bleu pur et glacial, terriblement humain, de l'iris du fauve dans le brun noisette fatigué du dompteur. Comme toujours, une onde de haine et de mépris passa entre eux ; le tigre découvrit les crocs quelques instants. Leur éclat d'ivoire larda la pénombre brûlante de la piste. Mais Ernest savait qu'il ne se risquerait pas à quelque action d'éclat. Tempo avait été maté longtemps auparavant, quand il n'était qu'un petit fauve tout juste séparé de sa mère. Le dompteur l'avait jeté sur la piste et lui avait appris, à coups de récompenses et de punitions, de coups de gueule et de coups de fouet, qui était le chef et devait le rester. Le tigron avait retenu la leçon. Plus tard, il avait su devenir le clou du spectacle.

Et une haine énorme avait grandi en lui, comme un rapace avide dont l'ombre planait sur Ernest chaque fois que leurs regards se croisaient.

Tempo se projeta soudain sur le haut tabouret ; les arabesques de métal renvoyèrent des éclats scintillants lorsque le projecteur y posa son pinceau de lumière. Le tigre bondit au rythme du fouet, franchit trois bons mètres de vide, se réceptionna impeccablement puis sauta à nouveau pour en parcourir quatre. Le public, resté tétanisé devant la tension entre les deux protagonistes, éclata en vivats bruyants.

Ernest inspira à fond, soulagé. Il le félicita d'une voix forte et claire qui respirait le dompteur sûr de lui, bien loin du vieillard qu'il se sentait être en réalité. Il avait craint, une fraction de seconde au dernier moment, que Tempo ne se rebelle. Le grand mâle sentait que son dompteur n'était plus ce qu'il avait été. Les bêtes savaient ces choses-là. Il fallait qu'Ernest arrête. Il ne pouvait plus continuer ainsi. La peur suscitait les envies de rébellion ; s'il commençait à craindre le tigre, il était fini.

Il termina le numéro dans un état second, comme un automate qui connaît sa leçon par cœur parce qu'il l'a répétée mille fois dans une vie. Tempo ne posa plus de problèmes et les autres se montrèrent doux comme des agneaux. La plupart des bêtes qu'avait élevées Ernest tournaient à la « peluche » adorable en grandissant – des peluches à l'humeur versatile, à la morsure facile, qu'à part lui personne n'aurait eu l'idée de comparer à des nounours. Le dompteur était une main de fer dans un gant de velours qui n'admettait aucune erreur, jamais. Les fauves le savaient. Ils le respectaient pour cette autorité dure dans laquelle ils avaient appris à vivre. Sans l'aimer.

Ernest savait que dans cet univers incroyablement violent dans lequel ils avaient grandi, celui dont le public ne se doutait pas, celui du fouet, du bâton et de l'obscurité de la cage, lui pouvait les aimer mais eux ne pouvaient guère que tolérer son autorité. Ernest prenait grand soin d'eux, à sa manière bourrue. Élevé à une époque où les cirques étaient monnaie courante, jamais de sa vie l'idée ne l'avait effleuré que ses bêtes auraient pu être bien plus heureuses dans des savanes brûlées par le soleil et des jungles exotiques. Il aimait pourtant ses bêtes, il les aimait à la manière du chasseur de la vieille école qui flatte ses chiens en tapotant leur crâne, leur répétant qu'ils sont bien braves ; il les aimait à la manière d'un vieil acariâtre convaincu de l'adage „qui aime bien, châtie bien". Il les grondait et les cajolait tour à tour, les faisait grandir dans un carcan de discipline mais n'hésitait jamais à faire des écarts au règlement pour leur rendre plus douce la vie en cage. Les fauves valaient bien mieux que les hommes. Il ne devait rien aux seconds, en revanche il devait sa vie aux premiers.

Il salua sous les cataractes d'applaudissements qui ruisselaient et s'entrechoquaient sous la toile surchauffée du chapiteau ; une goutte de sueur coula le long de sa nuque, se faufila vers ses omoplates avant de chuter sur le sable et de s'y écraser dans un bruit qu'il jugea assourdissant. Son cœur battait lourdement à ses tempes, le noyant dans sa propre respiration. Il fit saluer les lionnes et la tigresse – il ne fallait même pas songer aux mâles pour ce dernier point. Un petit bruit, celui du métal qui cogne contre le métal, attira son attention et il tourna son regard sévère vers le bout de la piste, tout là-bas, où il avait exilé la panthère mécanique. Celle-ci quémandait le droit de faire le salut comme les autres.

Cette satanée panthère lui avait été "offerte" quelques semaines auparavant. Officiellement, il s'agissait d'un cadeau de luxe pour ses années de numéros étincelants au service de ce cirque renommé ; officieusement, le patriarche lui avait forcé la main afin qu'il accepte cette machine dans son spectacle. Ces automates cybernétiques étaient à la mode depuis quelques mois. Les particuliers se les arrachaient. Le patron était persuadé d'être visionnaire en lui confiant ainsi cette machine à "dresser" pour le plaisir des enfants. Ernest l'avait pris, quant à lui, à la limite de l'insulte. Un robot se programmait, il ne se dressait pas. Il n'y avait nul rapport entre la fourrure scintillante du fauve dans l'arène, et la carapace de métal de ladite "panthère". Entre l'esprit vif et enfiévré d'un félin de chair et de sang, et la fausse intelligence affichée dans les billes rouges de cette abomination. Entre les muscles nerveux de Tempo et les circuits électroniques qui décoraient cette peau de plastique. Entre la rage haineuse, si humaine, du tigre blanc et la douce soumission programmée de « Sacha ».

Ernest ne la supportait pas.

Il avait appris à la tolérer, puisqu'il le fallait. Il n'avait fallu que quelques heures pour lui apprendre la totalité des numéros du spectacle, non des mois voire des années comme pour le reste de ses fauves. Il avait tenté de faire *comme si*, au début : de faire claquer le fouet et lui donner des récompenses. Peine perdue. Nulle peur ne se lisait dans les yeux rouges de la machine ; elle se contentait de sursauter, en réponse aux stimuli auditifs transmis par son programme – ou Dieu seul savait quoi – lorsque la lanière claquait dans l'air. Et quelle récompense aurait pu satisfaire un être sans estomac ni désirs ?

Pas besoin de récompense, de toute manière. Cette machine *aimait* le dressage et le spectacle. Elle aimait les gens et elle aimait faire plaisir. Elle avait été créée pour ça. Un rire jaune résonnait chaque fois en Ernest lorsqu'il la voyait quémander littéralement le droit de s'assujettir à un numéro, alors que les autres bêtes haïssaient cette soumission forcée.

« Sacha » le répugnait.

Les fauves ne l'appréciaient pas non plus. La machine n'avait d'autre odeur que celle du métal et du plastique ; ni d'autre regard que ces deux billes rouges incandescentes, complétées par un capteur bleu au milieu de son front. Les programmeurs lui avaient injecté quelques comportements félins typiques, parmi les plus superficiels, qui trompaient les enfants et leurs parents mais pas Ernest ni le peuple de Tempo.

Le fier tigre blanc avait failli la réduire en pièces lors de leur première confrontation. Il avait fallu toute l'autorité du dresseur, associée à la menace d'une lance d'incendie – plus efficace que le fouet, loin des yeux du public –, pour calmer le grand mâle.

Sur la piste et lors des entraînements, il lui fallait toujours isoler la panthère des autres, de peur de provoquer un esclandre ou de les déconcentrer. Ce qui ne déplaisait pas à Ernest : plus elle se trouvait loin de lui, mieux il se sentait.

Le dompteur revint à l'instant présent ; l'automate quémandait toujours, grattant doucement le tabouret de ses griffes en plastique, son regard cybernétique fixé sur lui. Ernest sentit peser dans son dos l'océan de regards du public, enfants et adultes confondus. Les regards avaient un poids, et celui-ci était toujours immense. Il l'avait appris à ses dépens au fil de ses années de dompte. Le public adorait Sacha. Il était trop tard pour reculer.

Il fit une volte du fouet bien inutile – la panthère avait capté son regard d'acquiescement – pour satisfaire les badauds. L'automate se lécha les babines dans un geste de contentement typiquement félin, avant de s'incliner profondément dans une maîtrise parfaite de son équilibre. Puis elle quémanda encore un regard d'Ernest, avant de sauter avec grâce de son tabouret et de filer dans le tunnel de sortie à la suite des autres. Son long corps souple et segmenté, incrusté de diodes luminescentes et de symboles cybernétiques, disparut aux yeux du public. Mais pas à ceux d'Ernest, toujours dressé au centre de la piste. Il l'observa sortir du dôme de spectacle, trottiner dans le couloir de la ménagerie avant de grimper la planche qui menait à sa cage. Elle se glissa dedans et s'assit calmement, silencieuse et patiente comme un serpent.

C'était le plus grand problème avec ces automates cybernétiques, d'après Ernest. Ils étaient trop parfaits. Et pire que tout, ils ne représentaient aucun danger. Sacha était prévisible, sage, discrète, tranquille, soumise, affectueuse. Elle ne souillait jamais le sable de l'arène avec ses déjections, ne feulait pas – sauf sur demande ! –, ne se rebellait jamais, obéissait immédiatement, ne coûtait rien en termes de litière, de nourriture et d'eau. Elle ne tombait jamais malade – du moins, pas encore –, ne se blessait pas et ne risquait pas d'être dérangée par l'inconfort de sa petite cage. On lui avait relégué une vieille cage branlante, minuscule, qui ne lui permettait même pas de se coucher. Mais qu'importait puisque cela ne la dérangeait pas ? Elle pouvait rester assise des heures et des heures, le regard dans le vide, à attendre le prochain numéro. Le loquet de la cage était cassé depuis bien longtemps ; les aides et les soigneurs avaient même pris l'habitude de laisser la porte ouverte, puisque Sacha ne désobéissait pas et ne tentait jamais de sortir. Ernest en avait des sueurs froides, il prenait toujours garde à la refermer en passant. Le spectacle sinistre de cette simili-panthère assise dans le noir, dans l'immobilité la plus totale, voilant ses yeux rouges de ses paupières métalliques toutes les dix secondes très exactement, lui glaçait les sangs.

Ernest craignait profondément le jour où ces machines remplaceraient bel et bien les animaux. De telles bêtes étaient indignes des cirques ; seule la froide majesté des tigres et des lions méritait la lumière des projecteurs.

Il salua à son tour, fit une première sortie, avant de revenir sous les vivats et de s'incliner à nouveau. Il tapota son micro d'un doigt fatigué, essuya le maquillage qui coulait un peu le long de sa tempe.

— Mesdames et Messieurs, les applaudissements ne devraient pas aller au dompteur, mais toujours à ses bêtes.

C'était la pure vérité. Il avait eu tout le loisir d'appréhender, au fil des fauves et des années de dressage, l'effort titanesque que leur demandait la soumission à l'homme.

Il énuméra le nom des six fauves, commençant par Tempo le blanc, terminant par Sacha l'automate après une hésitation un peu trop marquée. Son cœur saigna d'entendre les vivats s'intensifier à la mention de la panthère.

C'était donc ainsi, à présent. Un programme sorti d'usine séduisait plus que des années de travail et de complicité avec des animaux sauvages… Ce constat devenait chaque fois plus terrible.

Les faisceaux dorés s'éteignirent dans un claquement sonore et le dompteur sortit de la piste. Il s'éloigna dans les ténèbres silencieuses de la ménagerie.

***

— M'sieur Ernest, balbutia un jeune aide affecté à son service depuis peu.

Le dompteur, assis sur un tas de paille rêche dans le couloir des fauves à la manière d'un bourgeois dans un fauteuil de luxe, se redressa et se frotta les yeux. Son geste étala davantage le maquillage qu'il n'avait pas eu le courage d'enlever – au contraire du costume, la costumière l'ayant déjà vertement rabroué pour ses habitudes palefrenières qui ne faisaient pas beaucoup de bien au velours et aux broderies.

– Qu'est-ce qu'il y a, Alex ? bâilla-t-il ostensiblement.

Il s'était déjà assuré personnellement que chaque fauve avait tout ce qu'il lui fallait pour la nuit.

– C'est Sacha…

Mon Dieu.

Le sang d'Ernest gela instantanément dans ses veines.

– Quoi ?

Alexandre secoua la tête sans mot dire, tout essoufflé.

– Par tous les saints, qu'est-ce que cette maudite panthère a fait ?

– Non, non, c'est pas elle monsieur, c'est pas de sa faute, paniqua l'adolescent. C'est Tempo… Il l'a…

Rassuré face à ce qu'il avait depuis longtemps considéré comme une éventualité – c'était pourtant injuste de pardonner à Tempo ce qui lui aurait fait haïr Sacha, il le savait – le dompteur se leva.

– Fais voir.

Ils coururent à la cage de la panthère. La porte était grande ouverte et l'adolescent désigna d'une main tremblante l'automate couché en travers. Dans la cage trop petite, son corps avait dû se tordre et sa tête se presser contre les barreaux pour qu'elle puisse rentrer entièrement. Elle avait les yeux fermés dans un simulacre de douleur.

– Que s'est-il passé ?

– C'est Tempo, monsieur, répéta Alexandre d'un ton véhément. Je surveillais la rentrée des fauves du bout du couloir, il a fait semblant de monter dans sa cage pendant que vous regardiez de là où vous étiez. Mais dès que vous avez commencé à saluer, il est sorti tout de suite et il a foncé vers la cage de Sacha ! J'ai attrapé la lance d'incendie et je l'ai suivi, mais le temps que j'arrive… Il avait déjà…

– Je ne vois rien, dit simplement Ernest.

Le récit du garçon ne le surprenait guère. Tempo était un retors, il le savait, il l'avait vu grandir.

– Regardez ses pattes…

Ernest observa mieux.

Il manquait toute une patte arrière à la panthère ; il ne restait plus qu'un moignon à l'autre. Tranchées net, des terminaisons électriques dépassaient de sa hanche ouverte et de son jarret brisé. Le tigre blanc avait dû refermer ses mâchoires sur la douce Sacha, ces lourdes mâchoires faites pour découper les chairs et les os, puis il avait secoué la tête pour sectionner les membres d'aluminium. Ernest le voyait comme s'il y était. La machine, dépourvue de comportements agressifs ou défensifs, n'avait pas su réagir.

– Où sont les pattes ?

– On en a récupéré une, mais elle est en piteux état, indiqua le garçon. L'autre a été déchiquetée…

– Et Tempo ?

– On a dû s'y mettre à cinq pour le calmer, monsieur. Heureusement qu'on avait la lance d'incendie :

une fois douché, ça allait un peu mieux. On a réussi à le faire rentrer chez lui, il a pas bougé depuis.

– Pourquoi personne ne m'a tenu au courant avant ?

Le spectacle était fini depuis une bonne heure.

– On pensait que vous le verriez tout de suite, monsieur… Comme vous faites toujours le tour des cages avant de rentrer… Pardonnez-nous, s'excusa l'adolescent.

Ernest grogna. Il s'en serait rendu compte s'il n'avait pas pris la mauvaise habitude d'éclipser totalement la pauvre Sacha – hormis pour fermer la porte de sa cage lorsqu'il passait devant.

– Non, c'est ma faute. Ne vous inquiétez pas. Je vais voir ce que je peux faire. Va voir Dominique et demande-lui le numéro du service après-vente des automates. J'appellerai demain.

Le garçon acquiesça et fila. En passant devant la cage du tigre blanc, il tapa le barreau du poing – geste formellement interdit par le règlement – et cracha sur le fauve.

– Alexandre !

– Désolé M'sieur, mais c'est un vicieux, ce tigre ! La pauvre Sacha elle avait rien demandé, elle a jamais fait de mal à personne ! lui cria le garçon avant de disparaître dehors.

Le dompteur soupira. Tout le monde adorait la panthère. Sauf lui. Était-il trop vieux pour ce monde où jouer avec un robot était plus apprécié que dresser un animal ?

Il savait qu'il ne punirait pas Tempo. Tout comme il savait que celui-ci recommencerait, un jour ou l'autre. Qu'importe ! L'animal primait sur la machine.

Ernest entra dans la cage de l'automate et s'accroupit tant bien que mal à côté d'elle, à l'étroit entre les barreaux branlants. Il posa sa main chaude et sèche sur l'échine chromée de Sacha.

Ses paupières métalliques s'ouvrirent ; ses iris réfléchissants se tournèrent vers son visage.

– Arrête ta comédie, dit-il d'un ton bourru. Relève-toi.

Elle coucha les oreilles un instant, puis se redressa avec une grâce délicate à peine entachée par son handicap. Ernest soupira de soulagement. Il savait que par défaut, les comportements prédéfinis de Sacha dans une situation donnée était ceux d'un véritable animal. Mais il suffisait d'un ordre pour qu'elle redevienne une machine aux yeux de tous.

– Bon. Écoute-moi ma petite, tu vas rester comme ça jusqu'à ce qu'on arrive à te réparer. Pas de spectacles pour toi jusqu'à nouvel ordre.

Elle cligna des yeux. Une seconde après – le temps que son programme traduise les mots d'Ernest en langage informatique compréhensible –, elle baissait la tête. Ernest se surprit à ressentir un brin de pitié face à la mélancolie de cet être étrange, qui se retrouvait soudain privé de sa seule sortie. De sa seule vie.

– Les garçons te promèneront dehors et viendront jouer avec toi, ajouta-t-il.

Elle redressa la tête et agita ses vibrisses en plastique, clignant ses deux yeux de verre.

– Bonne fille, se surprit-il à dire.

Il hésita une fois, deux fois, avant de caresser doucement son crâne de félin. Le contact du métal, recouvert d'une fine couche de plastique tendre afin de rendre les caresses plus agréables, ne lui parut pas trop répugnant. C'était la première fois qu'il la touchait.

Il sortit de la cage, hésita une nouvelle fois puis laissa délibérément la porte ouverte. Avant de s'éloigner dans la nuit, il se retourna vers elle. La panthère le regardait, assise droite comme un i sur son plancher vermoulu. Elle tentait de garder son équilibre, oscillant de manière instable sur ses appuis manquants. Ç'en était presque risible.

Ernest contempla ce désastre, puis porta une main lasse à son front. Sans le croire lui-même, il articula :
– Viens.

La panthère haussa ses oreilles rondes avec un air de suprême surprise, sans y croire non plus ; mais cela, étrangement, ne fit que le conforter dans son idée.
– Viens, allez !

Elle se hissa sur ses deux pattes restantes, s'appuyant tant bien que mal sur son moignon, et se projeta le long de la planche avant de s'écraser aux pieds d'Ernest. Après quoi elle s'assit sagement, le couvant du feu de ses yeux rouges.
– C'est une très mauvaise idée, grommela Ernest. Une très très mauvaise idée.

Il ne cessa de répéter cette phrase en la menant hors de la ménagerie, jusqu'au pré. Puis jusqu'à sa caravane. Sacha avait beau n'être qu'une machine, elle était censée être un fauve, tout de même ! Pas un chienchien de compagnie !
– Tant pis, grogna-t-il dans sa barbe.

La laisser là-bas, assise de traviole dans sa cage trop étroite, était au-dessus de ses forces. Il se ramollissait vraiment avec les années…

Il la fit coucher devant la caravane, à la belle étoile, puis entra chez lui et referma la porte, la laissant seule.

De temps en temps dans la soirée, lorsqu'il allait jeter un coup d'œil à la lucarne et qu'il pensait la trouver immobile, son regard sinistre fixé sur lui, il la voyait en fait toujours active. Insatiable de curiosité, elle observait les environs, la ménagerie, les autres caravanes, les camions vides et les allers-retours des circassiens. Plusieurs d'entre eux vinrent d'ailleurs la caresser au passage, s'étonnant à mi-voix de sa présence devant la caravane d'Ernest, ce vieux grincheux.

– J'entends tout, vous savez ! disait-il d'une voix forte à travers la porte de la caravane, déclenchant les rires.

Au final, à une heure du matin, n'y tenant plus et se traitant intérieurement d'idiot pour cette idée irréfléchie, le dompteur ressortit dans le froid et ramena la panthère à la ménagerie. Il crut voir une lueur peinée dans ses yeux rouges, mais se convainquit qu'il s'agissait juste de son imagination.

Il rentra chez lui.

Deux heures plus tard, il fut réveillé en sursaut par des cris stridents qui lui hérissèrent le poil. Il jaillit de son lit puis de sa caravane, empêtré dans sa veste attrapée à la va-vite et dans ses chaussures même pas lacées.

La ménagerie brûlait.

La terreur le submergea d'un coup, mais il la fit refluer en quelques respirations. Ce genre d'accident était déjà arrivé. Il suffisait d'un oubli ou d'une maladresse pour que la paille sèche transforme le couloir en brasier. Les aides étaient déjà sur le coup ; il se devait d'aller les rejoindre. L'important était de faire sortir les animaux. Le reste n'était que dégâts matériels dont nul n'avait cure dans un moment pareil.

Il fonça vers le mur de flammes, échangea quelques hurlements enroués avec un Alexandre ruisselant et tanné de chaleur. Il restait trois fauves coincés à l'intérieur, trop loin pour pouvoir les atteindre de là où ils étaient. Il ne demanda pas lesquels. Peu importait. Quelques téméraires tentaient de se faufiler dans l'enfer brûlant, entrant par l'autre côté du couloir. Ernest frotta ses yeux déjà rougis par la fumée et fila les rejoindre en contournant la ménagerie par l'extérieur. Des craquements de fin du monde annonçaient déjà la chute des poutres et l'affaissement des planchers superposés.

Non ! Aucune bête ne mourra dans les flammes tant que je serai en vie.

Il bondit auprès de ses collègues, attrapa une vieille couverture qui perdait sa bourre, la plongea dans un abreuvoir et s'enveloppa du désagréable cocon trempé d'eau froide. Puis il jeta une lance à incendie vers l'homme le plus proche et s'engouffra dans les flammes, suivi de son pompier attitré. Celui-ci avait beau couvrir le feu de litres et de litres de mousse et d'eau, ce n'était pas assez pour étouffer le brasier, ni permettre un passage sûr pour le dompteur devant lui. La gorge brûlante, les yeux aveugles, les poumons emplis de sable, de braises et de cendres, Ernest trébuchait dans des bouquets de flammes, enjambait des foyers fumants et secouait la tête sous les panaches de fumée noire qui lui brûlaient la peau et les sinus. Plus tard, on le dirait fou. Fou de s'engager ainsi au cœur de l'incendie, trop rapide et trop déterminé pour permettre à quiconque de le suivre, mettant sa vie en jeu pour sauver une machine, un tigre dangereux et une vieille carne de lionne.

Noyé dans des flots de sueur et d'adrénaline, Ernest ne sentait ni douleur ni fatigue, rien d'autre que cette chaleur insoutenable qui allait le tuer – il le savait déjà.

Même plongé au cœur de la nuit et du feu, il connaissait sa ménagerie mieux que personne ; il ouvrit deux loquets à l'aveugle, se brûlant les mains sur leur fer chauffé à blanc, et sentit jaillir les deux fauves de leurs cages dans une énorme poussée de vent chaud. Ils disparurent au loin dans l'enfer rougeoyant. Ceux-là étaient sauvés. Ils ne l'attendraient pas.

L'instant d'après, Ernest était au sol. Il avait trébuché et ne parvenait pas à se remettre debout ; ses muscles ne lui obéissaient plus, son cœur pompait dans le vide et sa gorge n'était plus qu'un amas de chair brûlante et calcinée.

Il sentit soudain qu'on le traînait sur plusieurs mètres, au travers des flammes qui rongeaient sa couverture et sa peau, au travers des décombres rendus blancs par la chaleur dévorante. Il se sentit presque sauvé lorsqu'il vit briller deux yeux rouges, luminescents derrière le voile des fumées. Deux billes incandescentes et un capteur bleu, au milieu de l'enfer noir et feu.

Oui, il crut vraiment, du fond de son calvaire et de son délire, que Sacha allait parvenir à les sauver tous les deux.

Mais au bout de plusieurs mètres, il sentit la panthère s'effondrer ; et il se souvint, dans un éclair de lucidité, de ses pattes tranchées par les mâchoires de son tigre chéri.

L'enfer se referma sur eux.

Bien plus tard, l'aube se leva sur le cirque endeuillé.

Sa lumière blanche et froide révéla les restes tordus de la ménagerie, ses plafonds qui s'étaient affaissés, les grilles tordues et les loquets fondus qui jonchaient le sol brûlé.

On trouva deux squelettes côte à côte, au milieu des ruines fumantes. L'un était d'os, l'autre de métal. Personne n'eut besoin de parler. La même pensée flottait dans toutes les têtes.

Tempo reçut plus d'un crachat sur sa gueule blanche et douce, ce jour-là.

Sans Ernest pour s'interposer, le tigre disparut bientôt de sa cage, remplacé par sa copie cybernétique. Le reste des fauves s'ensuivit. Puis, quelques années plus tard, le reste de la ménagerie y succomba aussi.

Aujourd'hui, cela fait bien longtemps que les enfants ne savent plus à quoi ressemblaient les cirques.

L'As de feuilles

Les toits de tôle et de draps scintillaient sous les feux du soleil de midi. Des milliers de tentures et de rideaux flottaient avec paresse dans l'air surchauffé, réfractant la lumière en échos dansants sur les murs.

Les masures colorées, empilées les unes sur les autres et accrochées au flanc de la montagne comme des grappes de petites bestioles frileuses, étaient toutes faites de briques, de planches et de métal. Les plantes invasives les mettaient à mal. Leurs énormes racines les déformaient, les brisaient comme des miroirs cassés depuis quelques années déjà, depuis que plus personne n'avait d'argent pour les brûler chimiquement. Cette végétation sordide finirait par avaler toute la ville, mais il n'y avait qu'ici qu'on en sentait réellement le poids. Dans le grand Rio, celui des riches, des buildings étincelants et des avenues aussi larges que des fleuves de goudron, on avait encore les moyens de lutter contre elle, de l'arracher, la couper, la broyer, l'intoxiquer, la réduire à néant, afin de laisser le champ libre aux rares voitures qui circulaient encore et aux chars de carnaval.

Afin de faire comme si rien n'avait jamais changé.

Dans les *favelas* en revanche, on avait appris à vivre avec, à grandir au rythme de ses floraisons purulentes qui empoisonnaient les rues et attiraient des nuages d'insectes, à croître d'un même élan que ses pousses agressives qui démembraient les baraques avec un acharnement opiniâtre.

Sous l'une de ces fleurs gigantesques, à l'odeur lourde et sirupeuse, dont l'ombre bleue couvrait toute la façade d'une petite maison à moitié défoncée, un jeune garçon se tenait accroupi à même la terre battue de la rue. Il se nommait Leandro. Ses yeux étaient bruns et vifs, son short et ses vieilles sandales couverts de poussière. Il était précisément en train de gagner sa pitance quotidienne, comme il le faisait tous les jours depuis que le monde avait basculé dans cette espèce de chaos apathique, cette étrange fin du monde dont la lente mâchoire s'était refermée sur toutes les nations humaines.

Le jeu était simple, tous les gosses de la *favela* en connaissaient les règles. Pour gagner, il fallait parier. Pour parier, il fallait combattre, et pour combattre, il fallait avoir en sa possession d'anciennes *cartanimais*. Leur commercialisation avait cessé depuis longtemps, depuis la chute des firmes dédiées aux loisirs, mais on pouvait encore en trouver chez quasiment tous les adolescents du monde. En particulier dans les banlieues multicolores de Rio où, à l'époque, ce jeu avait révolutionné le quotidien des jeunes. La mode avait fini par passer, plusieurs années s'étaient écoulées, mais la fin du monde et le manque d'argent l'avaient tiré de l'oubli. Même si ce gagne-pain était officiellement laissé aux enfants, certains s'étaient faits meurtriers pour obtenir des *cartanimais*, et de nombreux cartels et réseaux en tous genres les avaient ajoutées à leur liste de trafics lucratifs.

Le jeu était inspiré des règles de la bataille, les paris en supplément. À l'origine, remporter la mise de l'adversaire équivalait à lui prendre ses meilleures cartes, et ce de manière définitive. L'ajout de sommes d'argent avaient été très à la mode pendant un moment. Cependant, dans ce simulacre d'apocalypse qui n'en finissait plus et dont l'étau se resserrait petit à petit sur les villes, les monnaies avaient progressivement perdu toute valeur – hormis pour les riches qui pouvaient encore se permettre d'en débourser des quantités astronomiques pour de la viande de poulet ou des bouteilles d'eau minérale. Désormais, c'était le troc qui avait lieu sur les marchés. Les *cartanimais* permettaient à un enfant averti de récolter eau et nourriture pour sa famille – sur le dos d'un autre, mais qui s'en souciait ?

Les règles étaient les suivantes. On misait une quantité donnée sur chaque valeur de carte ; généralement une unité – une tomate, une conserve, une cigarette – pour les cartes les plus faibles, et cela pouvait monter jusqu'à deux ou trois unités pour les rois et les as.

En cas de victoire sur une carte plus forte que la sienne, on remportait le double de la mise initialement prévue. Cette particularité permettait parfois à Leandro, ou à d'autres joueurs de son gabarit, de ramener à leur famille des réserves suffisantes pour plusieurs jours.

Bien entendu, avec un jeu de cartes standard, une carte forte l'emporte systématiquement sur une carte plus faible ; mais tout l'intérêt des *cartanimais* résidait dans le fait qu'elles n'étaient pas, et de loin, des cartes ordinaires.

Face à Leandro se tenaient quelques adolescents qui le dominaient chacun d'une bonne tête. L'un d'eux, nommé Salamão, un habitué à la musculature nerveuse et à la peau tannée, avait son jeu en main. Il le tenait levé devant son nez, encroûté de la morve rouge que provoquaient les infections dues au pollen des fleurs toxiques. Les autres devisaient comme un attroupement de commères, assis sur leurs talons sales autour des deux adversaires.

Au centre de ce cercle s'ouvrait un large trou, creusé dans la terre battue par Leandro en début de combat. C'était l'arène dédiée aux *cartanimais*. D'un côté s'empilaient des tours précaires de boîtes de conserve, qui voisinaient deux plaquettes de médicaments ; en face se trouvait une montagne de vieux cigares et cigarettes, posés à même le sol sur un carré de tissu. Leandro pariait le tabac, son adversaire pariait la nourriture et les médocs. Dans un ancien réflexe, l'œil vif du jeune garçon avait capté les dates de péremption largement dépassées sur les conserves, mais plus personne n'en était à ça près dans les *favelas*. Quant aux cachets, il en avait un besoin vital pour son grand-père. Il ne pouvait se permettre de faire une croix dessus, ils étaient à portée de main.

Leandro était en train de gagner, comme presque toujours. Il possédait son jeu depuis qu'il était petit et n'avait jamais cessé d'entraîner ses *cartanimais*, au contraire de la plupart des joueurs qui les avaient ressorties du placard quelques mois auparavant, lorsqu'ils avaient commencé à en avoir besoin. Un lien extrêmement fort s'était tissé entre le garçon et ses cartes au fil des années, plus puissant que celui qui l'unissait à son chien.

– Onze, énonça l'un des observateurs lorsque dans une attaque furieuse, son dix de pique triompha du neuf de cœur de son adversaire, le laissant faible et couinant.

Leandro tendit la main pour récupérer le vainqueur. Les petites pattes du dragon en origami chatouillèrent la peau de son bras avant qu'il aille rejoindre sa boîte de rangement. Pensif, son maître hésita un instant avant de tirer une autre carte. *Onze boîtes de conserves.* Il avait déjà gagné la presque totalité de la mise de Salamão ; il n'avait plus qu'à remporter encore quelques batailles avant de clore le combat et de partir avec son dû. Il ne devait pas faire d'erreurs. Contrairement à la bataille classique, dans laquelle les cartes étaient tirées au hasard et le vainqueur seulement tributaire de la chance, les *cartanimais* devaient être soigneusement choisies. Une carte déjà utilisée ne pouvait combattre à nouveau. Tout le challenge du jeu était de savoir jauger la force de ses cartes et de celles de l'adversaire, afin de ne gaspiller aucune figure puissante qui pourrait servir par la suite.

Le choix de Leandro se porta finalement sur son neuf de trèfle, l'un de ses meilleurs éléments. Le petit tigre animé, en imitation papier cartonné, bondit hors de la boîte et se propulsa dans l'arène de fortune. Il émit un minuscule feulement vers Salamão qui, perplexe, hésitait visiblement entre écraser ce pion d'un coup de carte maîtresse ou bien combattre à armes égales. Leandro eut un sourire furtif. Il n'y avait pas de combat égal possible avec son neuf de trèfle, mis à part peut-être face à un roi ou un as suffisamment entraîné. Mais cela, Salamão ne parvenait pas à le comprendre. Cela leur était déjà arrivé de jouer l'un contre l'autre et l'adolescent dégingandé persistait à penser que le triomphe du neuf était dû à la chance.

— Reine de carreau, grommela-t-il finalement et Leandro ne put retenir un grand sourire satisfait.

Son adversaire avait foncé tête baissée dans son piège, venait de condamner l'une de ses meilleures cartes et de clore l'issue de la bataille au passage.

– Non, non ! s'exclama-t-il soudain en renvoyant d'une pichenette la licorne dans sa boîte avec les autres. Neuf… neuf de coeur !

Leandro fronça les sourcils, fissurant son masque imperturbable. Comme dans le jeu classique, deux cartes égales ne faisaient qu'engager un deuxième combat. En vainquant la reine, il aurait gagné le combat sans effort. Cette double bataille n'arrangeait pas ses affaires et l'inquiétait au plus haut point, parce qu'elle signifiait que son adversaire avait réfléchi à un embryon de stratégie. Cela n'arrivait jamais chez Leandro : son cerveau était taillé pour l'action, il était impulsif et sensitif, calculait les gains et les pertes dans l'instant précédant une carte, sans jamais chercher à voir plus loin. Les joueurs stratèges le perdaient dans leurs circonvolutions piégeuses, il ne les aimait pas.

Avec un peu de chance, Salamão bluffait. Il n'avait pas l'étoffe d'un grand tacticien, et de toute manière, Leandro avait déjà triomphé de bien pire.

– T'es sûr de ce que tu fais ? mâchonna l'un des spectateurs, tirant d'un air docte sur le bâton de fausse réglisse qui lui noircissait les dents.

– Ouais ouais, tu vas voir, siffla Salamão en regardant son tigre de papier rejoindre son double dans l'arène.

Les deux cartes se tournèrent autour quelques instants, goûtant l'air à petits coups de nez précis, découvrant leurs canines minuscules et leurs gencives blanches ; puis elles s'immobilisèrent face à face et se statufièrent, leurs prunelles fixées dans celles de l'adversaire. Un symbole de lumière bleue et voilette s'éleva au-dessus de leur échine, avant de se dissoudre dans l'air chaud. *Battle !*

— *Batalha,* renchérirent les spectateurs en se penchant vers l'arène miniature.

Les mises de ces cartes venait de doubler.

Le jeune garçon et l'adolescent se fixèrent, un air de défi crispé sur leurs traits. Ils ne disposaient que de quelques secondes pour réfléchir avant que leur jeu n'éjecte automatiquement une carte hasardeuse.

Six, annonça une nouvelle projection lumineuse qui s'effaça au bout d'un instant.

Leandro jeta un coup d'œil à ses cartes restantes.

Five !

Trop pour les compter, mais il connaissait son jeu par cœur, il savait exactement de quelles options il disposait.

Four !

Pas de folies. Tout pouvait se jouer maintenant, mais après tout, chacune de ses cartes était meilleure que l'équivalent qu'en avait Salamão. Il ne devait pas l'oublier.

Three !

Plus que trois secondes ! Il fallait qu'il se décide maintenant. Une carte moyenne ferait l'affaire… Oui, mais si Salamão lançait sa carte la plus puissante ?

Two !

Il fallait que Leandro lance une carte forte. Une *batalha,* c'était dangereux. Il ne fallait pas plaisanter avec. Les mises étaient doublées.

One !

D'un autre côté, utiliser une carte maîtresse revenait à la perdre par la suite, or la suite s'avèrerait cruciale, mieux valait conserver ses forces ! Leandro ne pouvait pas prendre de risques. Pas lorsqu'il y avait des cachets en jeu pour son grand-père.

Autorun !

Le garçon se frappa le front lorsqu'un claquement se produisit dans son jeu et qu'une carte fut automatiquement projetée dans les airs.

Quatre de pique.

Leandro serra les mâchoires. Le lapin de pique était coriace, mais il n'était qu'un quatre. Si Salamão avait opté pour un valet ou plus…

La petite boulette de carton se déploya au point culminant de sa trajectoire et se laissa tomber de tout son poids au centre de l'arène, juste à côté du couple de tigres.

Le lapin blanc, aux flancs imprimés de noirs motifs pointus et élancés, baissa la tête comme un bélier en attente de combat. Ses oreilles en forme de faux s'agitaient doucement, portées par un vent imaginaire.

Face à lui se tenait son double exact, aux flancs carrelés de rouge.

– *Quoi ?!* braillèrent les deux adversaires en se penchant vers leurs cartes statufiées face à face.

Mais pourquoi cet abruti de Salamão n'a pas choisi n'importe quelle autre carte ? rugit Leandro en son for intérieur. Comment avait-il pu savoir ?

Le jeune garçon ne pouvait deviner que son adversaire venait naïvement d'envoyer la meilleure carte de son jeu. Il bichonnait son lapin de carreau depuis des semaines, l'avait entraîné à battre des rois et des as, afin de désarçonner ses concurrents en dernier recours. Si Leandro avait tendance à perdre ses moyens lorsqu'il s'agissait de médicaments destinés à son grand-père, Salamão paniquait totalement dès lors que des cigarettes étaient en jeu. L'adolescent était en train de perdre la bataille depuis qu'elle avait commencé ; l'angoisse n'avait cessé de grandir en lui. Sous son crâne tournoyaient une tourmente de souvenirs et de menaces, celles des douloureuses corrections infligées par sa mère qui avait beaucoup, beaucoup de mal à se sevrer du tabac depuis la fin de l'approvisionnement – et qui n'en avait d'ailleurs aucune envie. Il fallait qu'il gagne, empoche les cigarettes et qu'il récupère sa propre mise au passage. Une bataille suivie d'une victoire était l'un de ses seuls espoirs pour renverser la situation.

Mais il n'avait absolument pas prévu ce qu'il venait de se passer.

Battle !!

– *Batalha !* s'exclamèrent les spectateurs en commençant à frapper lentement dans leurs mains.

Bataille double. Les mises des quatre cartes étaient à nouveau doublées.

Leandro devint tout pâle en réalisant qu'au contraire de Salamão, qui avait tout à gagner dans l'affaire, lui avait désormais tout à perdre. Tous ses gains risquaient de s'effondrer entre ses mains comme un château de… cartes.

Six !

Leur double bataille avait attiré d'autres badauds autour d'eux ; le plus âgé avait à peine seize ans et tous s'agglutinaient autour de l'arène, frappant des mains et des pieds sous la chaleur étouffante, faisant claquer leurs tongs sur la terre battue.

Five !

Petit îlot de calme recroquevillé devant cette forêt de jambes nues et basanées, Leandro se frottait les paupières du dos de la main. Il savait déjà quelle carte il allait devoir jouer.

Four !

Il savait aussi quelle carte allait jouer Salamão. Ce serait la même.

Three !

Du fond de son esprit enfiévré, alors que les paumes frappaient de plus en plus vite autour de lui et qu'une dizaine de voix reprenaient le décompte mortel, Leandro réalisa soudain que pour la première fois, il prévoyait l'attaque de son adversaire et s'apprêtait à établir un simulacre de stratégie à partir de cette supposition incertaine.

Two !

Il savait quelle carte jouer dans une seconde, et quelle carte jouer à la prochaine bataille.

One !

Car bataille triplée il y aurait, inévitablement.

— *As de cœur !* hurla-t-il en abattant sa main sur un minuscule loquet de la boîte.

— *As de carreau !* rugit Salamão à l'exact même instant.

Deux petites boules de carton furent projetées dans les airs par les mécanismes de leurs loges, avant de se déployer dans toute leur majesté. Elles flottèrent avec grâce jusqu'au centre de l'arène, avant de se poser aux côtés des lapins et des tigres immobiles.

Il s'agissait de deux oiseaux élancés, deux petits phénix rouges donc la moindre plume était ciselée avec délicatesse, crantée et dentelée de cœurs miniatures pour l'un, de carreaux géométriques pour l'autre. Deux longues traînes de papier d'or ondulaient dans leur sillage, les nimbant de lueurs enflammées.

Un véritable délire chaotique s'empara des spectateurs, abasourdis et alléchés par cette succession de coïncidences qui mènerait, inévitablement, à la perte de l'un des joueurs.

Battle !!!

Bataille triplée. À présent les mises des phénix étaient doublées, celles des lapins était multipliées par quatre, celles des tigres étaient multipliées par huit.

Aucun des deux adversaires n'avaient misé de sommes aussi énormes.

– *Batalha !* mugit le troupeau grossissant qui avait tout de la foule à présent, et plus rien des commères apathiques.

Des hurlements et des vivats s'élevèrent des spectateurs lorsque le symbole lumineux du jeu éclata en étincelles bleues, laissant place au décompte automatique.

Six !

Leandro et Salamão échangèrent un regard, terrible de détermination pour l'un, fou d'angoisse pour l'autre ; des gouttes de sueur coulaient doucement le long de leur peau, traçant un chemin humide de leurs tempes vers leurs omoplates.

Five !

À cet instant où les deux joueurs se retrouvaient totalement à égalité, où chacun d'eux pouvait tout gagner comme tout perdre, où chacun jouait son quotidien, sa famille et les bleus de son dos, et où l'issue de ce combat allait être tranchée en quatre secondes très exactement, quelque chose passa dans cet échange muet. Quelque chose de sourd et de délicat. Il y eut un dixième de seconde pendant lequel leurs pensées se mirent à nu derrière l'écran transparent de leur rétine, permettant à chacun de lire très précisément en l'autre le propre miroir de ses peurs et de ses espoirs.

Four !

L'instant était passé, mais désormais Salamão savait que Leandro, caché derrière sa petite bouille d'enfant sage, allait le dépouiller sans aucune difficulté. Tout comme le plus jeune garçon avait compris que son adversaire avait déjà joué toutes ses cartes puissantes et qu'il allait perdre, irrémédiablement, sans aucun espoir de récupérer ne serait-ce qu'une parcelle de sa mise.

Three !

Des larmes de rage noyèrent les yeux de Salamão qui les essuya d'un poing sec et crispé ; Leandro, face à lui, l'observait.

Two !

La foule vagissait tout autour d'eux, frappant des mains, des poings, des pieds pour instaurer ce rythme dur dans toute la rue, ce rythme qui régissait la *favela*, les combats et la survie, qui régissait ce nouveau monde qui n'en finissait pas de basculer dans un *après* sordide. Perdu au milieu de ce vacarme qu'il connaissait si bien, Leandro ferma les yeux et ses pensées étreignirent cette carte qu'il allait jouer, ce vieil ami qui allait gagner.

One ! rugit en chœur la foule d'enfants et d'adolescents, inondant toute la rue de leurs voix entremêlées.

– *As de trèfle !*

– *Valet de cœur !*

Les deux cartes jaillirent sous le soleil éclatant et se jetèrent dans l'arène, animées de la même rage que leurs maîtres.

Leandro retint un rictus en découvrant le sphinx rouge de son adversaire, tatoué de cœurs, qui le jaugeait de son visage cruel sans savoir qu'il n'avait pas l'ombre d'une chance.

Les spectateurs glapirent de plus belle en découvrant la carte du jeune garçon ; Salamão, du fond de son désespoir, ouvrit grand ses yeux sombres devant cet as qui n'en était plus un.

Les minuscules guerriers de papier se jetèrent l'un contre l'autre. Dans le cœur des enfants qui les observaient, chaque coup de patte avait la puissance de celui d'un lion, chaque cri léger résonnait dans la ruelle tel un rugissement de fauve, chaque coup de dent ouvrait la chair et les muscles, couturait la peau, comme si le combat qui se déroulait au fond de cette fosse de fortune, soulevant des rubans de poussière dans l'air doré, était celui de deux titans dans le sable d'une arène impériale.

Le sphinx se défendait bien, sa chevelure flottant au vent au rythme de ses coups de griffes et de ses bonds de côté, mais très vite il devint clair pour tout le monde qu'il ne faisait tout simplement pas le poids face au monstre de Leandro.

Esquivant, frappant, bondissant, se projetant dans les airs pour retomber sur son adversaire avec la force d'une fronde, le phénix de trèfle le martelait de coups sans se laisser toucher une seule fois. L'as de feuilles, comme l'appelait Leandro depuis qu'il était petit et qu'il avait confondu ses superbes motifs avec les feuilles spiralées des fougères, n'avait plus grand-chose d'un oiseau, hormis ses ailes gigantesques et sa traîne scintillante. Des années auparavant, Leandro avait passé des heures à dessiner, redécouper, créer de nouvelles formes et de nouveaux ornements. Son as disposait de plumes plus longues, plus belles que les autres, de pattes ciselées en faux mortelles, et d'une énorme crinière dont les découpes tressées fouettaient l'air lorsqu'il bondissait vers le ciel loin au-dessus de l'arène. Une longue gueule puissante, dentelée, dangereuse, avait remplacé son bec. L'œuvre d'un Leandro de dix ans acharné sur sa table, avec ses ciseaux de bambin et ses crayons cassés. Il avait choisi des papiers noir velours, violet brillant, doré étoilé, et avait fait de son as favori plus qu'une carte maîtresse : une véritable œuvre d'art.

Il y eut un dernier coup, une dernière volte, éblouissante, du phénix à gueule de lion, puis dans un lent mouvement le sphinx bascula sur le flanc. Il se souilla de poussière brune, cette même poussière qui semblait étinceler sur les plumes de son adversaire.

Celui-ci, son œuvre achevée, voleta hors de l'arène et vint se poser fièrement sur l'épaule de Leandro. Chacun dans le public parut sortir de transe. Chacun réalisa soudain que, sorti de l'arène miniature, le sauvage titan n'était autre qu'une petite *cartanimais* de carton, d'électronique et de papiers de couleurs, dont la hauteur n'excédait pas une dizaine de centimètres.

Sous les vivats de ceux qui voulaient le porter en triomphe, Leandro tapota d'un doigt léger le mufle de son as de feuilles. Le minuscule phénix se tortilla d'une façon ridicule sous sa caresse. Puis, le laissant sur son épaule, il y fit monter ceux qui lui avaient apporté victoire si écrasante : le phénix de cœur, le lapin de pique et le tigre de trèfle.

Enfin, repoussant les accolades et les bourrades de ses admirateurs de la rue, le garçon referma la vieille boîte usée sur toutes les loges en plastique où se roulaient en boule, immobiles et mystérieuses, les autres cartes. Il la mit sous le bras, saisit les coins du drap dans lequel était déposée toute la mise de son adversaire, le noua en énorme baluchon brinquebalant et s'en alla ainsi, avec son petit peuple de papier sur une épaule, et ses gains du jour sur l'autre.

La bande d'enfants et d'adolescents le suivit, dansant et hurlant dans les rues de la *favela* dans un infernal brouhaha plein de joie et de chaleur.

Salamão, resté seul devant l'arène comme le perdant qu'il était devenu, fixa le dos de son adversaire avec incrédulité.

Puis il regarda le tas de cigarettes, posé sagement sur un coin de drap rapiécé, qui était resté juste à côté de lui.

Il essuya ses yeux humides d'un revers de main.

Leandro lui avait tout laissé. Il lui avait offert toute sa mise.

L'Informatique

Une lettre.

Mmmmh. C'est un A.

Une police élégante : la classe et la simplicité du *Times New Roman*, avec un brin de la douce folie du *Vivaldi*. Je ne sais pas d'où ce petit écrivaillon la sort, avec son vieux Word poussif et son ordinateur récupéré chez son grand-père, mais elle me plaît, inévitablement.

Et ce A ! Ce corps pointu défiant les rêves et les nuages, ces empattements doux et placides, cette traverse élégante sur la page blanche… Bon sang, ce que j'aime les A. Surtout les A majuscules.

Cette police ! Décidément, ce petit crétin a réussi à tirer le meilleur de son pauvre logiciel.

Je vais me régaler.

Il détourne les yeux un bref instant ; ce stupide chat miaule à l'autre bout de la maison, mais c'est tant mieux pour moi. *Fuiiit !* Véloce, affamée, je fonds sur sa page telle un aigle sur sa proie. Ma langue caresse goulûment les jambes du A ; celui-ci, face à sa prédatrice, sa sirène des profondeurs mille fois redoutée, se tortille en tentant de m'échapper. Mais trop tard ! Je plante déjà mon petit rostre dans le noir de la lettre. Et dans un bric-à-brac de crocs et de cracs, ses jolies lignes se cassent et se brisent, et toute son encre termine dans mon estomac.

Ah ! Qu'il est bon de manger enfin ! Après avoir erré dans les méandres de ce maudit ordinateur pendant des semaines, des mois, peut-être des années – qu'en sais-je ? J'ai perdu la notion du temps ! Mon joli ventre rond s'est rabougri, je me suis desséchée sur place, moi la prédatrice, moi l'apocalypse de Word et d'Open Office. J'ai perdu tous mes charmes, la faim a embrouillé mes pensées, m'a presque rendue folle.

Tant de silence, tant de vide pendant si longtemps.

Et finalement ! La renaissance, l'explosion de lumières et de couleurs, la chaleur furieuse des circuits électroniques reprenant du service ! Qu'il est bon de se sentir à nouveau dans son élément.

Et ces lettres, ces jolies lettres qui s'étalent à présent sur des lignes et des lignes, plus loin que je ne peux porter le regard, qui me narguent comme une série de délicieuses friandises déposées là pour moi, comme des offrandes d'un pauvre gamin scribouilleur.

Ah, la force rejaillit en moi, et surtout l'espoir. Toi et moi, mon vieil ordi, nous allons aller jusqu'au bout, nous allons reprendre du service ensemble. Ne me lâche pas, je t'en conjure. Par le nom de ma mère, je sévirai encore de nombreuses années, il en faudra plus pour me terrasser ! Ma mère, elle qui un jour, cachée dans une clé USB hors d'âge, a utilisé ses dernières forces pour se traîner dans cette antique machine ; ma mère qui, étouffant sous le poids de notre fratrie bien au chaud dans son ventre doux, a fini par rendre l'âme entre deux pages Word, éclatant en un feu d'artifices de vie et d'espoir, un feu d'artifices de petites tiques affamées.

Hélas, le temps de la gloutonnerie est passé, et notre ordinateur a bien vite été refourgué au grenier. Et après… L'errance. Les combats pour chaque misérable lettre perdue. Nous avons sucé jusqu'au dernier fichier. Absorbé la dernière goutte d'encre artificielle. Jusqu'à ce qu'il ne reste plus rien. Jusqu'à ce qu'il ne reste plus personne. Plus que moi. Perdue au milieu des cadavres de mes frères et de mes sœurs.

Le petit écrivaillon rejoint son siège d'un bond devant moi ; vite, vite, fuyons ! Je me carapate dans un coin de l'écran. S'il me voit, c'en est fini de moi…

Héhé, il a vu la disparition du A. Le voilà qui en remet un autre sans se poser davantage de questions. Ah, que ces humains sont bêtes, qu'ils sont obtus. Bon, je les aime bien quand même. Ils me sont sympathiques, allez savoir pourquoi. Avec cette obsession, cette douce folie d'écrire et d'écrire encore et encore, sans jamais faillir, jour après jour. J'admire leur détermination, et aussi leur imagination. Je me régale de leurs paysages baignés de lumière, de leurs vers pleins de son sonnants et trébuchants, de leurs dialogues incisifs et de leurs jeux de mots aigres-doux. Vas-y, mon cher petit, réécris ce que tu veux, appuie sur les touches de ton clavier. La nuit venue, je viendrai cliqueter des pattes là-dessus, et tu peux être sûre qu'il n'en restera rien !

Mon ventre gargouille quand j'y pense. L'explosion de saveurs délicates dans ma trompe, la faim brièvement rassasiée, mais qui bientôt griffe à nouveau pour manger encore.

Patience, patience. Il ne va pas passer toute la journée devant son écran. Dès qu'il s'en détournera…

Je me demande bien ce qu'il écrit. Je meurs d'envie d'aller faire un tour sur la page, de parcourir ces vallées d'encre et de vide, de lire ses aventures. Ainsi vivent les tiques. Nous ne sommes pas de vulgaires parasites, n'en déplaisent à certaines langues de vipère. Un texte mal écrit nous fera plus de mal à l'estomac qu'il n'en fera à vos yeux. Nous aimons la poésie, nous nous pourléchons des allitérations, des assonances, des rimes et de la métrique. Nous vibrons au son des cors de chasse, du choc des épées. Nous frissonnons au rythme d'une enquête semée de rebondissements. Et lorsque nous dormons, nous rêvons aux aventures de ces héros qui vivent désormais en nous, au chaud dans notre ventre.

Folle que je suis, à chaque fois je me précipite sur la première lettre dès qu'ils ont le dos tourné ; en plus ce sont des majuscules, comment pourrais-je résister ? Mais je ne devrais pas, je m'en veux toujours profondément. Pour savourer une histoire, un texte, un style, un langage, il ne faut pas les démembrer petit à petit !

Bref, le petit est parti aux toilettes. Dépêchons-nous. Je ne pense pas qu'il s'agisse d'une prose qui me mette des frissons au ventre, vu son âge et ses grands yeux niais ; mais par toutes les saintes tiques, ces majuscules, ces jambages, ces fûts et ces empattements, cette typographie à elle seule me fait baver ! Allons vite déchiffrer les premiers mots de l'histoire, et tâchons de nous retenir de tout manger.

Ma foi, il n'est peut-être pas aussi naïf que je le pensais. Il en a fait une copie sur sa clé USB, le petit malin. Tant mieux. C'est de bonne guerre. Qu'il garde son texte intact pour lui ; je ne lui veux point de mal. Les yeux des écrivains me font toujours mal au cœur, lorsqu'ils reviennent au petit matin et découvrent la page vide. Pourquoi devons-nous ainsi faire souffrir nos compagnons de toujours ? N'est-ce pas assez de s'empiffrer de leurs mots, de rêver grâce à eux ? Allez, petit. Je t'aime bien, toi, décidément.

Avons-nous été créées pour cela ? Dévorer des pages et des pages, effacer la moindre goutte de connaissance déposée sur les écrans humains ? Parfois, je ne peux m'empêcher de me poser la question. Je porte en moi les centaines de milliers de textes qui furent absorbés jadis par ma mère, puis par sa mère avant elle, et la mère de sa mère… et cet héritage informatique remonte fort loin. Et aussi loin que remonte cette mémoire plurielle, toutes les phrases dont mes génitrices se sont nourries manquaient cruellement de saveur : elles n'étaient qu'études savantes, inventions biotechnologiques, traités mécaniques et essais philosophiques. Des notions que je devine capitales pour les êtres humains, mais dont nous autres, tiques de langage, n'avons que faire ! Je semble être la première à avoir pu goûter des récits d'écrivains, de belles métaphores et de doux poèmes…

Ma mère s'est-elle enfuie, à l'époque, de quelque sombre complexe scientifique ? Était-elle destinée à finir ailleurs que dans un vieil ordinateur de maison ?

Si tel est le cas, du diable si je parviens à comprendre le but de ceux qui nous ont conçues…

Quoi ? La demi-portion est déjà de retour ? Mais c'est incroyable, comment fait-il pour courir si vite ? A-t-il sauté les marches quatre à quatre ? Je n'ai eu le temps de déchiffrer que cinq malheureux mots ! Allez, cinq et demi en comptant les déterminants.

Aujourd'hui, c'était l'été et je

Et je *quoi* ?! Dépêche-toi d'aller aux toilettes de nouveau ou d'aller t'empiffrer de chocolat ! Aujourd'hui c'est l'été et tu *quoi* ?

Ah ! Je ne me tiens plus d'impatience, je ronge bêtement l'icône de la disquette d'enregistrement. Je n'ai jamais aimé ce truc, je ne sais pas ce que vous en pensez.

Attendez une minute…

« Aujourd'hui, c'était » ?

Sérieusement ?

Qu'est-ce que c'est que cette concordance de temps de mes deux ? Saperlipopette ! Dors avec un dictionnaire sous ton oreiller, ça ira mieux ! Est-ce que ça t'arrive seulement d'ouvrir des romans de temps en temps ?

Tu ne perds décidément rien pour attendre. Oui, c'est à toi que je parle, le petit escogriffe aux yeux clairs et aux cheveux pleins d'épis qui trépigne sur sa chaise comme un demeuré.

Argh ! *Aujourd'hui c'est l'été et je* quoi ?! Je veux savoir ! Par les saintes tiques !

En tout cas je te jure que si ton histoire est aussi mauvaise que ta conjugaison, je passe faire le ménage aussi dans ta fichue clé USB !

…

Patience, patience.

La nuit viendra.

Je vais t'aider à développer ton talent, mon petit écrivain… À ma manière, héhéhé. Tu verras, je suis une tique loyale, moi !

Robot perdu cherche bonne étoile

Cela faisait longtemps qu'il parcourait cette campagne désolée. Bien trop longtemps à son goût.

Remarquez, il avait atteint son objectif : il avait dépassé ce bosquet d'arbres lointain qui le narguait depuis des jours. Il avait voulu voir ce qui se trouvait derrière, et il était servi, à présent : rien, il n'y avait rien que la route crevassée pareille à une langue grise tirée par la campagne, rien que ces petits buissons rabougris tourmentés par les vents, rien que des chaos de pierres ici et là, de foutus gros cailloux bien incapables de lui rendre son regard. Il n'y avait personne. Personne pour le prendre dans ses bras, pour lui dire enfin « C'est bon, repose-toi un peu, je vais m'occuper de toi, tu ne seras plus seul, tu peux t'arrêter ».

Personne.

Les lames métalliques qui le portaient, semblables à des pattes de crabes, poinçonnaient la terre sèche et dure en cliquetant sur les rochers. Il manqua trébucher plusieurs fois sur les pierres aux arêtes acérées, mais rétablit de justesse son équilibre. Il ne devait jamais, au grand jamais, basculer et se retrouver les fers en l'air. Parce que, dans ce nouveau monde d'après l'apocalypse, il n'y avait plus personne pour le remettre sur pied…

Il se sentait seul, si désespérément seul. Et si petit au milieu de cette nature tourmentée.

Il aurait pu rester en ville, après tout. Enfin, dans les ruines de la ville. Là où se trouvaient ses confrères, certains retournés sur le dos comme des tortues piégées, d'autres auxquels leur carrosserie à moitié défoncée donnait une sale gueule, qui erraient sans savoir où aller. D'autres encore en pleine forme, dont les bras articulés, auparavant destinés à servir du café, à porter les enfants ou à touiller une marmite étaient désormais utilisés à déblayer les gravats et à fouiller les décombres. À traîner les humains hors de leurs tombeaux.

On les reconnaissait tant bien que mal, on mettait un nom sur leurs visages détruits, ou un surnom ; puis on les sortait sur la route, évitant les trous et les crevasses, et on les alignait là. On empêchait les charognards d'y planter leur bec sans pitié. On s'y recueillait. Avant d'aller prêter main-forte aux voisins et d'aller tirer d'autres cadavres, d'autres familles des maisons détruites.

Mais lui n'avait pas envie d'y rester. Il avait vu le désastre. Il avait vu le feu à l'extérieur, par la fenêtre, il avait entendu les gigantesques déflagrations des bombes, puis le lourd silence qui avait suivi. Sa famille, dépourvue de carapace de métal comme la sienne, était morte écrasée sous les murs de son propre foyer. Le petit dernier avait fini en bouillie. *Nicolas* avait fini en bouillie. Alors, sans même aider à tirer ses anciens maîtres de sous les gravats — ils étaient morts, de toute manière —, il était parti. Il avait contemplé une dernière fois ce qui restait de la maison, *sa* maison, puis il avait fait volte-face.

Il s'était éloigné, sur ses pattes cliquetantes plus habituées à marcher sur la moquette que sur le roc.

Il avait suivi la route encombrée de ruines et de corps ensanglantés, avait contourné toutes les petites machines silencieuses penchées sur leurs maîtres, chassé les corbeaux qui sautillaient près des cadavres, enjambé les trous béants qui perçaient le goudron.

Il avait aussi aidé à remettre quelques robots sur pieds. Des voisins qu'il connaissait de longue date, ou de purs inconnus. Tous l'avaient regardé partir. Ils l'avaient observé franchir la pente douce de la colline, puis disparaître au loin. Après lui, ils étaient sans doute retournés à leur labeur stupide.

Le soleil se levait doucement, embrasant la ligne d'horizon en la peinturlurant d'orange, de jaune et de violet dans une gerbe de feu. Il avait choisi cette direction dès le début. L'aube, l'aurore, après tout, ça ne pouvait apporter que du bien, non ?

Une silhouette humaine se dressa soudain au loin, devant cette ligne de lumière. Le petit être sursauta devant cette vision surréaliste, puis fit un bond de crabe et redoubla soudain de vitesse, fonçant dans la direction de l'ombre providentielle. Quelqu'un, enfin ! Il avait eu raison de suivre le soleil, de marcher des heures et des jours dans ce désert, de laisser la ville sanguinolente derrière lui !

Sa caméra – la gauche, la diurne – zoomait, dézoomait, zoomait encore pour tenter d'éclaircir la silhouette, sans succès. Il était encore trop loin et ces stupides pattes ne pouvaient aller plus vite. Cela avait tout l'air d'être un enfant, étant donné sa taille, oui, un petit garçon, comme Nicolas, mais celui-ci bien vivant ; il pourrait prendre soin de lui ! Le petit humain allait lever les yeux, le voir cavaler à toute allure à travers la lande, avoir un mouvement de recul puis se tranquilliser en constatant que R2D2 n'avait rien d'une de ces terrifiantes machines de guerre, que c'était juste un robot de compagnie, un robot de pique-nique, un petit frigo sur pattes − le couteau suisse des frigos, disait le père en plaisantant, lorsqu'il était encore en vie et non pas étendu sur le goudron plein de sang.

Le robot était désormais suffisamment près pour faire la mise au point et comprendre, enfin, que ce petit garçon qui avait fait naître une boule d'espoir au creux de sa mécanique n'était, au final, qu'un épouvantail.

Il ralentit progressivement, comme si ses pattes elles-mêmes ne parvenaient pas à y croire.

C'était un épouvantail d'un autre temps, comme oublié là depuis des années. Son thorax de tissu dégorgeait une vieille paille grise. Un chapeau troué était abandonné sur le sinistre crâne de bœuf qui couvrait son visage.

R2D2 réussit enfin à s'arrêter. Sa caméra se promenait sur le petit bonhomme de paille, guettant un signe de vie. Mais il n'y eut rien. Évidemment.

Une grande fatigue monta soudain à l'assaut des pattes de métal. Il eut l'impression qu'elles se mettaient à rouiller. Ce qui, bien entendu, était impossible. Il faudrait encore des années pour le faire rouiller, de nombreuses pluies diluviennes comme celle qu'il avait essuyée la veille…

Il se sentait las. Las d'arpenter cette campagne grise et déserte, tantôt dure tantôt spongieuse, qui essayait de le mettre à terre à chaque mètre qui passait, qui ne lui offrait rien d'autre que le vide, le vide, le vide. Encore et encore.

Il se remit à trottiner doucement, jusqu'à atteindre le pied de son compagnon d'infortune, rongé par le temps et les termites. Sa caméra se leva encore avec espoir, attendant un sourire, un geste, un clin d'œil, mais le bonhomme de paille n'avait ni bouche ni yeux. Rien pour rassurer le petit robot.

Celui-ci fit contre mauvaise fortune bon cœur, il lui adressa un petit cliquetis amical. Puis il rassembla ses six pattes sous lui, selon le schéma qui leur permettait de se glisser dans la carlingue, et posa enfin son lourd caisson au sol.

Son essuie-glace cliqueta en essuyant son objectif diurne, déjà empoussiéré depuis la dizaine de minutes qu'il l'utilisait. Auparavant, ce geste n'avait aucune utilité ; il le faisait pour acquiescer aux propos de ses maîtres, ou pour amuser Nicolas. Son objectif, on le lui nettoyait plusieurs fois par jour, à l'aide d'une main sûre et d'un vieux chiffon, et d'un « *R2D2, tu vas arrêter de bouger, oui ?* »

Mais ce temps était révolu.

R2D2, c'était son nom. Les gens riaient lorsqu'ils découvraient qu'il en avait un, et encore plus parce que c'était celui-ci.

Lorsqu'il avait été acheté, uniquement destiné aux escapades camping de la famille, il avait bien failli être refourgué au grenier le temps que les vacances adviennent. Heureusement, ses maîtres, ne sachant pas trop à quoi s'attendre, avaient préféré l'essayer l'après-midi même dans le salon. Histoire de savoir s'il leur fallait se déclarer insatisfaits et le ramener au magasin. Sur ce point-là, il ne les avait pas déçus…

Armée du mode d'emploi, la mère, dressée au-dessus de lui, lui avait ordonné différentes manœuvres d'un ton clair qui ne permettait pas la confusion. Ouvrir. Fermer. Refroidir. Six degrés, zéro degré, moins dix degrés. Ouvrir à nouveau. Saisir une boîte de lait. Refermer. Ouvrir et sortir la boîte de lait. Ouvrir le compartiment vaisselle. Y rentrer des assiettes. Ouvrir le micro-ondes. Y faire tourner un bol de beurre jusqu'à ce qu'il fonde.

Le petit robot avait joué le jeu, fait le beau, tout frétillant de bonheur qu'on s'intéresse ainsi à lui. Il avait fait rire le jeune garçon, qui s'amusait à lui cacher les caméras de la main afin de le rendre aveugle l'espace d'un instant. Il en avait deux, une diurne et une nocturne, vaguement déguisées en yeux. Plus ou moins inutiles, mais elles le faisaient paraître plus sympathique. « *Laisse-le, Nicolas, on ne sait pas comment il peut réagir !* » Mais il avait bien réagi. Il avait actionné ses essuie-glaces encore et encore, jusqu'à ce que l'enfant s'écroule par terre sous la force de son rire. Il avait cherché comment exprimer sa satisfaction, puis lancé quelques cliquetis hasardeux – ceux que produisaient ses sondes à l'intérieur de ses compartiments –, avant de trouver une meilleure idée et de se lancer dans une danse de crabe cliquetante, *une deux – une deux – une deux*. Cette fois, toute la famille avait ri. Il avait refait une petite séquence de claquettes, content. La mère, souriante, avait définitivement refermé le mode d'emploi. Il avait gagné.

La grande sœur avait tapoté sa carrosserie comme on flatte un toutou, le cadet lui avait tourné autour, à quatre pattes sur le tapis. Il avait tendu sa petite main ronde, attendant qu'on la lui serre, et R2D2 avait délicatement avancé sa sonde olfactive ; l'enfant, ravi, avait voulu la lui saisir mais la tige articulée s'était rétractée dans un réflexe craintif, comme une antenne d'escargot.

On peut le garder, on peut le garder ? avait supplié Nicolas, étreignant la carrosserie lustrée du robot.

Les parents avaient échangé un regard rieur.

Évidemment qu'on le garde, on l'a acheté !

L'enfant avait fait la moue et sa grande sœur avait renchéri.

Le garder avec nous, il veut dire. On peut ?

Ils avaient hésité. Ils ne voulaient pas avoir à le recharger en permanence, c'est que ça consommait de l'électricité, ces bestioles.

R2D2 s'était avancé vers la chaise de la mère, s'était dressé tant bien que mal sur ses pattes et avait pointé, d'une antenne, la rubrique 13.C du mode d'emploi. Celle qui annonçait fièrement que seuls les différents compartiments du « couteau suisse des frigos » nécessitaient une batterie électrique. Pour se mouvoir, il se rechargeait uniquement à l'énergie solaire.

Il avait été officiellement adopté.

Nicolas voulait absolument lui trouver un nom. Il avait remarqué qu'il pouvait hurler „Viens ici, robot !" pour que celui-ci accoure de sa démarche de crabe. Il voulait lui donner un vrai nom, ce qu'il aurait fait s'il avait eu un chien.

À moitié assis sur sa chaise – c'était l'heure du goûter –, une fesse en l'air et le regard posé sur son nouvel ami, il avait dit « *Nono, moi je veux t'appeler Nono, comme le gentil robot d'Ulysse à la télé.* » Philippine, sa grande sœur, en train de mordre dans une tartine dégoulinante à l'autre bout de la nappe, avait mâchouillé les syllabes : « *Mais non, Nono est rouge et il est plus mignon que ça, d'abord. Ça lui va pas du tout.* »

Le frigo sur pattes s'était senti blessé de tant d'injustice, il ne connaissait pas ce satané Nono mais pouvait certainement être plus mignon que lui. D'abord.

Il avait entamé sa gigue frétillante dans un concert de cliquètements, ce qui avait ravi les deux enfants mais guère changé l'opinion de la sœur.

« *Moi je dis que R2D2, ça lui irait mieux. Regarde, il a une forme de boîte de conserve et il fait des bruits bizarres. Que ceux qui sont d'accord avec moi lèvent la main !* »

Elle avait été la seule à la lever. Par souci d'équité, le petit robot avait timidement brandi sa sonde olfactive, ce qui lui avait valu un regard blessé de la part de Nicolas. « *Je m'en fiche. Pour moi ce sera toujours Nono.* »

R2D2 revint à la lande parcourue de vents glacés. Les buissons frissonnaient autour de lui. Il cliqueta pour lui-même, agitant ses sondes – thermiques, olfactives – désormais inutiles. Le sol lui paraissait bien dur. Inconfortable au possible. Sa caisse réfrigérée était toute penchée à cause d'un ou deux cailloux posés sous lui. Il se releva en déployant ses pattes, piétina un instant puis se remit en position de veille. Là, c'était mieux. Même si cela n'avait strictement rien à voir avec le vieux canapé.

Ah, ce vieux canapé, il avait été un autre compagnon précieux. R2D2 devait à l'origine passer la nuit recroquevillé dans un coin, histoire de ne pas gêner la famille… et de ne pas faire trébucher un certain petit garçon lorsqu'il s'aventurerait aux toilettes en plein milieu de la nuit. Cependant, il avait vite choisi son lit. Il avait trépigné au pied de ce canapé imposant et tout effiloché par les années. Il avait bondi sur ses pattes de crabes, une fois, deux fois, et lorsqu'il avait eu assez d'élan à son goût, il avait sauté. Son caisson s'était propulsé dans les airs sous les cris surpris des enfants, et le petit robot avait culbuté cul par-dessus tête. Il avait atterri sur le canapé, ce qui l'avait rendu content ; mais également sur le dos, ce qui l'avait fait paniquer. Ses pattes avaient remué comme celles d'un scarabée jusqu'à ce que les deux enfants, unissant leurs forces, parviennent à le remettre debout. Il les avait remerciés d'une petite danse qui avait mis à mal le vieux tissu du canapé ; puis il s'était recroquevillé et fait semblant de dormir. Nicolas et Philippine s'étaient regardés, mal à l'aise. R2D2 n'avait pas le droit d'être là, mais il était bien trop lourd pour qu'ils puissent envisager de le porter au sol… Ils s'étaient finalement éloignés sur la pointe des pieds. Le robot triomphant s'était mis en veille.

Le lendemain matin, il s'avéra que cela ne dérangeait pas tellement les parents. R2D2 avait gagné son canapé. Et pendant deux ans, il n'avait jamais dormi autre part… jusqu'à la catastrophe.

Ah, ce vieux canapé. Qu'il lui manquait, à présent qu'il n'avait que des pierres pour poser sa carcasse !

R2D2 programma sa mise en veille. Deux heures. Histoire de déposer un peu ce poids lourd à porter, cette lassitude. De la laisser couler le long de sa carrosserie, goutter jusqu'au sol.

Il se serait méfié s'il avait encore vécu à la maison. Chaque matin, Nicolas ou Philippine – parfois même l'un des parents – l'asticotaient en le réveillant brutalement quelques heures avant la fin de sa veille automatique. Mais depuis la catastrophe, le bouton rond et vert qui affleurait sur son côté gauche n'avait plus servi. R2D2 était libre, désormais, de décider quand il s'endormait et quand il se réveillait. Plus personne n'était là pour le taquiner.

Il se sentait seul, il se sentait inutile. Il n'avait plus aucune vaisselle à charger dans son compartiment spécial, celui du bas. Aucune brique de lait à refroidir dans son frigidaire, aucun plat à réchauffer au micro-ondes. Le couteau suisse des frigos avait fait son temps. Il se sentait inutile et vieux. Et si *seul* !

Son système se remit en fonctionnement exactement deux heures après – plus trois secondes, le temps qu'il se réveille complètement.

Et allez, c'était reparti.

Il se remit en marche vers la ligne d'horizon qu'il avait toujours voulu atteindre, mais qu'il n'atteindrait jamais. C'était Philippine qui le lui avait dit, qui *leur* avait dit à Nicolas et à lui, un jour qu'ils revenaient de balade. Le petit garçon avait pris l'habitude de le promener dans les rues, au début avec une corde censée servir de laisse, ce qui avait bien fait rire tout le monde ; mais il avait vite abandonné lorsqu'il s'était rendu compte que R2D2 était aussi vif et curieux qu'un chiot – sauf qu'un chiot ne pèse pas vingt-cinq kilos au bout d'une laisse et ne traîne pas son petit maître en zigzag à travers la rue. Les deux amis rentraient donc de promenade, le robot libre et indomptable en train de poursuivre un papillon égaré. Face à sa sœur, Nicolas s'était vanté qu'ils s'entraînaient tous les deux et qu'un jour, ils monteraient sur la colline et franchiraient l'horizon. Philippine avait éclaté de rire.

« Mais patate, l'horizon tu ne peux pas le toucher ni le franchir, il est bien trop loin. »

Ni R2D2 ni Nicolas n'avaient bien compris ce qui les empêchaient de l'atteindre, cette fameuse ligne bleuâtre.

Eh bien, maintenant il savait.

Il consulta son horloge à piles ; il espérait vraiment retrouver la civilisation avant qu'elle ne s'éteigne, sinon il serait totalement perdu. Déjà trois heures qu'il trottait sans fatigue, depuis son réveil. Toujours pas la moindre ville à l'horizon. Toujours pas la moindre *ombre* à l'horizon. Sauf ces arbustes méchamment rabougris, qui s'agglutinaient ici pour former une sorte de forêt rase-moquette. Aussi rase-moquette que lui, à vrai dire. R2D2 cliqueta d'agacement et obliqua à droite, se préparant à contourner cet obstacle.

De petits cris s'élevèrent soudain. Ce n'étaient pas des oiseaux, et pourtant ça piaillait, piaillait, encore et encore comme si R2D2 avait appuyé sur un bouton déclencheur à son insu.

Il ralentit l'allure, posant ses pattes avec suspicion, et s'approcha de la tribu de végétaux frileux, aux troncs recroquevillés les uns contre les autres. Se rapprocha. Se rapprocha encore. Cela venait des racines. Son essuie-glace s'acharna pour lui donner une vision plus claire.

Il s'agissait d'une mêlée multicolore. Un groupe de petits corps chauds et doux qui criaient en ouvrant grand leur gueule rose. R2D2 resta indécis un instant. Souris, rats, renardeaux ?

On feula derrière lui et il se tourna en quelques coups de pattes, le temps de voir un chat – une chatte – filer ventre à terre auprès de ses petits. Avait-elle fui la ville, elle aussi ? Elle l'observa, ses yeux émeraude pleins de méfiance. Allongea quelques coups de langue tendres et distraits à ses chatons. R2D2 les regarda, silencieux, respectueux. Ils se bagarraient de leurs petites pattes, tentant d'accéder les premiers au ventre de leur mère.

Celle-ci ne décolérait pas, elle refusait de s'allonger, l'arrière-train posé au sol mais le buste toujours dressé en position de défense. Elle ne crachait plus, mais poinçonnait méchamment le robot du regard. R2D2 cliqueta et se posa au sol pour paraître moins menaçant, dans un grand *Bong* maladroit qui fit sursauter la petite famille.

Il aurait voulu la rassurer, lui dire qu'il n'était qu'un frigo sur pattes fatigué et bien inoffensif.

Il n'en fit rien bien sûr et resta là à les regarder, dans leur petit cocon familial, cachés entre deux racines et trois pierres. Jusqu'à ce que la chatte, certaine de faire face à un objet inanimé, s'allonge enfin et ferme les yeux, son ventre pressé par les huit petites pattes roses.

R2D2 ne sut pas exactement combien de temps il resta là, mais il ne bougea pas jusqu'au soir, ni jusqu'au soir d'après. Il se sentait bien, ici. Plus besoin de courir jusqu'à l'horizon pour se rendre compte qu'il en était toujours aussi loin, et que personne ne l'attendait jamais. Ici au moins, il était tranquille, il côtoyait la vie. Il regardait les petites bouilles des chatons, leurs yeux qui s'éclaircissaient de jour en jour, observait la mère leste et nerveuse filer hors de la tanière, avant de revenir en se léchant les babines.

Au bout de trois jours, ou peut-être quatre ou cinq – il ne pensait plus à consulter son calendrier ou son horloge –, la chatte le regarda d'un air étrange. L'éclat rusé dans ses yeux lui mit la puce à l'oreille. Elle s'approcha doucement, renifla longtemps sa carlingue bosselée, avant de se frotter contre lui avec délice. Il la laissa faire, indécis. Puis elle se dressa, posa ses larges pattes rondes sur le caisson et soudain, il ne la vit plus. Elle venait de bondir. Il entendit les petits bruits mats de ses coussinets sur le métal, et d'un coup, elle se retrouva à l'intérieur. Il le sut grâce à sa balance intégrée, dont les chiffres passèrent brusquement de 0 à 3,8. Elle se trouvait dans son frigidaire !

Comment était-ce possible ? Le couvercle était censé être fermé. À moins que le souffle de l'explosion, lors de la catastrophe, l'ait cassé ? Troué ? R2D2 se sentit encore plus malheureux. Il n'était même pas capable de savoir lorsqu'il se détruisait. Il pouvait tomber en morceaux sans s'en rendre compte…

La chatte poussa un miaulement satisfait, qui résonna étrangement entre les parois lustrées. Elle émergea à l'air libre, bondit à terre et fila vers sa portée, qu'elle réveilla de quelques coups de langue. Les petits protestèrent vigoureusement ; elle n'en avait cure, surveillant les alentours de son regard froid. Elle en saisit un par la peau du cou. Après un trottinement et un autre bond, elle pénétrait déjà dans la caisse de R2D2.

0… 4,0… 0,2…

Elle ressortit délestée de son fardeau. Alla en chercher un autre. Le lui amena aussi. Puis ce fut le tour d'un troisième. Et enfin le dernier.

4,9.

Toute la petite famille était réunie… à l'intérieur du frigo de R2D2. Qui n'était plus réfrigéré depuis bien longtemps. Lorsque la chatte ressortit à nouveau, il sentit les petits cris outrés plus qu'il ne les entendit.

Elle le surveilla, postée à quelques mètres, attentive au milieu de l'herbe rase. *Ne bouge pas d'ici,* sembla-t-elle lui dire. Puis elle se retourna et fila dans la lande. Quelques souris allaient avoir du souci à se faire.

R2D2 ne songea pas à désobéir. Il ne bougeait pas plus qu'une statue, désarmé face à la chaleur douce qui régnait dans son caisson, aux petits cœurs qui battaient tout contre lui.

Il eut soudain hâte de les voir grandir.

Il voulait les voir chahuter autour de lui, trébucher sur leurs pattes malhabiles, attraper leurs premières proies... Il pourrait retrouver un peu de Nicolas et Philippine dans leurs jeux maladroits.

Si seulement cet instant pouvait durer toujours...

Il avait enfin retrouvé une raison de vivre.

Comment dresser la Mort

– Hé !

– Chut.

– Mais…

– Ferme-la !

– Mais viens v…

– Je bouge pas d'ici, et tu devrais faire pareil. Tes exos de maths, tu crois qu'ils vont se faire tout seul ?

– Mais j'ai un super truc à te montrer !

– Quoi, la bulle que tu vas te ramasser à ton prochain contrôle ?

Le garçon leva ses grands yeux clairs vers sa sœur aînée, concentrée sur ses leçons. Elle se tenait penchée sur son bureau ; un rideau de cheveux bouclés cachait son expression.

– Non… répondit-il enfin. J'ai trouvé un truc… un truc de fou.

Mortellement sérieux.

– Ah, je pensais pas que tes cahiers regorgeaient de « trucs de fou ».

– Mais non, patate ! s'énerva le blondinet aux joues rondes. Ce midi, dans la cave de la vieille baraque abandonnée, celle du voisin numéro deux...

Stupéfaite, sa sœur en cessa de travailler. Elle se tourna vers lui d'un bloc.

– Quoi ? Attends, tu y es retourné ?

– Ben quoi, elle est géniale, cette maison ! Tu devineras jamais ce que j'ai trouvé là-bas.

Lilas se repencha sur son livre en faisant la grimace, une équerre à la main.

– On avait dit qu'on n'y reviendrait plus ! T'exagères ! Tu avais juré !

– On s'en fout ! trépigna Léo. Devine pour voir ! Devine pour voir !

– J'sais pas, moi, souffla-t-elle avec résignation. Un vieux coffre à jouets ? Avec des dinosaures déglingués qui dépassent ?

– Tu me prends pour qui, j'ai plus six ans ! Devine mieux !

– Flemme. Je travaille, figure-toi ! Je suis au collège, moi, monsieur.

– Pff, quelle nullos... Ok, je te donne un indice. C'est... *vivant*.

Il y eut un instant de silence. Un éclat de curiosité, terrible et irrépressible, passa dans les prunelles de sa sœur. Le garçon eut un sourire, certain de l'avoir ferrée. Lilas adorait les animaux. Tout comme lui.

Leur père était occupé à la cuisine ; leur mère ne rentrerait pas avant deux bonnes heures.

L'adolescente contempla son bureau, l'air grognon, avant de bondir de sa chaise comme un kangourou venant de se faire piquer les fesses.

– Ok ! Montre-moi. Mais juste dix minutes, hein !

Elle s'était montrée optimiste, pour ne pas dire utopiste. Elle savait bien qu'il fallait déjà dix bonnes minutes pour accéder à la fameuse « vieille baraque abandonnée du voisin numéro deux ». Ils devaient d'abord longer la clôture dans une posture courbée ridicule digne d'un vieux film d'espionnage, puis se glisser comme des chenilles dans le trou du grillage, ramper sur les coudes quelques instants sous la fenêtre du voisin en question, traverser en courant la pente de son jardin, bondir comme un cabri par-dessus la barrière de sa deuxième propriété, et enfin galoper jusqu'à la maison ancienne qui se trouvait tout au fond, immense derrière le panneau *« Propriété Privée – Interdiction d'entrer »*.

Ces quelques mots avaient longtemps terrifié Lilas et Léo, trop bien élevés – en apparence – pour aller crapahuter dans un lieu défendu. Mais la curiosité avait fini par gagner un an auparavant, lorsqu'une commère du village avait affirmé doctement que leur voisin cachait des objets anciens dans cette demeure. Des trésors qui valaient une fortune.

L'argent n'intéressait pas les deux complices ; ce qui les avait séduits, c'était l'idée de jouer les aventuriers afin de débusquer des reliques cachées. Mais quand Lilas avait découvert les vieilles poutres branlantes, les planchers dévorés par les termites et les éboulis du sous-sol, elle s'était rendue à l'évidence : l'exploration se révélait trop dangereuse. Déterminée à ne plus y remettre les pieds, elle avait tenté d'en dissuader son petit frère. Ce qui, évidemment, n'avait jamais fonctionné.

Et aujourd'hui, un an plus tard, leur duo comique et maladroit se dressait à nouveau devant la sombre bâtisse. Le temps, la neige et le vent avaient lézardé ses murs. Elle était rongée par la vermine, torturée par la guerre que ses fenêtres brisées avaient vue passer vingt ans auparavant. Ils se glissèrent à l'intérieur.

La pénombre silencieuse se referma sur eux.

Ils redécouvrirent l'écho de leurs pas sur les dalles, le craquement de la céramique cassée, tous ces sons ténus que les ruines déformaient curieusement. Au-dessus de leurs têtes pesait un ciel de poutres, de poussière et de toiles d'araignées, comme un squelette de bois noir dont les côtes miteuses se déployaient autour d'eux.

– Viens, dit doucement Léo.

Sa petite voix tonna dans le silence et brisa la ouate délicate qui flottait dans l'air, invisible, séparant leur présent du passé figé qui régnait ici. Sa sœur sursauta. Elle lui emboîta le pas, tâtonnant du pied sur les débris qui jonchaient le sol, le cœur battant à tout rompre sous le poids du vide qui régnait dans les profondeurs de la demeure.

Ils descendirent deux escaliers grinçants auxquels il manquait plus d'une marche ; leurs mains glissaient sur la rampe en arrachant des toiles d'araignée. Des petits cris de souris leur échappèrent. Les fils des insectes, le bois de la rampe, tout ici était couvert d'une cendre lourde. Celle des incendies qui avaient partiellement ravagé la bâtisse, à l'époque. L'empreinte de la guerre.

En débouchant dans la cave, humide et pleine d'odeurs douceâtres qui venaient leur chatouiller les sinus, Lilas contempla d'un air dégoûté les mousses et les lichens qui dégoulinaient le long des parois de béton. Il faisait encore plus froid qu'à l'extérieur ; l'hiver les mordait à pleines dents, condensant leurs souffles en petits nuages translucides. Léo, excité comme une puce, cherchait quelque chose sur le sol.

Sa sœur eut un frisson en découvrant ce dont il s'agissait.

Des chaînes.

Le cadet les saisit à pleines mains. Elles étaient énormes, tout bonnement énormes dans ses paumes d'enfant, avec de lourds anneaux mangés de rouille qui tintaient contre le sol et lançaient des éclats vengeurs vers la voûte.

– Euuuuuh, t'es sûr que… Euh… Mais il y a quoi au bout en fait ?

Soudain, Lilas n'était plus certaine de vouloir le savoir.

– Tu vas voir, dit seulement le garçon.

Il lui prit la main et s'enfonça doucement dans les ténèbres, guidé par le contact du métal. Il franchirent plusieurs mètres, trébuchant sur le sol inégal, avant que Léo ne s'immobilise. Ils respirèrent ainsi, côte à côte, pendant de longues secondes. Lilas ne savait pas ce qu'ils attendaient, mais le poids du silence était tel qu'elle n'osait pas lui poser la question.

Deux billes rouges, parfaitement symétriques, s'allumèrent soudain dans l'obscurité.

Elle bondit en arrière, douchée jusqu'aux os par une terreur pure.

– Oh mon Dieu !

– Chut…

– C'est quoi ? Qu'est-ce que c'est ? Recule !

– Il te fera aucun mal. Regarde…

Léo fit un pas en avant, puis un deuxième, les chaînes toujours en main. Les yeux écarquillés, sa sœur l'observa se rapprocher de la chose. Il sortit son smartphone dernier cri, pianota sur l'écran pour activer la lampe torche ; lorsque la lumière éclata, nimbant son visage, les deux yeux rubis scintillèrent avant de s'assombrir à nouveau.

– Mais c'est…

Le garçon bomba son torse maigre tandis que sa sœur, fascinée malgré elle, ébauchait un pas puis deux pour tourner doucement autour de l'être immobile, statufié.

– Un Cerbere… un Cerbere militaire…

Elle se signa en disant ces mots.

– Un *CERBERE 10.5*, précisa fièrement le cadet.

Il s'approcha délibérément de la bête et fit une pichenette audacieuse contre son poitrail, où luisaient les chiffres.

– Regarde, il ressemble à un Rottweiler !

Seul le silence lui répondit.

– Lilas ?

Il se retourna vers elle.

– Il est classe, hein ?

Elle fit un pas en arrière. L'épouvante luisait dans ses pupilles dilatées au maximum.

– *Classe ?* répéta-t-elle d'une voix blanche. *Classe ?* Ce truc est… c'est… c'est une arme, le genre de trucs qui a tué des centaines, des milliers de personnes à l'époque !

– Mais regarde, il est inoffensif. Il doit être en veille, éteint ou quelque chose comme ça, dit le garçon un peu étonné en s'approchant derechef de la bête de métal.

– *Ne le touche pas !* glapit Lilas d'une voix suraigüe qui ne lui ressemblait pas.

Riant de sa terreur, il se mit à caresser voluptueusement le crâne de l'animal. Le métal était lisse et brillant. Comme neuf.

Comme si vingt ans n'avaient jamais passé. Comme si l'armistice n'avait jamais été signé et que le chien se tenait prêt à repartir battre la campagne, à traquer des migrants affamés qui espéraient vainement lui échapper.

Personne n'échappait jamais aux Cerbere.

– Mais regarde, patate ! C'est bon ! C'est sans danger.

– Tu parles, s'exclama son aînée en moulinant ridiculement des bras pour tenter de le ramener auprès d'elle, tout en se tenant le plus loin possible du molosse statufié.

– Il est trop bien, répéta Léo en le couvant amoureusement des yeux. Regarde comme il est beau !

Il suivit de l'index la ligne agressive du chanfrein de l'animal, contourna son œil de verre illuminé de rouge, descendit le long de sa joue de fer, le long de son cou court et râblé, puis effleura son poitrail, sa patte puissante jusqu'aux quatre griffes d'acier articulées qui saillaient sur le sol.

– Laisse-le, espèce de crétin ! Mais laisse-le ! Viens, on s'en va !

– Mais je…

– Tu as dit que c'était quelque chose de vivant, alors que ça c'est juste une machine qui risque de nous tuer tous les deux si jamais on la rallume sans faire gaffe ! Espèce de menteur !

Sa main jaillit, agrippa le bras fin de son frère en serrant jusqu'au sang, avant de le tirer vers elle avec une force qu'il ne lui connaissait pas.

— Alors maintenant tu te tais, t'arrêtes de dire des bêtises et on s'en va ! Ce truc, faut qu'il reste là jusqu'à ce qu'il soit cassé pour de bon et qu'il puisse plus jamais marcher.

Elle inspira à fond.

— T'es pas encore au collège, c'est pour ça. Quand tu seras en sixième, tu verras, on te parlera des Cerbere en cours d'histoire... Les nazis ont massacré des milliers de gens avec eux. Tu sais ce que disait la brochure de pub de l'époque ? « Un maître pour la vie, tout autre est un ennemi ! » Ces trucs sont... Chacun de ces chiens a au moins trois armes différentes cachées sur lui, et je compte même pas les griffes et les crocs ! Ils leur mettaient des *pointes de diamant* à l'époque pour être sûrs qu'ils broient les os sans jamais s'abimer !

Perdue dans sa litanie d'horreurs apprises par cœur, elle n'avait pas remarqué qu'ils montaient l'escalier et qu'elle traînait littéralement son frère boudeur derrière elle.

— Ils leur faisaient sentir un foulard, une chaussure ou n'importe quoi, ils lâchaient le chien et il parcourait des dizaines, des centaines de kilomètres sans jamais s'arrêter, jusqu'à tuer sa cible ! Ils les programmaient avec des logiciels de pointe pour qu'ils puissent comprendre n'importe quel ordre, obéir au moindre geste... La Gestapo avait ses propres milices canines pour traquer les fuyards et encadrer les rafles... Non mais... est-ce que tu te rends compte ? Dire qu'ils ont tous été détruits après la guerre ! Il paraît que les incinérateurs ont brûlé pendant deux jours d'affilée et que certaines régions ont senti le métal à plein nez pendant des semaines ! Faut prévenir les gendarmes, ils viendront le chercher et le détr…

– Non !

Le garçon se dégagea d'un coup sec et galopa jusqu'au bas de l'escalier dans un concert de grincements, manquant de trébucher et se rompre le cou. Sa sœur le transperça d'un regard glacial.

– Tu…

– Non, s'il te plaît ! supplia-t-il, sachant très bien comment faire flancher sa sœur. S'il te plaît, faut pas le tuer.

Elle croisa les bras.

– Le tuer ? Il n'est même pas vivant ! C'est une *machine*, Léo ! C'est comme… (En désespoir de cause, elle sortit la première idée qui lui passa par la tête.) C'est comme un frigo ! Est-ce qu'on peut tuer un frigo ? Non ! Un frigo ne ressent rien, un frigo ne *vit pas.*

Il détestait quand elle le prenait de haut.

– T'en sais rien ! C'est pas un frigo, c'est un chien. À la base, c'est juste un chien ! Il est inoffensif, tu as bien vu. Et puis… Et puis…

Il s'essuya les yeux d'une main rageuse.

– Et puis ? le relança Lilas, décontenancée.

– Tu sais bien, on dit toujours qu'il n'y a pas de mauvais chiens, que des mauvais maîtres. C'est comme Doudou, elle était gentille… Tu te souviens de Doudou ?

– Oh, tais-toi, grogna sa sœur qui tentait désespérément de ne pas se laisser atteindre par son sentimentalisme.

Peine perdue. Léo savait bien que ce souvenir la toucherait. Doudou avait été leur chien pendant longtemps, leur toutoune chérie. Il s'agissait d'un pit-bull, recueilli et élevé par leur mère quand elle était plus jeune. Les enfants ne l'avaient connue que vieille et lente. Ils avaient littéralement grandi dans son giron : Doudou avait surveillé leur berceau pendant des mois après leur naissance et joué avec eux dès qu'ils furent assez grands. Elle était devenue une sorte de nounou, courte sur pattes et aussi douce qu'un agneau. Une maladie l'avait emportée un beau jour, après une agonie terrible qui l'avait ravagée. Depuis lors, chaque fois que Lilas et Léo croisaient un enfant et son chien dans la rue, ils se sentaient seuls – seuls et désarmés.

– Tu te souviens, quand on la promenait dans la rue, les gens prenaient toujours un air dégoûté en la voyant. Ils s'écartaient tous ! Ils faisaient un grand détour et fronçaient les sourcils…

Léo s'était mis à sangloter ; les mots hachés passaient difficilement hors de sa gorge.

– Et nous, on comprenait jamais pourquoi, on avait de la peine… Et puis ils éloignaient leurs enfants… Ils leur disaient toujours qu'elle était méchante, qu'elle allait les mordre ou leur sauter dessus… et qu'il fallait jamais la caresser… Alors qu'elle adorait les enfants… et les gens… Et eux, ils la détestaient… Et nous on…

Il n'arrivait même plus à parler sous la force de ses pleurs et Lilas, après un moment d'ébahissement face à cette cascade imprévue, avait désormais du mal à rester insensible.

– Et nous on restait là, et on la regardait la pauvre, avec sa grosse muselière… Tu te souviens, elle respirait mal avec… Quand il n'y avait personne, on lui enlevait pour qu'elle respire mieux, mais il y avait toujours des gens qui arrivaient et qui nous regardaient salement... comme si c'était un monstre...

– Arrête, grogna Lilas. Arrête !

Elle clignait désespérément des paupières, espérant chasser l'eau et l'image de la petite chienne débonnaire et baveuse.

– Alors, reprit Léo dont elle ne comprenait presque plus les mots tant ils étaient humides et mâchouillés par sa douleur d'enfant, je me disais que... que pour les Cerbere c'était peut-être pareil... Qu'est-ce qu'on en sait, nous, hein ? On sait pas ce qu'il se passe dans leur tête... Ils avaient des maîtres horribles alors, ben, ils sont devenus pareils, tu vois ? Je suis sûr qu'au final ils étaient tous comme Doudou... mais nés dans la mauvaise famille... Et personne le saura jamais parce qu'on les a tous brûlés, alors que les vrais coupables c'étaient pas eux, c'étaient leurs maîtres, non ? Et voilà, j'ai trouvé celui-là et... Doudou me manque et je me suis dit qu'on pourrait bien l'élever lui aussi, le garder pour en faire un super chien, comme avait fait maman à l'époque... On pourrait lui apprendre à jouer avec un bâton, à aller chercher des trésors avec nous... on ferait la course tous les trois dans le pré... Et les gens pourraient rien dire, vu qu'ils seraient pas au courant : ce serait notre chien à nous... notre chien secret.

Il se tut lorsque Lilas le serra dans ses bras avec un air bourru – elle avait dévalé l'escalier pendant sa tirade. Ils restèrent un long moment enlacés, gauches comme deux plantes en pot. Pour eux qui passaient d'ordinaire plus de temps à se chamailler qu'à se réconforter, échanger un câlin paraissait si étrange... La grande sœur finit par prendre une grande inspiration. Elle se frotta les yeux d'une main exténuée et dit :

– Bon d'accord, on va pas prévenir les gendarmes et on le laisse là, mais alors tu promets de faire attention.

Un silence.

– *Très très très* attention.

Il levait déjà vers elle de grands yeux énamourés, mais elle lui planta un index inquisiteur dans le ventre :

– Tu peux le caresser et tout, mais tu n'appuies sur rien du tout et tu ne le réveilles pas avant…

« *Avant jamais* » ne put-elle s'empêcher de penser. « *Hors de question qu'on réveille ce chien.* »

– … avant qu'on en sache plus. D'accord ? Et moi je me charge de faire des recherches.

Ils remontèrent doucement l'escalier, puis débouchèrent hors de la maison sous un grand ciel noir, tendu loin au-dessus de la vallée comme une étole froide.

Ils rentrèrent chez eux dans une sorte de transe, deux petites silhouettes sombres et silencieuses qui disparurent au loin.

Dès le lendemain, Lilas emprunta tous les livres qu'elle put à la bibliothèque municipale. Du moins, elle avait prévu de les emprunter mais se ravisa au dernier moment, imaginant sans peine ce que penseraient les gens d'une préadolescente croulant sous une pile d'ouvrages dédiés à la guerre, au massacre et à la torture… Elle s'installa donc à une table dans un coin désert, avec un regard de bête traquée, cachant du mieux qu'elle pouvait les livres sordides. À peine vingt ans après la fin du grand désastre, ridiculement peu de documents étaient parus sur le sujet, comme si la peur terrible de l'époque colonisait encore les auteurs français. Comme si quelque chose, une censure officieuse, pesait telle une toile d'araignée sur les rayons des librairies. Il lui avait fallu rassembler tout son petit courage pour oser demander au bibliothécaire l'autorisation de consulter ces ouvrages. L'homme avait hésité avant d'accéder à sa requête, l'ombre d'une vieille terreur flottant dans ses pupilles.

Mais au fil des heures de lecture, tandis que les jours passaient, Lilas dut finalement se rendre à l'évidence : les récits n'étaient ni fiables, ni complets. Ils avaient été arrangés, retouchés, et ne lui apportaient rien de plus que ses cours d'histoire – déjà très édulcorés. Nombre de paragraphes s'avéraient évasifs, des chronologies se révélaient pleines de trous. On aurait dit des livres-gruyères. Son esprit vif eut tôt fait de recouper les faits, noter les ellipses temporelles, l'absence de précisions touchant à toutes ces horreurs implicites ou niées, le manque de témoignages ou de documents solides...

Quant aux Cerbere, il ne fallait même pas y songer ; ils étaient mentionnés, décrits parfois, dénombrés et datés, mais c'était tout. Nulle explication sur leur fonctionnement ou leur fabrication. Personne ne voulait extirper leurs ombres toxiques d'où elles reposaient désormais. Les chiens robots étaient morts avec l'oppresseur, enterrés avec la guerre, et ils devaient le rester.

Les spectres de la terreur planaient encore sur les livres, Lilas pouvait les sentir rien qu'en les feuilletant.

Au bout de deux éprouvantes semaines, la mort dans l'âme, elle abandonna ses recherches. Définitivement convaincue que réveiller le Cerbere était une très mauvaise idée, pour ne pas dire un désastre en perspective, elle comptait bien en empêcher son frère.

Mais ce jour-là, en rentrant à la maison et en se laissant tomber sur le sofa, devant l'écran géant qui débitait les actualités, elle prit conscience de deux choses.

D'abord, qu'elle n'avait pas revu son frère depuis la veille au soir.

Ensuite, que depuis quelques jours celui-ci ne faisait que la croiser avant d'aller vite s'enfermer dans sa chambre. D'ordinaire, il passait au moins deux heures par jour à jouer sur sa console de salon.

Pour quelqu'un qui venait de recevoir son jeu vidéo favori, après avoir bassiné sa sœur pendant six mois en chantant sur tous les tons qu'il ne le lâcherait plus une fois reçu… il ne se montrait pas très empressé.

Cela faisait également plusieurs jours que Lilas voyait, du jardin, la fenêtre de sa chambre grande ouverte. Elle entendait son vieux battant pelé claquer dans le vent jusqu'à tard dans la nuit.

En un instant foudroyant, ces détails cruciaux lui sautèrent aux yeux. Elle se sentit glacée jusqu'aux os, désormais convaincue que son frère galopait quelque part dans la campagne nocturne.

Et à ce moment-là, elle entendit le présentateur, à la télé, bien droit dans son impeccable costume, déblatérer sur un fait divers pour le moins terrifiant. On avait aperçu un Cerbere nazi dans la région.

Aux alentours de leur village, pour être précis.

Vingt ans après la guerre, le cauchemar refaisait surface. Le mal, tel une gangrène éradiquée dans le sang et le sacrifice, réapparaissait.

Tétanisée devant l'écran, terrifiée comme une petite fille rattrapée par ses mauvais rêves, Lilas sentait ses veines charrier des glaçons pointus, acérés. Un millier de pensées brûlantes s'entrechoquèrent sous son crâne l'espace d'un instant ; un grand vide leur succéda ensuite.

Sans même réfléchir à ce qu'elle faisait, elle se leva en vacillant, attrapa son manteau et poussa la porte de la maison. Le blizzard qui régnait au-dehors l'avala dans un cri.

Perdue dans la glace sifflante de cette nuit d'hiver, giflée par le vent, ses bottes de polyester emplies de neige jusqu'aux chevilles, Lilas se sentit perdre pied alors même qu'elle n'était pas encore sortie du village. Tous les gendarmes du département devaient déjà grouiller dans les alentours ; si ce n'était déjà fait à cause de l'alerte météo, ce serait le cas dès le lendemain, aux aurores. Le blizzard et la nuit étaient ses seuls alliés pour retrouver son frère avant eux. C'était lui qui avait réveillé le Cerbere, il n'y avait aucun doute là-dessus. Cette idée lui brûlait les entrailles, la peur lui donnait envie de vomir. Elle savait trop bien, désormais, ce que faisaient subir les Cerbere à leurs proies... Et la neige ne freinerait pas le flair extraordinaire du chien. Malgré le bond prodigieux qu'avaient fait les technologies en vingt ans, reléguant les logiciels nazis au rang d'antiquités, le molosse restait amplement capable d'exécuter ce pour quoi il avait été conçu.

Traquer et tuer.

Lilas pouvait imaginer sans peine la bête de métal rôder autour d'elle, la jauger du haut de sa stature, ou ramper dans la neige en se préparant à la déchiqueter. La jeune fille n'avait aucune défense, aucune aide à attendre. Un murmure glacé s'enfuit de ses lèvres entrouvertes.

– S'il vous plaît, faites que Léo soit vivant… Faites qu'il soit encore en vie…

Les yeux agrandis d'effroi, les lèvres mordues par le vent glacial, elle s'enfonça dans les ténèbres blanches, sa voix tourmentée par les hurlements des rafales.

– S'il vous plaît… S'il vous plaît… Faites que le Cerbere ne soit pas en état de marche…

Au loin, à l'autre bout de la longue avenue enneigée, quelque chose galopait le long d'une rue. Des éclaboussures de neige scintillaient dans son sillage, de lourdes pattes marquaient les congères fragiles, aussi profondément que l'aurait fait une enclume ou une barre de fer, jusqu'à frapper le goudron en dessous.

La mort était en marche.

Faites que je retrouve Léo. S'il vous plaît, faites que je retrouve Léo…

– Léo ! hurlait l'aînée tous les trois pas, projetée à gauche et à droite comme une poupée sous la puissance de la tempête qui ravageait la vallée. Léoooo !

Il pouvait être n'importe où… Soudain, un éclair de lucidité lui traversa l'esprit. Le Cerbere avait peut-être bien quitté la maison abandonnée, mais si son frère avait deux sous de jugeote – et s'il était encore en état de le faire, mais le cerveau de Lilas se refusait à formuler cette pensée – il avait dû y revenir lorsque le blizzard s'était déchaîné. Il avait dû s'y cacher, loin du monstre qui sévissait à l'extérieur.

Faites qu'il soit encore en vie… Faites que le chien ne l'ait pas senti, que son flair se soit détraqué avec le temps…

Sans même prendre le temps d'y réfléchir, s'accrochant à ce fragile espoir, elle bifurqua lentement le long de la bâtisse voisine, courbée comme une vieillarde sous la colère du ciel, puis elle se laissa tomber à plat ventre. Elle se traîna sous le grillage, le visage poudré de neige et les dents brûlées par le froid, le dos exposé au vent. Si vulnérable ! Une énorme nausée lui souleva le cœur quand elle imagina le monstre lui tomber dessus et lui ouvrir le dos d'un coup sec, comme on coupe une sardine en deux.

— S'il vous plaît ! Je vous en supplie… Faites que le chien soit cassé…

Le cœur battant la chamade et sur le point de lâcher, elle se releva difficilement, tituba sous la gifle d'une rafale et se remit à courir, aussi vite que ses jambes engourdies le lui permettaient.

L'ombre noire se rapprochait petit à petit. Elle n'avançait pas vite, tant ses bonds étaient lourds ; ses six pattes puissantes étaient ralenties par les trente centimètres de neige moelleuse qui couvraient le goudron de la rue. La machine avait été conçue pour avaler les kilomètres sur terrain plat et ras, non dans un petit village de montagne, isolé dans l'hiver glacial. Un véritable animal aurait depuis longtemps lâché l'affaire, les membres gelés et le pelage trempé ; mais celui-ci, dont les yeux de verre rougeoyaient en transperçant la nuit d'une lueur artificielle, ne possédait ni fourrure ni chair, et nul nerf pour lui transmettre le froid. Chacun de ses bonds, strictement identique, n'excédait pas le précédent d'un centimètre. La bête progressait le long de l'avenue avec une régularité de métronome, son échine tendue sous l'obstination dure et tranchante que possèdent les machines. Derrière elle s'étirait une longue file de fantômes sanglants, invisibles dans la neige : tout ce qui restait de ceux qu'elle avait égorgés, torturés par centaines, ou qu'elle avait convoyés vers l'abattoir comme des troupeaux de moutons. Quelle que puisse être la vitesse – toute relative – de sa proie, celle-ci s'épuisait vite et perdait du terrain. Le Cerbere savait qu'il allait la rattraper. Le Cerbere ne manquait jamais sa cible.

– Léoooo ! s'égosilla de nouveau Lilas en roulant à moitié au bas de la pente glaciale du pré.

Ou de ce qui jadis avait été un pré, et n'était plus à présent qu'un enfer blanc et tourmenté.

La jeune fille, les poumons en feu, posa enfin le pied sur les marches de l'antique maison. Elle se secoua comme un chien mouillé et se jeta dans les escaliers.

– Léo !

Silence. Elle bondit sur les marches, dégringolant le long de la rampe jusqu'au sous-sol. Ses sanglots étouffés résonnaient dans le grand vide de la demeure. Épuisée, elle s'arrêta brièvement avant de pénétrer dans la cave, les mains posées sur les genoux, tentant de se calmer. Les larmes chaudes coulaient le long de ses joues. Il était sûrement là. Il était obligé d'être là…

Soudain, une impression étrange lui hérissa le dos. Elle se retourna dans un frisson de terreur.

Loin au-dessus d'elle, tout en haut de l'escalier, deux billes rouges brillaient dans les ténèbres.

Lilas sut qu'elle allait mourir.

Elle regarda les mâchoires d'acier accrocher un éclat de lumière, sous les lentilles de verre de la machine, avant de claquer brusquement. Un aboiement démesuré éclata entre les murs, déformé par la gorge métallique qui lui avait donné vie. Des dizaines d'échos s'entrecroisèrent ; les mains sur ses oreilles, Lilas se mit à hurler tandis qu'une fine poussière dégringolait des poutres.

Des mots défilèrent soudain devant ses yeux. Des lettres d'encre noire tapées à la machine sur le papier, formant une seule et même phrase formulée de dix, de vingt manières différentes, tirée de tous les livres de cauchemar dont elle s'était abreuvée pendant deux semaines.

Lorsque les Cerbere aboient à la fin de la traque pour prévenir leurs maîtres, il est déjà trop tard : leur proie est déjà morte, sans le savoir encore.

Le monstre se jeta dans l'escalier.

Le cœur sur le point de se rompre, ses yeux agrandis d'effroi fixés sur le chien de métal qui dévalait les marches, défonçant leur bois fragile sous ses pattes, Lilas eut une vision grotesque d'elle-même démembrée puis égorgée.

Elle n'était rien. Rien qu'une adolescente de plus.

Une minuscule petite âme supplémentaire, sans aucun intérêt, qui allait bientôt rejoindre le tableau de chasse du Cerbere.

La pénombre s'obscurcit encore quand ses yeux se révulsèrent ; elle se sentit basculer doucement.

Elle sombra dans une sorte de rêve noir et sanglant, percevant vaguement la silhouette trapue du chien des Enfers qui se dressait au-dessus d'elle. Il abaissa son sinistre faciès vers sa gorge, doucement, mâchoires ouvertes comme un piège à loup qui attend de claquer.

Il y eut soudain une cavalcade, puis une voix résonna bizarrement dans son inconscient brumeux.

— Oh ! *Nein ! Nein nein !* Couché le chien, couché ! Mince, comment on dit déjà ? *Leg dich hin,* Filou *!* Allez ! Allez mon beau, voilà c'est bien, couché. Et pas bouger. Je t'avais dit d'aller la chercher, pas de lui flanquer une crise cardiaque ! Filou, *und rühr dich ! Und rürh...* Voilà c'est bien. Va vraiment falloir que je t'apprenne le français...

À moitié inconsciente, aux prises avec sa mort imaginaire, Lilas se demanda stupidement où il avait bien pu apprendre l'allemand.

Elle n'imagina pas une seule seconde que le molosse chromé ployait devant lui. Et pourtant, ce jour-là, son petit frère tint tête au grand cerbère allemand.

— Bon, ma sœur est tombée dans les pommes, cette patate... Tiens, mon beau ! Va chercher ! Là, le bâton ! *Der stock !*

Ce jour-là, dans le silence de la vieille maison, la mort en personne s'amusa avec un petit garçon.

— Oui ! C'est bien, mon grand !

Libérant tous les fantômes de ses victimes qui, invisibles et muets, purent enfin s'en aller.

II

SERVITUDE

VEND SIMILI-FICUS SUR PEAU D'ÉLÉPHANT

Cette foutue plante verte commence à me casser sérieusement les burnes.

C'est la faute de cette pouffiasse qui me sert de propriétaire, aussi. Faut vraiment être con pour me planter un truc pareil sur le crâne. Ailleurs, j'dis pas : sur ma colonne vertébrale, ok. Mais là, j'ai l'impression d'être Marilyn Monroe. En version verte.

Vous vous demandez ce que je suis, comme bestiau ? Imaginez un éléphant nain avec un palmier planté sur la tête. Voilà. De rien.

Non, allez, j'exagère. C'est pas un palmier. C'est plus un genre de ficus. Un faux ficus qui consomme cinq fois plus de CO_2 que son copain naturel.

Et qui se balance bêtement dès que je bouge la tête.

Dites, je sais bien que je suis conçu pour faire carpette moussue dans un coin, mais pas affublé d'une frange aussi ridicule. Par pitié.

Vous voulez savoir pourquoi je me trimballe un simili-ficus sur la tronche, un bébé érable sur le dos et une centaine de mousses différentes sur tout le reste de la surface disponible ? Hein ? Accrochez-vous.

Je suis la bonbonne d'oxygène de ma propriétaire. Enfin, l'une de ses bonbonnes d'oxygène. Moi, je suis fait pour l'intérieur. (Et si vous vous demandez ce que fiche un éléphant dans un salon luxueux, allez poser la question aux généticiens qui m'ont conçu, ils avaient l'air de trouver ça logique, eux.)

Ça va, jusque-là, vous suivez ? Ok, on continue.

Je suis aussi un recycleur de déchets organiques. Ouais, je mange les crottes du chien de ma propriétaire, je mange les crottes du chat de ma propriétaire, je mange les crottes de ma propriétaire, je mange même ma propre merde, si vous voulez savoir. Et faites pas cette tête dégoûtée, hé ho ! J'vais pas mettre des paillettes roses là où y en a pas. Si vous vouliez un joli conte de fées, fallait rester à la page 165. Chez moi, y aura pas de fin heureuse, j'vous préviens tout de suite.

Bref, je digère toutes ces saloperies et les nutriments passent dans ma chair. Vous avez déjà capté, pas vrai ? Ouais, c'est grâce à ça que je fais office de jardin ambulant. Pas besoin de terre, ni d'eau. Je suis un pot de fleur rempli de terreau. Voilà.

Au final, je transforme des déchets en dioxygène. Non seulement je sers de poubelle, mais en prime, je purifie l'air que respire ma proprio. Pour elle, c'est tout bénef.

C'est pas pour rien que j'ai coûté une fortune, qu'est-ce que vous croyez ? J'suis un éléphant de luxe, moi !

Et au niveau de l'eau ? Bah, vous savez, elle a pas trop de problèmes avec l'eau, cette pouffiasse. Vu tout son fric, elle sait même plus quoi en faire. Elle a des fontaines dans son jardin, des ruisseaux artificiels, des bassins à poissons – non mais sérieusement. Des *bassins à poissons,* quoi. Qui peut se payer ce genre de trucs, de nos jours ? Elle a même une foutue mare, avec des nénuphars en plastique et de fausses grenouilles toutes délavées. Ambiance.

Oh, je suis pas le seul à végéter chez elle. (Haha. Végéter.) Enfin, je veux dire, j'suis pas tout seul avec ces satanées figurines qui me donnent des cauchemars. On a aussi plein de limaces porte-graines qui laissent leur bave partout, et une dizaine de tortues géantes qui se baladent dans le jardin – pour y trouver quoi, sérieusement ? C'est un jardin *en béton.*

Ouais, c'est la mode du minéral. En même temps, la seule terre qui reste sur cette putain de planète, elle est éclatée par le soleil, lézardée de partout, plus stérile qu'un plat en terre cuite. Et puis soyons honnêtes, avec les pluies acides, c'est pas la peine d'espérer faire pousser son petit bonzaï ou son petit massif d'hortensias. Même les cactus, ils ont arrêté de tenir le coup. Du coup, pour avoir un beau jardin, les humains ont trouvé la solution : ils le coulent sous une tonne et demie de béton et par-dessus, ils dessinent des spirales en gravier, ils mettent de jolies marches, de jolies sculptures contemporaines. Et après, ils posent trois gros cailloux au milieu et l'intitulent « Jardin de méditation ».

Y en a qui ont pas peur du ridicule, moi j'vous dis.

Enfin après tout, je m'en fous. Moi, je m'en tire plutôt bien. Pas comme la tortue qui est sous le séquoia, là-bas, tout au fond du jardin. Ces imbéciles de tortues, elles se laissent ensemencer avec n'importe quoi. Du coup, la moitié d'entre elles se trimballent des chênes, des frênes, des sapins, des peupliers. Sauf que ces saletés, ça développe des racines sacrément plus lourdes que mon foutu palmier Monroe et ça finit par peser très, très lourd sur la carapace. (D'ailleurs, moi je me méfie un peu de mon bébé érable, c'est pas terrible non plus, mais je le trouvais mignon ; j'me suis dit que j'allais le garder. Et puis avec un peu de chance, ça empêchera ma proprio de me planter un autre arbre sur le dos.)

Bref, cette pauvre tortue, faudrait p't-être que j'aille la voir un de ces jours, vérifier qu'elle est pas morte, se taper un peu la discute, tout ça. Ça fait un bail que j'y suis pas allé, au fond du jardin. En même temps, c'est pas d'ma faute, j'ai pas été créé pour marcher sur des distances pareilles. Moi, je suis juste fait pour parcourir le salon. Quinze mètres en longueur, dix en largeur. Dans un sens, puis dans l'autre, et ensuite on recommence. Voilà.

M'enfin bref, je commence à m'emmerder ferme sur le canapé. Normalement, j'ai pas le droit d'y aller, mais ma propriétaire est partie… quelque part. Voir ses avocats ou son troisième amant, peu importe. Je m'en tartine le palmier. Dans tous les cas, j'en profite, héhé.

Ni une ni deux, je descends de mon tas de coussins et vais me dégourdir les pattes dans le jardin.

…

Oups. Je viens de scalper méchamment mon palmier en passant sous le linteau de porte. Enfin, mon ficus. Enfin, mon truc qui ressemble à un ficus. Enfin bref on s'en fout, c'est bien fait pour sa gueule.

…

Putain mais ce jardin est vraiment super long. Ça me rappelle pourquoi j'y vais jamais. Sans rire, il fait au moins trente ou quarante mètres ! J'avance à une allure d'escargot. Et je sue comme un bœuf, c'est génial.

…

Ce séquoia est vraiment gigantesque. Je me chope le vertige rien qu'en levant la tête.

…

Et bah putain, j'ai bien fait de venir. Elle est finie, cette tortue. La pauvre vieille a de la mousse jusque sur les paupières. Ça doit faire un bon moment qu'elle les a pas ouvertes.

…

Ouaip', après avoir tâté du bout de la trompe, je confirme.

Elle est morte.

En même temps, elle a quelque chose comme une tonne de séquoia sur le dos, alors bon, fallait s'y attendre.

…

C'est carrément flippant, de près. On voit les énormes racines de l'arbre qui éclatent sa carapace, s'enfoncent dans son corps et ses organes avant de sortir de son ventre pour ramper par terre.

Le pauvre vieux, il doit chercher de l'eau. Le corps de notre copine lui suffira pas longtemps. Mais le béton, c'est pas une bonne idée, mon pote... Bon courage si tu veux pomper là-dedans.

Tout ça, c'est la faute de cette putain de proprio.

Cette femme se moque de nous. Elle s'en tape si ses tortues crèvent comme des mouches et que ses limaces se décomposent vivantes. Tant qu'il y a trois bourgeons qui percent ou encore mieux, un gros arbre pour lui produire de l'air et lui climatiser sa maison, vogue la galère, on continue.

Heureusement, ça risque pas de m'arriver. Pas tant qu'il y a mon pote diplo' pour me surveiller la peau.

Allez, je vais vous le présenter ! Il est pas loin. Plus qu'à retraverser le jardin… ce qui va me prendre environ une demi-heure. Haut les cœurs.

…

Voilàààà. On y est presque. Donc je vous explique en marchant à mon allure de limace arthritique : en bref, ma proprio a tellement de fric qu'elle s'est même offert un diplodocus. Ouais, un bon vieux dino. Y a plein d'avantages, pour elle. Il peut bouffer des kilos et des kilos de merde par jour. On lui apporte une brouette le matin, une autre le soir, et pouf, il fait place nette. De quoi rentabiliser les deux chevaux (oui, les mares et les nénuphars ça suffisait pas, il lui fallait des chevaux en plus.)

Et en prime, mon pote est si énorme qu'on peut lui planter une ligne de peupliers sur l'échine, ou bien un ou deux séquoias sans problème. En voilà un qui risque pas de tomber en miettes, pas avant de ressembler à un bout de forêt.

Sauf qu'évidemment, ce genre de bestiau s'avère *un peu* encombrant. Et s'il a envie de se dégourdir les pattes, il fera bien plus de dégâts qu'un petit éléphant de salon. (Même si, entre nous, il n'y a pas grand-chose à casser dans un jardin en pierre. Ah si, suis-je bête. Il ne faudrait pas faire tomber les gros cailloux dédiés à la méditation.) Mais bonne nouvelle ! Les généticiens ont résolu le problème.

Ils se sont dit : « Ben, on n'a qu'à pas lui mettre de pattes, comme ça, il risque pas de bouger. »

Ça, c'est de la logique ! Moi aussi, j'aurais pu faire Bac +9, hein.

…

Ouais, c'est triste. Clique sur J'aime pour sauver un dino cul-de-jatte. Partage la vidéo. Signe la pétition. Celle-ci, ou celle-là. Y a l'embarras du choix.

Tu sais, l'une de ces trente mille pétitions qui circulaient au début, il y a dix ans.

Sauf que les firmes s'en tapent des pétitions. Mon pote est toujours là, et il peut toujours pas bouger.

…

Qu'est-ce que vous voulez que j'vous dise, moi ? Pourquoi lui et pas moi ? C'est comme ça. *C'est comme ça*, c'est tout. Moi, des fois, j'ai envie de me servir de mes pattes dans le salon de la proprio. De m'en servir vraiment. De tout casser autour de moi, jusqu'à ce qu'elle se mette à hurler avec sa voix de crécelle, et à ce moment-là j'aurais une bonne excuse pour l'écrabouiller elle aussi.

Mais j'peux pas : j'ai mal partout. J'peux pas lever le pied plus haut que ce qu'il faut pour marcher, et encore.

Avant, je me disais qu'en faisant de l'exercice, ça irait mieux. Que c'était à force de faire le planton à côté du canapé que les douleurs étaient arrivées.

Mais c'est faux. À l'époque, j'ai marché dans ce foutu jardin pendant des heures, tous les jours. J'suis devenu un putain d'athlète. Et ben devinez quoi : ça a jamais rien changé. J'avais juste encore plus mal.

Alors j'ai arrêté.

J'ai fini par me rendre à l'évidence : je suis juste vieux. Vieux, moche, et à moitié affaissé à l'intérieur. Si vous voulez mon avis, mes organes se promènent là où ils devraient pas. De nos jours, les usines sortent des éléphants plus beaux, plus efficaces. Mieux foutus.

Peut-être qu'ils peuvent vivre au-delà de six ans, eux.

…

Ça y est, mon pote m'a vu. Avec son cou de six mètres de long, il se la joue périscope en zone de guerre. Rien ne lui échappe sur les cinq kilomètres à la ronde. Il abaisse sa grosse tête moussue à mon niveau.

– Salut, l'eph.

– Salut, mon p'tit diplo. Quoi de neuf ?

– Rien. Et toi ?

– Rien.

– Quelle vie palpitante on a.

– Ça me sidère aussi. Ah si, tiens, la tortue du séquoia est crevée.

– Je sais, ça fait plus d'une semaine.

– Ah zut. T'aurais pu me le dire…

– Je pensais que tu l'avais déjà vue. De toute manière, ça faisait trois mois qu'elle n'avait plus bougé.

– Ouais, enfin… Je me disais…

Je me disais *rien du tout*. Elle pouvait plus ni manger, ni marcher. Fallait bien qu'elle y passe.

Il y a un silence. Nous mâchonnons tous deux dans le vide, yeux mi-clos, portant un faux regard philosophe sur la vie et le jardin.

Un jardin *en béton*, putain.

– Hé, si, j'ai du nouveau, lance soudain mon acolyte. La voisine de gauche, la plus pauvre, elle nous a volé une tortue ce matin. Je l'ai vue faire.

Oh oh, ennuis en perspective.

– Une grosse ?

– Celle qui porte le jeune peuplier.

– Ah oui, quand même. Mais elle est pas au courant qu'on a tous des puces GPS ?

– Ben ça fait des mois qu'elle nous pique des limaces, alors elle a dû se dire que c'était pas beaucoup plus compliqué.

– Mais quelle conne…

– Elle a dû vouloir donner un arbre à ses enfants. Les plantules sur les limaces, c'est rigolo mais ça fournit pas vraiment d'air pur. Elle en a trois, de gamins.

– C'est ceux qui sont rachitiques, là ?

– Ouaip.

On les surnomme le trio de l'enfer. Ils adorent se faire la courte échelle pour atteindre le haut du mur d'enceinte, et à partir de là, balancer des pommes de pin sur mon copain. Ses *propres* pommes de pin. Si c'est pas le comble de l'humiliation de se prendre ses propres fruits dans la tronche…

Je garde le silence un instant.

– Ces abrutis d'humains… Elle a pondu des gosses qui atteindront jamais son âge et maintenant qu'elle s'en rend compte, elle essaie de limiter la casse. Ça me débecte.

Nouveau silence. Puis mon pote reprend :

– J'ai vu passer un convoi de diplos, ce matin. Sur l'autoroute Est.

– Ils allaient où ?

– Je sais pas. Sans doute dans une superferme. Tu savais qu'en général, les diplos vivaient dans les élevages hors-sol ?

– Oui, tu me l'as dit au moins dix fois.

– Ah, désolé. Je radote.

– T'es mieux ici, non ? Plutôt que bouffer la merde de moutons empilés les uns sur les autres.

– C'est clair. Posé à même le béton, entouré de tortues crevées, d'humains stupides et d'éléphants qui n'arrêtent jamais de parler. J'adore !

On rigole en même temps.

– Non, en vrai, j'aime bien. Au moins, je suis à l'air libre. Je vois absolument tout à cinq ou six kilomètres à la ronde, c'est comme un feuilleton en 3D.

Un feuilleton qui dure depuis cinq ans. J'espère pour lui que c'est toujours aussi passionnant.

– T'en as de la chance. Bon, et sinon, j'ai droit à ma consultation, docteur ?

Il arrondit son cou et baisse la tête vers moi, son œil écarquillé au-dessus de mon dos.

– Hum, t'as pas grand-chose de plus que la semaine dernière. Des fougères qui commencent à apparaître... Des mousses de plus en plus monstrueuses. Ton palmier bizarre qui te fait une petite frange sexy.

J'essaie de pas montrer que je suis vexé, mais c'est dur.

– Si t'avais un peu de tact, tu me l'aurais pas fait remarquer.

– Ça va, relax, t'as pas de belle éléphante à draguer, se moque-t-il.

Ça non, et j'en verrai jamais. De toute façon, j'ai même pas la tuyauterie qu'il faut, si vous voyez ce que je veux dire.

– T'es vraiment un salaud.

Il m'ignore royalement, plus intéressé par ce qu'il voit sur mon dos.

– Ah, tiens, t'as chopé un géranium.

– Tant qu'elle me colle pas un chêne sur le dos, ça va.

– Alors ça va. T'es clean, mon pote.

Sacré diplo. Il m'a arraché plus de pousses d'arbres que la proprio n'a essayé de m'en planter. Elle m'aura pas de sitôt, celle-là.

– Mais tu sais, dit-il, si elle te plante des arbres, elle en fera des bonzaïs. Elle est pas assez bête pour lancer une forêt dans son propre salon, quand même.

– Ouais, bah je me méfie, hein. Cette pouffiasse, elle serait capable de…

– Tiens, la voilà justement.

– Hein ?

Il a redressé ses kilomètres de cou et plisse les yeux, tout là–haut.

– Elle sort de sa bagnole. Grouille de rejoindre la maison !

– Oh, non. Par pitié, *non*. Je vais encore devoir faire la plante en pot pendant deux heures, le temps qu'elle regarde la télé.

– Toi, au moins, tu peux la regarder.

– C'est celui qui a un feuilleton 3D diffusé en direct qui dit ça ?

– Ben, tu peux écouter de la musique aussi.

– Oh, pauvre petit diplodocus. Je t'apporterai un MP3, tiens, la prochaine fois. Le plus dur ce sera de fixer les écouteurs dans les trous qui te servent d'oreilles.

– Ils sont remplis de mousse.

– Je me disais, aussi.

Je clos cette érudite conversation d'un petit coucou de la trompe, puis me mets en route pour traverser les mètres et les mètres… et les mètres… qui me séparent du salon. En espérant que la proprio se prenne les pieds dans le caniveau, glisse sur une peau de banane ou, plus classiquement, se tue dans les escaliers.

...

Tu peux le faire.

...

Putain de merde, allez, *plus vite !*

...

Pfiou c'est bon, j'ai atteint le salon à la seconde où elle a franchi le seuil. J'ai eu chaud aux oreilles.

...

Ah bon bah *Madame* change juste de veste et ressort illico. Tout ça pour ça. Je suis frustré.

Non, en fait je suis pas frustré, je suis fou de joie ! Le canapé est à moi ! À moi !

...

Qu'est-ce que ça fait du bien de poser ses vieilles fesses sur quelque chose de moelleux ! J'ai mal partout, à croire qu'au lieu de traverser le jardin, j'ai grimpé l'Everest comme une puce hyperactive.

...

Ce serait encore mieux s'il n'y avait pas cette fichue peau d'éléphant clouée au mur, juste au-dessus du canapé en question. À chaque fois, j'me sens obligé de lui adresser un regard gêné. Faut avoir l'œil pour se rendre compte qu'il y a une peau en dessous d'une telle forêt de fougères et de mousses... mais si moi, je ne la vois pas, qui le fera ?

Ma propriétaire est toute fière de son « mur végétal », elle passe son temps à utiliser son foutu brumisateur dessus.

Et dire que ce truc, fut un temps, se trouvait sur le dos de mon prédécesseur…

« Il ne faut jamais vendre la peau de l'eph avant de l'avoir plantée », rigole-t-elle à chaque fois qu'elle reçoit du monde.

Ha ha ha.

Clique sur J'aime pour sauver un éléphant nain.

GOURMET DE PLASTIQUE

– Je suis un lapin, lapin, lapin.

Un éclat doré scintilla dans la pénombre. Un œil grand et rond. La pupille tressaillit, fusa à gauche, voltigea à droite, revint à gauche se fixer sur un détail caché dans le décor.

– J'aime les trucs toxiques, toxiques, toxiques.

D'un coup de pattes, l'étrange bestiole se propulsa en avant. La peau de son échine, étrange carrosserie synthétique, luisait dans les ténèbres en renvoyant des pépites lumineuses sur les objets qui l'entouraient.

– Plastique ? Plastique ? demanda sa voix vive à un rebut de couleur rose.

Son petit nez plat s'agita follement, plein d'enthousiasme, en reniflant la chose en question. C'était une vieille coque de téléphone portable, couverte de poussière.

– Plastique, confirma le lapin pour lui-même. Manger ?

Un bref silence. Son immense oreille se dressa telle un périscope de sous-marin, puis pivota lentement dans l'espoir de capter une réponse dans le silence ambiant.

Une minute passa.

– Manger, acheva-t-il enfin devant l'absence de répartie.

Ni une ni deux, il planta dans la coque ses dents plus aiguisées que des rasoirs et la sectionna en un crac. Puis ses mandibules se mirent à l'ouvrage.

Dix secondes plus tard, l'objet avait déjà disparu. Le petit lagomorphe renifla les trois miettes qui restaient avec un air penaud. Puis il ébroua ses oreilles et détala en bondissant.

– Je suis un lapin, lapin, lapin…

En réalité, il n'avait pas la moindre idée de ce que pouvait bien être un lapin. Il y avait longtemps, bien longtemps, que la mutation génétique avait pris le pas sur l'espèce d'origine. Les bouffeurs de plastique, comme on les appelait à l'époque, se multipliaient très vite. Leurs gènes dominants les rendaient capables de se reproduire avec des lapins, pour donner ensuite une progéniture pure à 90%. En une heure, ils pouvaient digérer plus de plomb, de mercure et de pétrole qu'aucun animal naturel n'était capable d'absorber durant toute sa vie. Ce qui tombait bien : depuis des décennies, il n'y avait plus de pissenlits pour nourrir les véritables lapins… alors que le monde croulait sous ses propres détritus.

Ils avaient été le chef-d'œuvre des bio-ingénieurs de l'époque. La première pièce du bestiaire qui allait voir le jour ensuite.

La petite voix d'automate, un peu nasillarde, s'éleva à nouveau dans le silence absolu qui régnait sur la plaine de déchets.

– J'aime les trucs toxiques, toxiques, toxiques…

Un saut par ci, un saut par là ; la petite silhouette aux membres élastiques, à la carrosserie bleu ciel, avait décidé de jouer à saute-mouton avec le squelette d'un lave-vaisselle éventré.

– Plastique ?

Silence. Reniflements.

– Plastiiiiiique ?

Décontenancée, la bestiole fixa des étendoirs de métal, gainés de blanc.

– Plastique ? Plastique ? Plastiiiiiiiiiique ?

Décidément, il n'y avait pas moyen d'avoir une réponse dans cette fichue décharge ! Hésitant, le lapin pencha la tête d'un côté puis de l'autre, écoutant les deux instincts qui se déchiraient en lui. Le premier, millénaire, unique vestige de ses ancêtres bondissant dans les prairies, lui disait de ne jamais croquer dans une chose inconnue. C'était une voix ancienne, tissée de vent, de feuilles mortes et de pluie. Le second, un programme implanté dans son cerveau par les généticiens, lui ordonnait de manger absolument tout ce qui attirait son attention. Cette voix-ci avait un goût de fer et de plastique, elle était durcie de règles et d'interdictions.

L'automate s'ébroua deux fois, puis une troisième, sur le point de devenir fou face à ce dilemme qu'il rencontrait pourtant une dizaine de fois par jour.

– Métal, dit soudain une voix en tout point semblable à la sienne.

Il eut un sursaut terrifié, puis se tourna vers le nouveau venu, prêt à déguerpir, son petit cœur martelant sa poitrine. Il découvrit l'un de ses congénères, fièrement dressé sur un lave-linge en surplomb. Son dos de plastique noir était mat et usé, abîmé par de nombreuses rayures. Ses yeux d'or scrutaient le petit lapin bleu.

– Métal ? Plastique ? répéta celui-ci, craintif de nature.

– Métal, grogna l'autre à nouveau – ces jeunes n'avaient vraiment rien dans la cervelle.

– Métal, répéta le bleuet à oreilles, tout content. Métal.

Son confrère grinça des dents, ces vieilles lames de rasoirs tout émoussées qui ne seraient bientôt plus bonnes à rien. Il n'avait que trois ans. D'ici un mois, incapable de se nourrir, il rejoindrait les déchets et les métaux lourds qui brillaient sous ses pattes. Son cerveau avait déjà commencé le compte à rebours.

Il frappa le sol d'une longue patte usée, puis bondit et disparut dans un éclair noir.

Déconcerté par le départ de celui qu'il venait d'élever au rang de mentor, le jeunot se dressa sur son derrière, observant les alentours de ses grands yeux débordants de curiosité.

À l'ouest, une montagne de déchets ménagers ; à l'est, un vallon de machines fracassées. Au nord et au sud, des rivières d'emballages plastifiés qui accrochaient les pâles rayons de la lune, les transformant en éclats liquides.

– Plastique ? Plastiiiiiique ! s'enthousiasma le lapin fou de joie, oubliant son précieux maître disparu.

D'un puissant coup de pattes, il se propulsa vers le nord. Il bondit sur les obstacles détruits qui se présentaient à lui, franchit un ruisselet empoisonné, transperça une moustiquaire pleine de poussière, pulvérisa une vitre étoilée, prit son envol dans une giboulée de vent glacé qui le poussa vers le ciel. Pris par la course et le jeu, il avait déjà oublié la rivière de plastique. Des tourbillons de mouches s'envolaient sur son passage furieux, les liquides toxiques giclaient dans de grandes gerbes colorées, les éclats de verre dansaient sous les coups de ses pattes, des étincelles jaillissaient dans de petites apocalypses éphémères. À chaque bond, l'espace d'un instant, les oreilles au vent et les pattes étendues, il devenait le roi de cette terre, il touchait le ciel, ce vieux ciel noir et obscur que les nuages de plomb torturaient un peu plus chaque jour depuis qu'il était né. Il était seul et libre, tel un lièvre filant dans les prairies verdoyantes qu'il n'avait pas connues, il frôlait une orchidée – un pot d'échappement cassé – puis une vieille souche mangée de mousse – télévision bouffée de rouille – puis un grand champignon doux – le pied d'une chaise recrachée par le sol.

Lors de ces instants, de ces petites secondes volées au destin, il n'était plus vomi par la décharge comme cette chaise, il n'était plus né sous un bidon bleu frappé d'un symbole jaune, non, il était un être étrange uniquement fait de chair et d'os, et de poils, et de liberté, un être presque semblable à un oiseau, ces créatures divines qui n'existaient plus mais dont la vieille télé du terrier crachotait parfois quelques images.

Mais la seconde d'après, il heurtait un store métallique, se rétablissait dans un fond de peinture caillée, se prenait les pattes dans un moteur de voiture et s'étalait sur le fouillis de lames qui remplaçait désormais les galets des rivières.

Ses poumons étaient emplis de feu, son cœur saturé d'amertume, et la lumière commençait à se faire plus forte, à rougir les nuages de cendres et de mercure. Sa pupille ronde se rétracta en tête d'épingle. Il était temps de rentrer au terrier.

Le long de son chemin, des gerbilles aux mâchoires de scie sauteuse découpaient des tuyaux métalliques en lançant des"Acier ? Acier !" enjoués ; des hamsters lapaient les flaques de produits chimiques en échangeant des rots ravis ; des souris affairées démantelaient les ruines sous-jacentes et grignotaient le béton par milliers.

Un éclat tendre et mou, de ceux que renvoyait le sacro-saint plastique, attira soudain l'œil du lapin bleu. Irrésistiblement fasciné, il gambada parmi les carcasses de robots cassés, esquiva la pointe agressive d'une pale d'éolienne, puis découvrit la chose.

Il s'agissait d'un de ses congénères. Étendu sur le sol chaotique, entre un cerf-volant et des ruines de béton armé, il avait la gorge à l'air et le nez immobile. Sa carrosserie avait dû être blanche, dans sa jeunesse. Un blanc d'ivoire fier et élégant. Il n'en restait plus qu'une couche jaunâtre, érodée par les pluies acides et les chocs, tant rongée à certains endroits qu'elle laissait voir les organes qui se cachaient dessous.

Le petit bouffeur de plastique promena ses moustaches vibrantes le long du vieux lapin, s'attendant à être mordu. Aucune réaction. Bizarre, bizarre. Son oreille exercée captait pourtant les battements irréguliers d'un cœur, juste là, sous l'échine de plastique.

L'échine de plastique... Un éclair de compréhension illumina l'œil de la bestiole curieuse.

– Plastique ? demanda celle-ci avec espoir.

Il y eut un infime mouvement du côté du lapin blanc. Quelque chose comme une déglutition.

– Plastiiiiique ? insista le jeunot.

Il tapota d'une patte nerveuse la peau de synthèse du vieillard. Avant de faire un bond de dix centimètres lorsque celui-ci ouvrit un œil voilé et le fixa sur lui.

Il y eut un silence.

– Plastique ? répéta le lapin bleu d'une voix timide.

– Plastique, confirma l'autre.

Il ne bougeait toujours pas, aussi immobile qu'une peluche sous la lumière rouge sang.

Le petit lapin bleu eut un frisson choqué. Il était face à un nouveau problème. Cela n'en finirait donc jamais ? Il pencha la tête d'un côté puis de l'autre, écoutant les deux instincts qui se déchiraient en lui. Le premier, millénaire, unique vestige de ses ancêtres bondissant dans les prairies, lui disait que les autres lapins ne se mangeaient pas. C'était une voix ancienne, tissée de vent, de feuilles mortes et de pluie. Le second, un programme implanté dans son cerveau par les généticiens lui ordonnait de manger absolument tout le pétrole à sa portée, quelle que soit sa forme. Cette voix-ci avait un goût de fer et de plastique, elle était durcie de règles et d'interdictions.

L'automate s'ébroua deux fois, puis une troisième, sur le point de devenir fou face à ce nouveau dilemme. Le lapin blanc parlait, mais ne bougeait pas. Or les robots aussi parlaient mais ne bougeaient pas. Les téléphones aussi. Les écrans de télévision aussi. Et les robots, les téléphones et les télés, ça, on mangeait.

Finalement, il utilisa la solution de secours, elle aussi incrustée dans ses gènes lors d'un temps où il y avait encore des gens pour lui répondre.

– Manger ?

Pas de réponse.

– Manger ? Mangeeeer ?

Silence. Le vieillard le fixait, l'or de son iris planté dans le sien, le cœur si lent à présent qu'il aurait pu s'arrêter d'une seconde à l'autre.

– Manger ?

Toujours rien. Le lapin bleu finit par faire demi-tour, désarçonné. Tant pis pour la carrosserie si appétissante.

– Manger, répondit enfin le vieux lapin derrière son dos. Manger.

Il avait fermé les paupières et attendait.

LE CONVOI
QUI TOUCHAIT LE CIEL

Le ciel entier mugissait comme une bête blessée ou un chœur vengeur.

Crachées par les nuages, des colonnes d'éclairs venaient frapper la terre dans un martèlement qui ne cessait jamais. Une pluie de mort qui avait remplacé, depuis bien longtemps, les véritables averses.

Sous ce cataclysme noir et feu, une longue caravane avançait lentement.

Le troupeau s'étirait le long du désert, piétinant la terre de ses dizaines de pattes monstrueuses. Il l'écrasait, la tuait à petit feu.

La Tortue aurait pourtant aimé la caresser, cette terre si belle qui l'avait vue naître. Sous ses pas, de délicates pousses vertes avaient réussi à percer la croûte craquelée. Minuscules et prodigieuses de détermination. Au lieu de les broyer sous son poids, elle aurait voulu les effleurer avec douceur, les protéger du vent, du sable, du soleil et du feu qui sévissaient ici-bas.

Mais le convoi était en marche.

Et rien ni personne ne pouvait freiner ses rangs.

Le monde tremblait sous les pas dês machines, il frissonnait comme une bête à l'agonie ; sa peau brune et dure se fissurait, se crevassait sous les monstres de fer et de sang qui le parcouraient lentement.

Petit à petit.

Un pas après l'autre.

Une armée gigantesque sous le ciel noir, progressant avec une mélancolie empreinte de grâce. Une procession enrobée de silence qui étirait au loin sa file de carrosseries blindées. Une douce migration de mitrailleuses et de tanks, une lente cohorte d'armes vivantes.

Chacun de ces mastodontes aurait pu chérir la vie, mais tous devaient obéissance à leurs maîtres. Une obéissance d'acier trempé. Une adoration sans bornes liait chaque machine à son propriétaire, plus solide que des chaînes. Incassable.

Chacun de ces automates, chacun de ces êtres si doux et sinistres se serait damné pour un mot de leur maître.

Mais damnés, ils l'étaient déjà.

La Tortue sentait la tendre chaleur animale, humaine, de l'homme assis sur sa carlingue, à la base de son cou. Cette fois-ci, c'était elle, c'étaient *eux* qui avait l'honneur de présider la caravane, de guider le troupeau.

Il posa une main à plat sur son crâne immense, la guidant vers leur cible. Puis il fit un geste chargé de majesté. La Tortue obtempéra en silence, déployant son armement. La carapace de métal qui protégeait son dos se désarticula, puis coulissa entre ses côtes dans un gémissement strident. Un éventail de canons fumants, recrachés par leur écrin de chair, fleurit doucement sur son échine en déployant ses pétales de mort. Les viseurs automatiques s'activèrent d'un coup sec, nimbant sa carrosserie d'éclats légers, bleus et rouges. Puis les armes gigantesques cherchèrent leur cible dans un frémissement presque animal.

La mort était en marche.

Des effluves de sang se déployaient dans le sillage du convoi, des flammes crépitaient dans leurs pas et brûlaient, brûlaient leur folie rougeoyante avec rage. Le métal des blindages renvoyait des éclats de lumière vengeurs vers le ciel ; de longues ombres s'allongeaient au sol, immenses, prédatrices, sur le point d'avaler le monde.

Ce monde détruit qui les regardait passer.

Nul bruit alentours. Les oiseaux même se seraient tus, s'il en était restés ; mais il n'y avait plus d'oiseaux sur cette terre tourmentée, plus d'oiseaux dans cet enfer brûlé.

Le maître voulut accélérer le pas. La Tortue obéit ; une vague d'énergie parcourut le troupeau derrière elle, transformant les paisibles pachydermes de métal en une file de guerriers dont le pas furieux ébranlait la terre.

La Tortue aurait tant aimé que ce spectacle satisfasse son maître. Qu'il se penche vers son grand œil illuminé d'un bleu rêveur, et lui murmure un mot gentil en flattant sa joue de fer. Elle n'en demandait pas beaucoup : un seul geste d'affection, une petite attention pour l'arme efficace, la monture fidèle qu'elle était. Un tout petit quelque chose qui aurait fait écho à ce qu'elle ressentait dans son jeune cœur, sous toutes ses couches d'armure et ses plaques de fer. Elle aimait son maître plus que tout. Il était sa vie entière. Elle aurait aimé recevoir un minuscule remerciement, une once de reconnaissance pour tout ce qu'elle avait fait, tout ce qu'elle continuerait de faire. Une raison de continuer. Une raison d'espérer…

Quelque chose qui lui prouve qu'elle était plus, dans le cœur de cet homme, que sa cinquième machine tout juste sortie du moule de la guerre.

Les quatre premières Tortues avaient-elles ressenti la même chose ? Avant qu'il ne les abandonne l'une après l'autre, dans d'autres déserts, après d'autres bombardements, leur vieille carlingue rongée par la rouille, abîmée par le feu qui les dévorait meurtre après meurtre. Le maître avait laissé leurs corps à l'agonie sur le sable. La Tortue le devinait sans peine. Ces scènes lugubres jalonnaient la route du convoi : les hommes abandonnaient leurs machines quand elles devenaient trop lentes, trop souffrantes. Inefficaces. Depuis le début du voyage, la Tortue avait vu disparaître l'Ours, puis l'Éléphant, délaissés sur le sable derrière eux. Humiliés, agonisants, ils avaient tenté de suivre la cohorte, rampant sur le sol avec l'énergie du désespoir, jusqu'à ce que le poids de leur carlingue les écrase définitivement. Jusqu'à ce que l'horizon les avale pour de bon.

La Tortue imaginait sans peine leur calvaire. Leurs poumons de chair compressés par le poids de l'exosquelette. Les canons qui tombaient en miettes à l'intérieur de leur corps, aux mécanismes grippés incapables de se déployer. Leurs os délicats, mi-ivoire mi-acier, bientôt recouverts par le désert. Tout comme leurs rêves et leurs espoirs.

Silence. Oubli.

Paix, peut-être ?

Un char d'assaut pouvait-il espérer autre chose que cette fin cruelle ? La Tortue pouvait-elle *rêver* d'autre chose ?

Au loin, des ruines couvertes de sables émergèrent doucement de la rocaille, puis une ville à moitié désertique se déploya devant eux.

Guidée par la main de son maître, la Tortue y dirigea l'armée.

Enchaînés devant les maisons, des molosses les regardaient venir. Ils fixaient ce convoi qui touchait le ciel. En se rapprochant, la Tortue les discerna mieux. Leur gueule muette posée entre leurs pattes, la lueur des flammes dansant dans leurs yeux. Des enfants se cramponnaient à eux, le visage figé d'effroi.

Une haie d'adultes maigres se dressa bientôt à leurs côtés. Chacun s'accrochait aux autres, puisant sa force dans les corps qui l'entouraient, formant une chaîne humaine aussi délicate que dérisoire. Ils regardaient venir la mort.

Bientôt, il ne resterait d'eux que des os.

Brisant les timides espoirs de sa monture, le maître de la Tortue frappa la carrosserie dans un geste empli de hâte et d'une joie furieuse.

– Feu !

Alors l'être de métal ferma ses immenses paupières, cachant ses iris artificiels, cachant sa peine. Puis il laissa ses canons vomir leur rage, brûler le monde une fois de plus.

IVRE DE VENT

Lorsque Dieu voulut le créer, Il dit au Vent du Sud : " Je veux faire une créature comme toi. Prends corps. "
Ainsi naquit le Buveur de vent.

– Mythe bédouin

Nerveux.

Je suis nerveux et ne cesse de trépigner, suant sous le ciel alourdi de nuages. Mon cœur tambourine déjà.

J'attends ce moment depuis si longtemps… Des mois, des années. Des siècles. Et dire que je me tiens enfin sur cette piste chaude, emballé par le brouhaha de la foule ! Jamais je n'aurais cru m'y tenir à nouveau…

Les coureurs sont encore immobiles, mais l'air crépite d'électricité. L'échauffement est terminé. Les rires et les échos de voix s'entrecroisent dans le stade ; dans les gradins, les regards s'affrontent et les doigts pointent les favoris. Les speakers tentent de se faire entendre par-dessus le vacarme. Au chaos des tribunes s'oppose la tension attentive qui règne ici-bas. Je retrouve mon vieux réflexe d'analyser mes adversaires ; mes yeux passent et repassent sur les corps fumants à ma gauche, à ma droite. Notant la rage de l'un, le calme de l'autre, soupesant l'aplomb de chacun d'eux. Comme autrefois.

Jadis, nul n'aurait pu me vaincre ; mais aujourd'hui, le doute me ronge les entrailles, gâchant mon bonheur euphorique de me retrouver ici, dans le stade. J'ai encore du mal à le croire. Je suis bel et bien de retour, comme si tout était normal. Comme si je n'étais qu'un athlète parmi d'autres, un coureur aussi *organique* que mes voisins.

Comme si ma route n'avait jamais croisé celle d'un semi-remorque de trente-huit tonnes.

La piste impeccable paraît si tendre sous mon pied… ou plutôt sous la palme de plastique articulée qui le remplace.

Les chirurgiens n'ont pas manqué leur affaire. En quelques mois, je suis passé de la loque inhumaine à la créature bionique, défiant les lois de la nature. Quand mes yeux s'égarent sur l'architecture translucide de mes prothèses, je me crispe encore, mais comment les détester ? C'est grâce à elles que je me tiens ici, fier et droit, plein d'aplomb, moi qui ne vis que pour la course.

Ce n'est pas par bonté que l'on a dépensé des millions pour m'offrir une nouvelle vie. Me croient-ils vraiment dupe ? Je suis plus malin qu'ils ne le pensent. Je sais que je suis la poule aux œufs d'or, une source de gains à l'état pur. Une mécanique réparée pour l'occasion. Il me faut gagner cette course. Il me faut réussir, si je veux vivre.

Si j'échoue, on se débarrassera de moi comme d'un jouet cassé.

Les entraînements n'ont été qu'une formalité, mais ils n'étaient que cela... des entraînements. Mon corps hybride peut lâcher à tout moment dans l'effort d'une véritable course, quand le cœur pompe avec désespoir, que les poumons se gonflent à éclater et que les muscles tremblent. On me l'a dit et répété, au point de me donner la nausée. Si je tiens bon les premiers mètres, j'ai les trois quarts des chances de terminer la course. Pas de la gagner...

Avant, chacun me voyait tel que j'étais. Tout juste projetait-on sur moi un halo de gloire qui m'allait à merveille.

Mais depuis l'accident, tout a changé. C'est comme si l'ancien moi avait disparu sans laisser de trace. Comme s'il ne restait plus que ce maudit corps, qui suscite les réflexions déplacées comme une charogne attire les mouches.

Au fil de la convalescence, puis de la rééducation, j'ai pu distinguer deux sortes de gens.

Certains m'idolâtrent. À leurs yeux, je suis un titan, un cyborg, un presque dieu né de la science. Ceux-là hurlent mon numéro dans les tribunes, persuadés que les autres n'ont aucune chance. Les autres me voient comme un bibelot fragile, une poupée rafistolée avec laquelle on veut encore jouer, mais qu'on aurait mieux fait de laisser crever. Ce sont ceux qui rient quand on leur parle de moi. Ceux qui sont venus pour voir ma chute. La pitié se mêle au mépris dans leurs yeux ; jadis, je n'aurais pas supporté ces regards qui me couvrent d'humiliation. Mais je supporte tout aujourd'hui. J'ai appris à tout endurer.

Ces milliers de gens, cette masse anonyme et inhumaine dont les yeux nous transpercent, nous soupèsent, nous évaluent, sont ici pour le spectacle. Ils veulent me voir vaincre ou me voir hurler, trébucher et m'écraser dans un fracas de plastique et de métal, titan fauché par la course.

Et ces maudits speakers que j'entends déblatérer dans mon dos ! Ils parlent, parlent sans aucune trêve, commentant le moindre de mes gestes, le moindre amortisseur qui chuinte dans mes prothèses.

Je donnerais tout pour les détromper. Je voudrais tant que ce corps se montre aussi réel, aussi nerveux, aussi puissant que l'autre. Que les cent kilos de titane et d'alliages plastiques ne soient pas si lourds, si artificiels. Le contraste est immense entre la douceur mouvante de mon buste, sensible à la brise et plein de vivacité, et l'amas de ferraille bionique qui a remplacé certains de mes muscles. J'ai haï ce nouveau corps pendant des semaines. J'ai rêvé de mourir. Je préférais me tuer plutôt que de finir ainsi. *Tout* valait mieux que de finir ainsi. Je me suis jeté sur les murs de ma cellule d'isolement, tête en avant, dix fois de suite en espérant que mon crâne éclate enfin.

S'il avait été de métal et de plastique, j'y serais parvenu. Mais ces bons vieux os n'ont pas voulu céder.

Puis on m'a maîtrisé et mis en cellule capitonnée.

Et dire qu'aujourd'hui, si longtemps après, ces prothèses ne m'en tiennent pas rigueur. Elles m'offrent ce dont j'ai rêvé si longtemps. Courir aux yeux de tous, la poitrine battante, giflé par le vent et ivre de bravos. Comme si rien n'avait jamais changé.

Les speakers ont enfin repris le contrôle sur la foule. Je choisis soigneusement mes appuis. Comme autrefois. M'arc-boute pour répartir soigneusement le poids du corps. Comme autrefois. Je me contracte au maximum, tendu tel un élastique prêt à cingler ce qui le retient. Le regard fixé au sol, je compte les secondes jusqu'à-ce que mes battements de cœur s'y accordent parfaitement. Mon souffle résonne sourdement à mes tympans. Je ne regarde pas ceux qui me fixent avidement. Seul compte le tic-tac qui s'égrène doucement, lentement, dans le silence bruissant du stade…

Ne tombe pas.

Je t'en supplie. *Ne tombe pas.*

Et soudain les stalles s'ouvrent dans un claquement sec.

Nous fusons comme des comètes, serrés au coude à coude dans un grand chaos qui martèle le sol. Première foulée, longue, puissante, vibrante d'une énergie désespérée. Des pensées sans queue ni tête filent sous mon crâne, éclatent comme des bulles de savon et me noient dans une déferlante d'émotions, mais il n'est plus temps de penser. Seulement de courir. Ma vision s'étrécit, focalisée sur un point au loin, et soudain je ne vois plus rien ; je ne sens plus que mes jambes lourdes, plus que la piste et le poids de dix mille regards sur mon dos. Le stade entier retient son souffle, suspendu à l'engrenage de technologie qui s'actionne sous moi, à ma souffrance avide, au tonnerre de mes foulées, à mon corps nerveux. Tout entier tendu vers une seule idée. Non pas gagner, mais courir. Ne pas tomber. Ne pas mourir.

Vivre envers et contre tous…

Et tandis que je dépasse les premiers mètres, tirant mon corps malhabile, changeant le plomb en or sous l'impulsion de ma volonté, je me retrouve tel que j'étais il y a des années ; devant mes yeux fous, les souvenirs se superposent à la réalité, et l'euphorie, la puissance d'alors me reviennent au cœur, me poussant en avant. Un éclair zèbre le ciel bas, nous giflant de lumière, mais il ne pleut pas, pas encore, la course est souveraine, il ne pleut pas pendant les courses, jamais.

Et j'oublie que je suis dépassé. J'oublie le classement et les numéros qui dansent devant moi, j'oublie que je suis la poule aux œufs d'or et que je ne peux pas perdre. Je me retrouve comme autrefois, demi-dieu chassant les étoiles filantes, la gorge écorchée par mon souffle, les sabots martelant la piste chaude, les naseaux buvant le vent, la crinière en panache telle un étendard. Brûlant ma douleur tel un combustible, tirant et poussant sur mes muscles de chair et de métal.

J'oublie l'homme rachitique perché sur mon dos, cette brindille qui pense mener la danse mais que je pourrais briser si vite. J'oublie que je ne suis ni un dieu ni un animal, j'oublie que je suis le premier pur-sang hybride de l'histoire.

Juste ivre de vent.

III

REBELLION

À QUOI RÊVENT
LES CHAUVES-SOURIS

— Débarrasse-toi de ce truc. Et grouille-toi. Saloperie de bestiole infectée !

Le petit garçon serra contre lui la boule de poils et de crocs. Celle-ci émit un couinement suraigu.

— Mais tonton…

— Lâche-moi ça. Va me la foutre au fond du jardin, sur le compost. Je lui donnerai un coup de bêche demain matin. C'est tout ce que cette chose mérite.

Un nouveau couinement. Deux nouveaux couinements. Ceux de la bestiole et de l'enfant, à l'unisson.

— Mais tonton…

— Obéis ! Tu attends quoi, qu'elle te morde ?

Une fureur sans nom étincelait dans l'œil de l'oncle. Il se tenait agenouillé devant le poêle, la tête tournée vers l'enfant. Une main crispée sur le soufflet de cuir, l'autre crispée sur le tisonnier. Deux poings crispés pour un petit garçon effaré.

— C'est à cause de *ça* que ta maman est morte.

Un grésillement rageur s'éleva dans le silence lorsqu'il fourragea dans les braises. Une fois. Deux fois.

– Tu veux en faire quoi, ton doudou ?

Troisième fois. Sans mot dire, le petit regardait l'homme se battre avec le feu, de ses yeux agrandis par l'effroi.

– Va chercher un lapin à la ferme si tu veux, ou un chat, mais… putain, on n'a plus de chats ni de lapins.

Un silence.

– Plus que ces bêtes de Satan. Écoute, on t'a pas vacciné pour que t'ailles te faire mordre délibérément. Ou alors non, tiens. Passe-la moi. On va la foutre au feu. Ce sera fait.

Il tendit sa grande main basanée. Le temps et le labeur l'avaient rendue calleuse, et le neveu la savait plus dure et impitoyable qu'un piège à loups.

Il fit un bond en arrière qui provoqua un nouveau couinement.

– Non ! Je vais la mettre au fond du jardin.

– Pas trop tôt, grommela l'homme en se remettant au travail.

Alors, s'emmitouflant dans sa tendresse, l'enfant serra l'animal contre lui, fit volte-face et trottina sur les pavés froids. Il disparut entre les ombres allongées par le feu.

La chauve-souris atterrit dans un carton sous son lit, non sur le tas de compost. Le petit garçon passa une heure, dans le crépuscule enflammé, à battre les rues du village et la campagne mangée de ténèbres afin de trouver un cadavre qui pourrait tromper l'oncle. Heureusement, les rues et les bois n'en manquaient pas : depuis dix ans, on tuait des chauves-souris dès qu'on en avait l'occasion.

Ceci fait, il se réfugia à l'étage, sous sa mansarde pleine de bois et de mites. Il tira le carton hors de sa cachette, souleva le vieux tissu et se pencha à l'intérieur.

Roulée en boule dans un désordre d'ailes, de peau et de poils, la créature ouvrait d'immenses yeux jaunes, dont les prunelles en lame de couteau restaient fixées sur lui. Elle avait de grandes oreilles de chat agitées de tics nerveux, une fourrure hirsute aussi douce et chaude que la nuit et deux grandes ailes entortillées autour d'elle. On aurait dit une grosse chenille poilue dans son cocon.

Le petit garçon caressa doucement la tête triangulaire de la chauve-souris. Elle se laissa faire, mais ouvrit silencieusement les mâchoires, exhibant ses longues canines nacrées en signe de menace.

On disait toujours que les chauves-souris mordaient au premier geste. Peut-être était-ce faux. Ou peut-être était-elle une exception.

Heureux, il la recouvrit du foulard et la repoussa sous son lit. Elle poussa un cri de mécontentement, mais se tint tranquille.

Il ne savait pas trop ce qu'il allait en faire, de cette bestiole que tout le monde voulait tuer. Mais les adultes massacraient déjà toutes ses semblables, ils pouvaient bien lui laisser celle-ci, n'est-ce pas ? Rien que celle-ci. Il en prendrait soin et elle deviendrait son amie. Il la soignerait jusqu'à ce que sa blessure – coup de fourche d'un paysan aveuglé par la rage – guérisse et qu'elle puisse s'envoler à nouveau.

Il ne savait pas qu'il reproduisait la même scène que sa mère une décennie plus tôt. À une époque où on ne connaissait pas encore cette espèce invasive, alors qu'on les prenait pour de simples chiroptères. Lorsqu'il y avait encore des chats, des chiens, des cochons et des lapins à la ferme. Avant que le virus mortel ne se transmette des chauves-souris aux quadrupèdes. Puis des quadrupèdes à l'Homme.

Avant qu'on découvre qu'une nuée de bestioles transgéniques avaient été lâchées dans le pays afin de répandre un nuage de mort autour d'elles. Félines, douces et fuyantes le jour, bestioles assoiffées de sang la nuit. Elles plantaient, plantaient leurs petites canines acérées dans les hommes et les bêtes, diffusant le virus sous toutes les peaux, dans toutes les chairs.

Les chats du Diable. Un nom de légende pour des bêtes à crever, disait l'oncle.

Elles avaient tissé une trame sinistre dans tout le pays, avaient tressé des fils de plomb, de sang et d'os et de maladie, une soierie de mort qui recouvrait les maisons et les lits. Il avait fallu des années de recherches et de tests avant de mettre au point un simulacre de vaccin. On n'était même pas sûr qu'il fonctionnait, ce satané vaccin…

En désespoir de cause face à ces saloperies volantes plus tenaces que les puces, on leur avait inoculé la rage.

Des années après, malgré la maladie, les coups de fourche et les lapidations en forêt, elles subsistaient. Encore et toujours.

Le petit garçon se coucha, le cœur gonflé de joie, son doudou lapin serré contre lui. Sous les lattes du vieux sommier, trente centimètres à peine en contrebas, la petite bête hirsute respirait calmement. Ses yeux d'or fixaient le vide. Ses canines lardaient la pénombre d'éclats blancs. Elle avait faim. Elle avait mal. Il lui faudrait des proies pour qu'elle puisse se remettre d'aplomb. Des chairs à percer, du sang à sucer.

Au-dessus d'elle, l'enfant décida que s'il ne trouvait rien d'autre, ce serait lui qui la nourrirait. On n'avait rien sans rien. Une morsure contre une caresse. Un estomac plein pour une amitié. Quoi de plus normal ?

La rage et le virus, il était vacciné contre. Et puis de toute manière, il n'était jamais malade !

Rasséréné par cette solution si simple, il s'endormit. Elle le suivit dans le sommeil.

À un kilomètre de là, tout au bout du village, un homme clouait une chauve-souris sur une porte de grange. De longs râles de douleur s'effilochaient à travers le silence, entre les injures et les coups sourds du marteau. La bête s'étrangla, prit un clou dans l'aile gauche, puis un autre dans l'aile droite. Un clou dans l'œil gauche. Un autre dans l'œil droit. Ils éclataient comme des fruits trop mûrs, tachant d'humeurs sa tête fine. Des larmes de sang pleuraient sous le corps crucifié, abreuvant le bois sec de la porte.

Ses cris résonnèrent longtemps dans la rue froide. Ils se transformèrent en gémissements. Puis en murmures. La chape de silence et de nuit retomba sur la scène. Seul demeurait le corps cloué, tel une décoration macabre. Défense dérisoire : *Satan, n'entre pas*. Mais la mort n'a jamais arrêté la mort.

Au loin, perdu dans un océan de songes vaporeux, le petit garçon voguait sur son radeau de merveilles, déroulant la grand-voile pleine d'or et de lumière. Son chat du Diable était posté sur son épaule, tel une fidèle vigie.

Ses yeux jaunes étaient doux ; ils semblaient chargés de rêves.

Mais qui peut dire à quoi rêvent les chauves-souris ?

Cuillère et Casserole

Comme souvent à cette heure, Casserole regardait le ciel.

Le soleil se levait doucement ; à peine né, il ne faisait pour l'instant que surligner les arêtes des buildings, au loin, sans rien incendier d'autre. Casserole aimait la couleur que prenait le ciel ces jours-ci. Il s'inondait d'un camaïeu de rose et d'orange, qui se fondaient délicatement dans le bleu sombre au-dessus de la ville.

Il pleuvait à peine, très doucement, et les milliers de gouttes scintillaient comme le diamant, sculptées par les rayons naissants.

Quand il la regardait à l'aube, Casserole aimait presque cette ville.

Il avait trouvé un toit parfait, bien orienté, suffisamment plat pour lui permettre de ne pas risquer la chute, sur lequel il pouvait grimper sans trop de mal, même avec sa prothèse.

Celle-là, la pluie ne l'arrangeait décidément pas. Elle se bloquait de plus en plus, dans des moments de plus en plus dangereux ; la dernière fois, il s'en était fallu de peu. Si son articulation de métal s'était grippée une minute plus tôt, Casserole aurait fini droit dans les crocs de l'énorme berger allemand qui le poursuivait, bien décidé à le mettre en pièces.

Mais Casserole ne se laissait pas attraper comme ça.

Il avait beau être vieux, courbaturé et abîmé de partout, il en avait encore sous le capot. Ces stupides canidés ne l'auraient pas de sitôt !

Il avait même balancé un jet d'urine à la face du molosse, histoire de l'humilier davantage, avant de glisser sa grosse bedaine sous un grillage et de détaler au loin, traînant à moitié sa patte mécanique. L'abruti de chien était resté coincé dans la ruelle, à aboyer dans des éclaboussures de bave.

Cette maudite prothèse…

Des couinements furibonds résonnèrent soudain dans le silence du quartier. Guère surpris, Casserole se pencha davantage au bord du toit, cherchant l'habituel groupe de poubelles qui débordaient en permanence – et qui étaient devenues le garde-manger de la plupart des errants du coin.

Comme il s'y attendait, ça se disputait sec, en bas.

– Lâchez ma cuillère ! Lâchez-la ! Bande de vauriens !

Casserole soupira. C'était encore elle, en train de se faire emmerder – probablement par les mêmes que d'habitude.

– Quoi, c'est ça que tu veux ? se moqua l'un des rats. Ce machin, là ?

– Attends, attends, comment elle dit déjà ? renchérit l'autre idiot. Sa cuillère *en argent*...

– Tu penses que c'est de l'argent, frérot ?

– Ça, de l'argent ? De l'alu, à tout casser. Ou un alliage encore plus bas de gamme ! Attends, je vais y planter les dents pour vérifier…

– Rendez-la moi ! hurla Cuillère de plus en plus furieuse. Rendez-moi ma cuillère ! Et toi, n'étale pas ta bave puante dessus ! Sombre crétin !

Sur le toit, le matou s'étira avec lassitude, forçant ses membres douloureux à gagner un peu de souplesse. Et allez, c'était reparti. Le prince charmant allait secourir la demoiselle en détresse. En général, c'était l'inverse avec Cuillère, vu qu'elle était bien plus combative que lui ; mais il y avait des ennemis contre lesquels un chat se révélait bien plus efficace qu'une… rate.

Il descendit l'escalier de secours en colimaçon, ses coussinets mis à rude épreuve par les grilles de métal rendues glacées par la pluie, puis bondit sur le trottoir. Lorsqu'il s'approcha de l'altercation, d'un pas volontairement nonchalant, la nuée de rats s'éparpilla comme une volée de moineaux.

– V'là le lourdaud ! sifflèrent-ils à l'unisson.

L'œil exercé de Casserole repéra tout de suite celui qui tenait la cuillère. C'était l'un des plus costauds ; son ventre rondouillard traînait presque par terre et sa queue avait été coupée net par un piège – ou des mâchoires de chat. Récente, la plaie suppurait un peu. Le gros rat se bagarrait avec Cuillère, qui tentait vainement de récupérer son trésor.

Le matou feula vers eux, juste pour la forme, puis hérissa tout son pelage afin de paraître plus gros – et surtout, plus en forme.

– Encore toi, la boule ? gronda-t-il de sa voix rauque. Rends-lui sa cuillère ou je te jure que tu finiras dans mon estomac.

D'ordinaire, ça marchait tout seul ; mais cette fois, un éclat malin traversa les petits yeux noirs et vifs du rat surnommé « la boule ».

– Moi ? Dans ton estomac ? Voilà de belles paroles venant d'un vieux puant comme toi. Si j'étais toi, lourdaud, j'éviterais d'insulter les rats – sait-on jamais, il paraît que les chats ont la chair bien tendre.

Choquée, Cuillère en cessa de l'asticoter. Une patte encore posée sur le manche de son précieux couvert, elle échangea un regard avec Casserole.

Le matou ne laissa pas voir qu'il perdait son assurance. Il captait les bruits des petites pattes de rats sur le goudron… le reste de la troupe, loin de s'être réellement enfui, se resserrait doucement autour de lui.

– Toi, tu manges du chat, le bouffeur de cervelles ? lança-t-il vers le gros rongeur. Depuis quand ?

« La boule » grinça des dents en frémissant des moustaches, ce qui équivalait à un rire.

– Depuis que je suis assez fort pour les tuer. Et toi, dis-moi, bouffeur de croquettes, c'est vrai ce qu'on raconte ?

Le cercle de rats se refermait pour de bon. Casserole les regarda venir, ébouriffé de tout son pelage. Ils étaient au moins huit.

– 'Paraîtrait que la dernière fois, t'as failli te faire ouvrir la gorge par un rat, poursuivit « la boule ». Et la fois d'avant, quand t'as boulotté l'un des nôtres, il paraît que t'as tout vomi… c'est pas vrai ?

D'un coup sec, il arracha la petite cuillère à la rate, qui poussa un couinement furieux.

– T'es trop vieux pour digérer les rats, ce serait pas ça ? se moqua-t-il. Ou est-ce que t'es juste trop… (Il regarda sa prothèse d'un air dégoûté.)… trop mal foutu ?

Casserole chercha une échappatoire des yeux. Les rongeurs le virent tout de suite et se jetèrent sur lui dans un même élan.

Le matou bondit loin vers le haut, les laissant se fracasser les uns contre les autres, avant de se réceptionner un peu plus loin ; dans un feulement furibond, il fonça vers le chef, feinta sur la droite, puis le cueillit sur la gauche d'un coup de pattes puissant qui l'envoya bouler. Le rat en lâcha la cuillère. Le couvert argenté tinta sur le goudron, lança des éclats désespérés en roulant vers la bouche d'égout, juste avant que Cuillère ne se jette dessus pour stopper sa course.

– On décampe, la naine ! jeta Casserole en détalant comme un lièvre.

Crachant des bordées d'injures toutes plus terribles les unes que les autres, la rate se saisit de son trésor – elle enroula sa queue autour et le maintint sur son dos, bien à plat –, puis fonça vers son agresseur, qui se relevait tout juste.

– Prends ça, chiure de mouette ! hurla-t-elle en lui emboutissant le crâne à coups de cuillère. Pisse de rottweiler ! Je te conchie !

Casserole regrettait de lui avoir appris à lire. Un jour, elle était tombée sur un dictionnaire qui dépassait d'une poubelle ; depuis, son vocabulaire s'était extrêmement enrichi – mais pas dans le bon sens. Joignant le geste à la parole, la rate lâcha une cascade d'excréments sur son ennemi juré, puis les lui enfonça dans les oreilles.

Enfin, sa cuillère sur le dos, elle s'enfuit au grand galop.

— Et que ça te serve de leçon ! cria sa petite voix aigrelette avant de disparaître.

Elle retrouva Casserole deux rues plus loin, perché sur le banc en plastique d'un abribus, à l'abri de la pluie qui s'intensifiait. Le matou faisait sa toilette dignement, avec son air de vieux roi fatigué, comme s'il ne venait pas de se faire menacer par quelques rats.

— Merci, grommela Cuillère en se hissant à ses côtés.

Le chat ne répondit rien ; il ouvrit un œil voilé et la regarda poser son gros ventre près de lui. Il ne savait pas quel âge avait Cuillère, mais elle non plus, elle n'était pas toute jeune — même si elle avait l'injure facile et la voix stridente. En la voyant, il pensait toujours à une pomme : elle était de petite taille, mais ronde comme une barrique. Parfois, lorsqu'il y avait beaucoup de vent, elle se mettait à rouler dans la rue, en agitant ses pattes trop petites pour la maintenir à flots.

Casserole essayait de cacher son rire lorsque cela arrivait, mais c'était dur. Il n'avait jamais rien vu de plus drôle que cette petite rate en train de rouler comme une balle, poussée par les bourrasques, dans des chapelets de jurons tous plus imagés les uns que les autres. C'était elle qui avait commencé à surnommer le gros rat « la boule », et Casserole n'avait jamais osé lui dire qu'elle méritait bien plus le surnom que son ennemi.

– La boule ne va plus rien entendre pendant des jours, commenta-t-il en se léchant la patte d'un air affecté.

– Oui, lança-t-elle avec ravissement. Tu as vu ? C'était pas mal, hein ? Ça lui fera les pieds, à ce merdeux. S'il n'y avait pas eu les autres autour, je l'aurais bouffé.

Sacrés rats. Ils ne dédaignaient pas un peu de cannibalisme de temps en temps.

Cuillère s'attendait sans doute à ce que son vieil ami renchérisse, mais il ne dit rien, car « la boule » avait dit vrai. Les rats devenaient des proies beaucoup trop grosses pour lui, bien trop redoutables. Et à force de manger des ordures, ils avaient tellement mauvais goût qu'il ne pouvait plus les boulotter sans se mettre à vomir.

Ravie d'avoir récupéré sa cuillère, la rate la posa sur le banc et s'y mira en silence, les moustaches frémissantes. L'éclat du soleil faisait danser des reflets rose et or, subtilement nacrés, dans son pelage blanc. Casserole la regardait faire du coin de l'œil. Il savait ce que représentait le petit couvert à ses yeux.

Lorsqu'il avait rencontré Cuillère, il vivait déjà dans la rue depuis plusieurs semaines. Il avait ses petites habitudes, savait où trouver des restes de sandwich et de nuggets, quelles poubelles se renversaient plus facilement par temps de grand vent, et aussi… quels bâtiments se débarrassaient d'ordures intéressantes.

Le laboratoire faisait partie de ceux-là.

Au début, il ne savait rien de cette bâtisse. C'était ensuite que Cuillère lui avait expliqué ce qu'ils faisaient aux animaux, là-dedans. À l'époque, le matou savait juste que chaque jour, ils jetaient de nombreux sacs poubelles ; et dans ces sacs, bien souvent, se trouvaient divers cadavres d'animaux.

Les chats n'aimaient pas les proies mortes. Ils tuaient eux-mêmes ; ils n'étaient pas des charognards. Mais charognard, Casserole avait fini par le devenir. Il avait trop faim, tous les jours, pour faire le difficile. Des chats de maison ou des chats sauvages se seraient moqués de lui, l'auraient raillé pour s'être rabaissé de la sorte ; mais si le vieux matou avait appris quelque chose au fil du temps, c'était que la dignité ne remplissait pas le ventre. Jamais.

Alors il farfouillait dans les grands conteneurs du laboratoire, perçait les sacs et reniflait les petits corps qui s'y cachaient. La plupart sentaient mauvais, comme le poison. Alors il n'y touchait pas, devinant que la cause de leur mort pouvait bien être encore dans leurs veines. Mais parfois, il trouvait un rat ou une souris mort plus classiquement, couvert d'hématomes ou de brûlures, et même s'ils ne lui paraissaient pas franchement engageants, il trouvait toujours un morceau à se mettre sous la dent. Quand il avait de la chance, il tombait sur un lapin.

Il ignorait soigneusement les chats et les chiens qui, souvent, se trouvaient aussi dans les sacs. Leurs yeux vitreux ressemblaient trop aux siens. Cela le mettait mal à l'aise.

Et puis un jour, le matou était tombé sur un sac qui remuait encore. Ravi, il s'était empressé de le mettre en pièces.

Il ne s'attendait pas à ce qu'une espèce de fusée blanche en jaillisse comme une furie, avant de lui planter deux incisives acérées dans le nez.

C'était Cuillère, mais elle ne portait pas encore de nom. Elle était loin d'être aussi ronde, à l'époque ; ses yeux rouges sombre étaient injectés de sang, larmoyants à cause de ce qu'on lui avait mis sous les paupières, et une longue cicatrice sinuait le long de son ventre rasé.

Face à ce petit monstre aussi laid que puant – elle sentait fort le désinfectant et le propre, comme tous ceux qui étaient morts autour d'elle –, le matou avait fait ce que n'importe quel chat aurait fait.

Il avait jailli du conteneur comme une grosse boule d'énergie, le nez en sang, avait dégringolé sur le trottoir dans un miaulement de terreur et s'était carapaté au loin.

Cuillère était restée toute bête dans la grande poubelle, au milieu de tous ces sacs qui sentaient la mort. Elle avait eu du mal à en sortir, les pattes trop faibles et le corps trop peu musclé – une cage de vingt centimètres ne l'avait pas préparée à ce genre d'exploits – mais sa détermination avait fini par triompher.

Elle avait erré plusieurs jours, affamée, perdue dans le quartier, frigorifiée par le vent d'automne. Une bande de rats d'égouts avaient fini par lui tomber dessus. Elle ne connaissait rien de leurs us et avait cru naïvement qu'ils l'accepteraient parmi eux.

En réalité, ils avaient bien failli la dévorer.

Ils méprisaient les rats domestiques, trop mous, trop habitués au confort, et savaient parfaitement d'où venaient les « tout-blancs », comme Cuillère. Dans la rue, les rats albinos n'existaient pas. Seul le laboratoire en produisait à la pelle.

Casserole mangeait non loin lorsqu'il avait entendu les bruits de leur échauffourée. Il détestait les rats, et ne les craignait pas à cette époque – pas encore. Alors, satisfait à l'idée d'en effrayer quelques-uns, il était intervenu.

Il était resté tout surpris lorsque les gros durs aux pelages gris avaient détalé en poussant des cris, laissant derrière eux une petite rate blanche et maigrichonne, furieuse, qui ne semblait pas décidée à fuir.

Casserole avait immédiatement reconnu la folle furieuse de la benne à ordures. Il était parti en marchant en crabe, l'air de rien, surveillant ses arrières afin d'être sûr qu'elle ne l'étripe pas.

Il avait pensé en être débarrassé, mais elle l'avait suivi discrètement. Son manège avait duré plusieurs jours. Cette maligne s'était servie de lui pour repérer les coins où elle pouvait manger, où elle pouvait se cacher en sûreté, et où elle pouvait boire sans risque.

Petit à petit, ils avaient commencé à se croiser, d'abord sur la défensive, puis de plus en plus naturellement. Ils s'étaient rendus compte qu'ils avaient des goûts parfaitement complémentaires : la rate aimait la salade et le pain des hamburgers, lui laissant volontiers la viande, et adorait le thon dans les sandwichs alors que lui détestait ça. Petit à petit, ils s'étaient apprivoisés.

Elle avait commencé à l'appeler Casserole en l'entendant miauler la nuit, ce qui avait vexé le matou.

– Je n'ai pas une si mauvaise voix, avait-il grogné.

– Ah bon ? s'était-elle faussement étonnée. Est-ce que ça marche ? Est-ce que ça attire les chattes du quartier ?

– Bien sûr que oui ! avait-il menti.

Mais personne n'aimait sa voix affreusement laide, ni les minettes qu'il tentait de séduire – et qui fuyaient à toutes pattes dès qu'elles apercevaient l'éclat de sa prothèse –, ni les humains qui vivaient aux alentours. Après avoir reçu plusieurs ustensiles de cuisine sur la tête, ainsi que l'eau d'un vase, il finit par déclarer forfait et cessa de chanter la nuit.

Après cela, la rate ne l'appela plus que « Casserole ».

Et progressivement, il avait oublié son ancien nom, celui que ses maîtres lui avaient donné bien longtemps auparavant.

Un jour, il était tombé sur une petite cuillère oubliée sur un banc. Elle scintillait de mille feux au soleil, et renvoyait un reflet si net qu'il pouvait se voir dedans. Il l'avait prise dans sa gueule et l'avait ramenée à la rate. Il se doutait bien que cela lui plairait : elle ne manquait jamais une occasion de se mirer dans les flaques.

Au début, c'était pour se fustiger, car elle ne supportait plus ce pelage blanc et ces yeux rouges qui lui rappelaient trop d'où elle venait, qui la séparaient tant des « vrais » rats. Une fois, le matou l'avait même retrouvée toute marron : elle s'était roulée dans une nappe de boue et s'était frottée avec jusqu'aux oreilles, espérant couvrir à jamais ses poils trop clairs.

Mais la boue était partie à la première pluie. Et petit à petit, tandis qu'elle méprisait de plus en plus les « vrais » rats de gouttière, tandis qu'elle prenait du ventre et s'habituait à la vie dans la rue, elle avait cessé de se détester. Elle avait fini par accepter sa différence. Accepter qu'elle était née dans une cage aseptisée, auprès d'une maman qui avait trop de portées pour s'en occuper correctement. Accepter qu'elle n'avait rien de commun avec les rats d'égouts, et que jamais, *jamais* ils ne l'accepteraient parmi eux.

Quand Casserole lui avait ramené la petite cuillère, elle s'était montrée émue. Chaque fois qu'elle regardait ce miroir de fortune, il savait qu'elle se remémorait des souvenirs dont il avait à peine idée.

En voyant passer cette petite rate blanche avec sa cuillère, les rats de ville s'étaient moqués d'elle. Très vite, son sobriquet avait fait le tour du quartier.

Qu'à cela ne tienne. Avec bravache, elle l'avait adopté comme un véritable nom.

– Tu sais que ce n'est pas de l'argent, n'est-ce pas ? s'enquit le vieux chat en se passant la patte derrière l'oreille.

Cuillère leva le nez, revêche.

– Bien sûr que si, ç'en est !

– L'argent ne rouille pas.

– Et bien si, cet argent-là, il rouille.

– Bon, comme tu veux, soupira-t-il dans un frémissement de moustaches exaspéré.

Cuillère agita une patte inquisitrice vers lui.

– Ma cuillère rouille, mais elle est quand même en argent. Toi, tu es vieux et moche, plein de cicatrices et tu as une patte de métal, mais en vérité, tu es un beau chat. Et moi… moi, je suis une naine blanche qui sort de labo, mais ça ne m'empêche pas d'être un rat des rues, comme les autres. (Elle le transperça de ses yeux rouges.) T'as compris ?

Il se contenta de battre de la queue, à la fois vexé et étonné par son analyse. Elle prit ça pour un assentiment.

– Les apparences ne comptent pas, asséna-t-elle de sa voix aigre. Si je veux que ma cuillère soit en argent, elle est en argent, et quiconque dira le contraire se la prendra dans la tronche.

Sacrée Cuillère.

Le soir, lorsque la faim se mit à gronder dans leurs ventres à l'unisson, les deux compères se glissèrent dans leurs rues habituelles. Ils inspectèrent leurs poubelles favorites, vérifièrent le dessous des bancs, et firent le tour des maisons-bons-plans, comme ils les appelaient.

Les maisons-bons-plans, c'étaient celles dont les propriétaires laissaient sciemment de la nourriture dehors. En général, il s'agissait de croquettes pour leurs chats errants favoris, mais comme Cuillère adorait ces friandises, elle ne se gênait pas pour les manger avec Casserole. Ils s'arrangeaient pour passer avant tous les autres, surveillant soigneusement les alentours pour ne pas être victimes d'un guet-apens – en général, l'un faisait le guet pendant que l'autre mangeait dans la gamelle, et vice-versa.

– Minou ! Minou !

Et tous les soirs, à la même heure, cette satanée gosse tentait de les attirer à l'intérieur.

Cuillère ne s'approchait jamais de cette maison-là. Elle se méfiait des humains et ne cessait de répéter à Casserole de faire pareil ; mais celui-ci, trop gourmand, ne voulait pas faire une croix sur cette gamelle bien remplie.

La gamine devait avoir à peine neuf ou dix ans, et ne cessait jamais de mettre des croquettes devant chez elle. Elle avait remarqué Casserole longtemps auparavant, l'ayant surpris un soir alors que le gros chat mangeait sur le pas de la porte.

Il était habitué aux réactions que suscitaient sa prothèse. La plupart des gens avaient un mouvement de recul en remarquant cette patte de métal, articulée par des pistons et des bielles, qui produisait des souffles d'amortisseur chaque fois qu'il la posait par terre. Dès qu'ils se rendaient compte de son handicap, le chat – déjà pas bien beau à la base – provoquait la plus totale répugnance.

Puis, souvent, un éclat d'avidité luisait dans leurs yeux, ou une petite flamme calculatrice que le matou avait appris à reconnaître. Alors il savait qu'il était temps de déguerpir, et vite.

Car Casserole ne valait rien, aux yeux de personne. À l'inverse de sa prothèse, qui pouvait se vendre plusieurs centaines d'euros.

Seule. Une fois démontée.

Cependant, dans les yeux de la petite fille, le matou n'avait jamais vu ni l'avarice, ni la répugnance. Elle se contentait de s'accroupir sur le seuil, le couvant du regard tandis qu'il mangeait, et de l'appeler en espérant qu'il entre à l'intérieur.

Mais Casserole s'enfuyait toujours après son repas.

– Encore elle, siffla Cuillère tandis qu'ils s'approchaient doucement. À chaque fois, ça m'angoisse. Ça m'inquiète quand tu te retrouves trop près d'elle.

– C'est bon. Elle est haute comme trois pommes.

– Non, mon grand, se moqua la rate. *Je* suis haute comme trois pommes. Fais attention à toi.

Il alla manger près de la petite fille, qui, comme d'habitude, l'observa avec émerveillement. Casserole ne savait pas bien ce qu'elle voyait en lui, mais ce ne devait pas être un vieux matou plein de puces, avec une oreille à moitié coupée. Il lui jeta un œil, tout en avalant les croquettes quatre à quatre. Lui, il voyait une demi-portion à l'œil malicieux, à la peau très sombre, aux cheveux hérissés en une corole frisée, vêtue d'un pyjama chaque fois plus ridicule. Ce soir-là, en l'occurrence, c'étaient les lapins bleus.

Il retint son souffle quand elle tendit sa petite menotte et, doucement, effleura son échine galeuse.

Tous ces souvenirs…

Pendant plusieurs années, Casserole avait été heureux. Il portait un autre nom alors – il ne s'en souvenait plus, c'était étrange, lui qui avait toujours eu une si bonne mémoire.

Sa famille l'avait adopté alors qu'il n'était qu'un jeune chat tout maigrichon, qui attendait son tour dans la cage d'un refuge. Il ne se faisait guère d'illusions : il était né avec une patte tordue, incapable de s'en servir, et on avait finit par l'amputer pour le rendre plus libre de ses mouvements. Mais les chats à trois pattes ne donnaient envie à personne. Ils n'étaient pas beaux, ni agiles. Même aussi jeune, son handicap lui donnait déjà l'air usé. Or les familles qui défilaient dans le couloir du refuge ne voulaient pas d'un chat usé. Elles voulaient un mignon petit chaton.

Mais un jour, une famille bizarre avait débarqué entre les cages. Les parents étaient grands et beaux, bien portants, vêtus d'habits élégants. Ils avaient un port de roi et de reine. Entre eux deux avançait une petite fille – la princesse.

Et la princesse était assise dans un fauteuil roulant.

Surpris par cet appareillage impressionnant, Casserole avait levé les yeux vers elle. L'adolescente s'était révélée maigrichonne, les cheveux comme de la paille. On aurait dit un vilain petit canard entre ses parents si beaux.

Elle avait remarqué que le matou la dévisageait, et lui avait renvoyé un regard accusateur, furieuse d'être ainsi passée au crible. Mais ensuite, ses yeux s'étaient attardés sur sa patte manquante. Étonnés de la voir immobile, ses parents s'étaient retournés à leur tour.

Quelques minutes plus tard, Casserole sortait de sa cage.

Une heure après, il repartait avec eux.

Au début, cela avait été parfait. Il avait découvert la vie en maison, au sein d'une famille aimante. Une fois sa croissance terminée, ses maîtres lui avaient fait faire une prothèse hors de prix – surtout pour l'époque.

« Comme ça, je serai pas la seule à avoir mon fauteuil », lui avait dit Emilie en jouant avec lui.

C'était curieux. Depuis tout ce temps, il avait oublié son propre nom, mais il se souvenait parfaitement de celui d'Emilie. Et même de son visage plein de taches de rousseur.

Au bout de plusieurs années, elle était partie.

Elle avait disparu comme ça, du jour au lendemain. Un matin, elle avait fait un câlin à Casserole, avant de quitter la maison. Le matou l'avait attendue le soir, puis le soir d'après. Mais en vain.

Alors il avait patienté toute une semaine. Puis un mois entier.

Mais Emilie n'était jamais revenue.

La vie avait continué malgré tout. Même si les parents aimaient toujours Casserole, il avait senti que quelque chose s'était brisé.

Petit à petit, il les vit de moins en moins. Ils travaillaient davantage chaque jour, rentraient tard à la maison, et ne prenaient plus le temps de s'occuper de lui.

Alors il s'ennuyait. Quand il s'ennuyait, il miaulait, et il essayait de les réveiller en pleine nuit pour qu'ils jouent avec lui, mais cela ne fonctionnait jamais. Ils le grondaient et tentaient vainement de se rendormir. Puis le matou tournait en rond pendant des heures, espérant qu'Emilie revienne.

Bientôt, il ne fit plus que ça : tourner en rond.

La nuit, quand il faisait les cent pas ou se mettait à jouer tout seul avec sa queue, il réveillait les parents sans le vouloir. Ceux-ci ne supportaient plus le bruit de sa prothèse qui frappait le plancher, lourdement, à chacun de ses pas. Il les réveillait la nuit simplement en marchant. Un chat était le plus silencieux des animaux ; mais Casserole, lui, n'était plus qu'au trois-quarts chat.

Au fil des mois, puis des années, la situation n'avait cessé de s'envenimer. Les parents ne s'entendaient plus entre eux. Ils n'aimaient plus Casserole.

Quand ils avaient parlé de le ramener au refuge, le chat s'était enfui.

Un matin, il avait attendu que la mère sorte pour rejoindre sa voiture, puis s'était glissé dans l'embrasure et avait disparu dans la rue.

Tout un pan de sa vie s'était écroulé derrière lui.

– T'es un gentil chat, lui dit la petite fille face à lui. Gentil minou.

Elle lui gratta le coin de l'oreille, puis la joue, et malgré lui il ne put s'empêcher de lâcher un ronronnement presque imperceptible, tout rouillé par le temps qui avait passé.

– Casserole ! couina Cuillère derrière lui. Mais qu'est-ce que tu fais ?

Il l'ignora en fermant les paupières. Un peu plus et il pouvait s'imaginer que rien n'avait changé. Qu'Emilie était toujours là.

La petite fille, sans cesser de le caresser, entrouvrit légèrement la porte.

– Viens, minou ! Il y a encore à manger dedans. Tu peux venir avec moi.

– Casserole ! s'insurgea la rate cachée dans les ombres.

Il fut tenté un instant d'entrer dans cette maison. Il devait y faire si chaud ! Ce serait si doux de pouvoir à nouveau se coucher sur un bon coussin, ou sur la couette d'un humain. Ne plus avoir à surveiller sans cesse ses arrières, à se battre sans cesse, à repousser les rats et à fouiner dans les déchets tous les jours…

Casserole ne donnait plus sa confiance aux humains. Il ne voulait pas se retrouver dans une cage de refuge. Plus jamais. Et surtout, il craignait plus que tout qu'une fois sa garde baissée, on le capture pour lui prendre sa prothèse, avant de le jeter dehors comme une ordure. Il en avait déjà vu, de ces chats ou ces chiens à qui on avait retiré leur membre mécanique pour en faire profit. Même les refuges les vendaient aux plus offrants. Ils erraient en silence, instables sur leurs trois pattes – quand ils avaient la chance d'en avoir plus de deux.

Sans prothèse, c'était la mort assurée pour Casserole. Les rats finiraient par le dévorer.

Pourtant, il était tenté. La petite fille était si douce ! Cela faisait si longtemps qu'il n'avait plus reçu de caresses. Depuis plus de six mois, elle lui donnait à manger tous les soirs. Depuis plus de six mois, ses parents achetaient des croquettes rien que pour lui ! Cela ne pouvait pas être un piège. Impossible.

Alors, lorsqu'elle tenta de le faire entrer, il hésita longuement.

Mais entrer, c'était laisser Cuillère toute seule. C'était l'abandonner face aux gros rats gris qui tentaient de lui voler sa cuillère. La laisser manger des moitiés de hamburgers, sans personne pour les partager avec elle.

Casserole ne pouvait pas faire ça. Il appartenait à la rue, à présent. Et la rue lui avait donné une amie, qui lui avait donné un nom. Toute sa vie était là. À présent, il était trop vieux pour la refaire ailleurs.

Alors il tourna le dos à la fillette qui ne cessait de l'appeler, triste de le voir partir. Et il rejoignit la rate ronde comme une pomme, qui fulminait dans l'ombre d'un banc. Son pelage formait une tache claire dans les ténèbres.

– Eh ben dis donc ! J'ai cru que Monsieur allait me laisser en plan !

Il savait que cette idée la terrifiait.

– C'est ça, oui, répliqua-t-il. Et ne plus manger que des croquettes ? Je ne suis pas du genre à faire une croix sur nos restes de hamburgers moisis ! Je tiens à ma bidoche, moi, madame !

Elle grinça des dents – rire de rongeur – et ils s'éloignèrent dans le froid.

Surprise, la gamine regarda partir ce gros chat tigré, hirsute comme un porc-épic, aux côtés d'une petite rate blanche qui portait une cuillère sur son dos. Le métal lançait des éclats nostalgiques sous la lueur du lampadaire.

L'ESCADRON DE MORT

La nuit dépose doucement son grand manteau sur la ville.

À perte de vue, les pistes entrecroisées déroulent leur long lacis de béton. Des centaines de lampes s'allument sur leurs bords, comme des bijoux scintillants sur l'herbe perlée de rosée.

Il est l'heure. Sur le tarmac, le silence se fait, un silence lourd d'attente que rien ne viendra briser.

Les avions sont au repos. Ils sont tous rentrés au bercail, en sécurité. Rangés hors d'atteinte de l'ennemi, hors d'atteinte de ces colons d'un nouveau temps qui viennent poser des mines dans notre pays, piéger les abribus et les aéroports, tendre des embuscades et se faire exploser les tripes dans des salles de spectacle.

Notre pays ?

Voilà que je parle comme eux à présent.

Voilà que j'imite les hommes.

Les avions dorment dans leurs abris d'acier et de verre, et nous, comme de petits simulacres de chair et de plumes qui les remplaçons au crépuscule, sommes arrachés de nos niches et poussés dans le grand vent de la nuit. Comme presque tous les soirs, les hommes viennent et nous délivrent. Ils dénouent les lacets de cuir qui entravent nos pattes. Jadis, nous étions des oiseaux de jour ; mais sous la volonté des hommes, rapaces nocturnes nous sommes devenus.

Mal réveillés à cette heure où nous devrions nous blottir dans nos nids, courbaturés par les heures passées sur nos perchoirs en plastique, nous voici postés en ligne le long de notre balustre de lancement, tels une rangée de petits soldats, au garde à vous dans la brise glacée de cet hiver qui n'en finit pas. Qui n'en finira jamais.

Mes yeux se ferment malgré moi ; je dois me faire violence pour les ouvrir sous mon capuchon de cuir. Ou du moins mon œil droit, le seul qu'il me reste depuis mon enrôlement. Comme chaque faucon militaire, un radar équipe mon cerveau et une antenne radio perce la peau de mon crâne, lancinant mes rêves de grésillements dans mon sommeil ; l'un de mes yeux n'est plus qu'une lentille de verre équipée d'une caméra infrarouge. Mes pattes n'ont plus de serres. On me les a retirées, seules demeurent quelques cicatrices noirâtres ; ainsi, je ne blesse aucun homme lors de nos séances d'entraînement. De toute manière, je n'en ai plus besoin, à présent que ma vie se résume à aller larguer des grenades à la face de l'ennemi…. cet ennemi embusqué, plus coriace qu'une tique ventousée au dos d'un chien, dont nos soldats ont si peur ici.

Mes camarades se dressent à mes côtés ; je les sens sans pouvoir les voir, la tête toujours couverte du caparaçon qui est censé m'empêcher de voler. Les hommes croient-ils vraiment que cela m'arrêterait ? L'odeur et les caresses du vent me guident bien mieux que la vue. Mais je ne fuirai pas. Je sais trop bien ce qui arrive aux déserteurs.

De part et d'autre de notre ligne mal réveillée, deux soldats en uniforme encadrent notre rambarde. Ils surveillent leur montre. L'escadron des faucons ne doit pas être lancée à tout-va ; dès que notre chargement explosif est en place, nos déplacements sont contrôlés à l'extrême. Je connais la suite par cœur. Un officier ne va pas tarder à venir nous équiper, puis nous suivrons l'itinéraire affiché dans notre cerveau, ce plan lumineux lardé d'éclats de douleur, et nous irons de nouveau accomplir notre mission de mort.

Le voici, il s'approche de moi de son pas raide et durci par l'uniforme ; il accroche le paquet habituel à mes pattes liées, puis me retire mon capuchon d'un coup sec. L'univers sombre et froid de la nuit se déverse en moi. Je cligne des paupières, un peu sonné par la vue qui me revient. Petit à petit, mes capteurs s'adaptent à ma vision et les habituels rehauts lumineux apparaissent, soulignant de rouge, de violet et de jaune les moindres détails de ce que je vois.

Tous mes camarades sont prêts. Bientôt, deux montres sonnent à l'unisson : il est l'heure d'aller tuer.

Un canal crypté vibre le long de mon antenne radio, transperce mon crâne et ouvre sa fenêtre d'indications dans mon esprit. L'officier à ma gauche brandit le bras avant de taper sur le bois de notre balustre ; l'impact nous fait décoller maladroitement, alourdis des silhouettes noires de nos grenades.

Une tourmente d'odeurs, de sensations et de souvenirs manque de me faire perdre la tête lorsque j'atteins la brume humide qui règne au-dessus de l'aéroport. Je me sens perdu dans ce ciel immense, qui m'ouvrait jadis un champ de possibilités infinies. Tant de rêves de chasses, tant de voyages… Aujourd'hui, mes os grincent dans le vent – ces os cloîtrés qui ne bougent pas de la journée – et ma tête est vide, seulement emplie des voix lancinantes de soldats qui voguent sur les ondes.

Comme toujours, j'erre quelque temps entre la brume et les nuages, goûtant le vent et la pluie le long de mes plumes. Il va pourtant falloir que je me décide à lever le camp. Il va falloir foncer sur cette planque de terroristes qui clignote en rouge dans ma carte lumineuse, puis dégoupiller cette grenade et virer de l'aile juste avant l'explosion et les cris.

J'en ai plus qu'assez de ce simulacre de vie.

Un an que je me traîne dans ce destin de pion sans serres et sans liberté, avec un misérable matricule tatoué sous l'aile gauche et une stupide antenne qui me fore un trou douloureux dans la tête.

Cette guerre ne m'a jamais concerné.

Un an que je compte chaque jour les heures et les minutes, les secondes qui me séparent de mon vol nocturne, tout cela pour le détester lorsqu'il advient enfin.

Un an que je vois régner un abattement sans fond dans les prunelles de mes camarades. Un désespoir usé jusqu'à la corde, qui bientôt disparaîtra lui aussi et nous laissera plus vides que des coquilles.

Là-bas, dans les locaux de l'aéroport que je connais trop bien, courent ces insectes en uniforme qui ne jurent que par leur guerre, leur territoire profané, leur nation détruite et leurs ennemis sans honneur.

Que m'importent, à moi, les raisons des uns et des autres ? Ces hommes vêtus de noirs qui chaque jour assassinent des innocents et progressent dans ce pays, en y traçant un sillage de sang et de peur, ils ne m'ont jamais fait de tort.

Que m'importent, à moi, les raisons des uns et des autres…

Ces hommes que je tue chaque nuit et qui ne m'ont jamais fait de tort, qu'ils piègent et massacrent autant qu'ils le voudront ! Qu'ils leur brisent leurs idéaux de liberté et d'égalité, à ceux-là qui nous exploitent comme des drones imbéciles, qui nous achètent, nous dressent, nous vendent et nous mettent à la benne lorsque nous ne sommes plus bons à rien, qui usent et abusent de notre soumission forcée. Qu'ils les exterminent, eux et leur paix factice ! Eux et toutes leurs lois qui ne profitent qu'aux humains…

Ce ne sont pas les démons vêtus de noir qui ont mérité mes grenades.

D'un coup sec, je vire sur l'aile et fonce vers l'aéroport silencieux qui me sert de prison. Droit vers ceux qui s'agitent tels des fourmis au travail, investis du bien de leur nation.

Priant pour atteindre le tarmac avant qu'ils ne me repèrent sur leurs radars, petite forme aussi fragile que mortelle, je virevolte à travers le vent et le brouillard, transperçant les flocons glacés qui m'obstruent la vue.

Et d'un seul coup, en un instant qui paraît soudain cristalliser toute l'immensité du ciel, je sens éclore derrière moi les présences de mes camarades. Je sens qu'un éventail d'ailes et de bombes se déploie autour de moi, un éventail de mort qui a enfin trouvé sa véritable cible. L'escadron des faucons se reforme enfin, dans une liberté volée qui n'a jamais paru si belle, dans un silence fraternel bien loin des voix qui hurlent à présent dans nos têtes, qui tentent de nous forcer. Leurs injonctions pulsent dans nos cerveaux, broient nos pensées dans un étau de souffrance. Une fois de plus, ils veulent nous soumettre.

Mais c'est fini.

Ce soir, mes doigts dépourvus de griffes sont bien serrés autour de la grappe d'explosifs que je sens peser, immobile, menaçante, juste sous mon ventre.

DEUX ÊTRES DANS LA NUIT

Bande-son :
The Way – Zack Hemsey

La nuit tombe sur les rues noires. Petit à petit, la métropole se tait.

C'est une ville sordide, vautrée dans ses propres miasmes, qui n'a jamais vu les étoiles ; mais lorsque le soleil se couche, elle revêt un corset de lumière qui sait presque la rendre belle. Toutes ses ampoules renaissent les unes après les autres, s'illuminent lentement. Elles dessinent des veines éclatantes le long de son échine de buildings, suivent ses artères encombrées de véhicules, décortiquent ses banlieues puantes en vertèbres bien cloisonnées. Des myriades de drones vrombissent dans le ciel, butinent le béton comme des nuages d'insectes aux pupilles de verre.

Dans l'obscurité des ruelles, les gens rentrent chez eux. Les humains disparaissent, puis les machines prennent leur place. Lugubres et mangées de rouilles, elles se mettent doucement en branle. Il est l'heure de la servitude, comme chaque soir depuis si longtemps. Leurs faciès de métal penchés vers le sol, elles frôlent les murs dans les grincements de leurs roulettes. Elles sont muettes. Les machines ne parlent pas. Leurs verres rouges, tels des yeux sans âme, auscultent le goudron craquelé. Tout au long de la nuit, elles ramasseront des déchets.

Un homme, presque une ombre, se terre dans un recoin. Il se cache dans les puanteurs des poubelles, derrière leurs gueules métalliques et leur lourde bedaine, arrondie et gourmande, sans cesse alimentée par de nouvelles immondices. Les machines les gavent dans des gestes mécaniques. Elles ne voient jamais l'être silencieux qui se tapit derrière.

Pourtant, ses yeux sombres luisent dans la pénombre. Ils sont très brillants, trop sans doute, injectés de sang et de douleur. Toute la ville s'y reflète comme une coquette en robe de lumière.

C'est un homme crasseux. Il est putride, plein d'odeurs et de blessures cloquées ; sa grande carcasse est lardée de souffrance, son crâne encombré de souvenirs. C'est un homme de l'ombre, qui s'est nourri d'elle si longtemps qu'elle est restée au fond de lui, incrustée dans ses poumons. Elle a fini par triompher et l'a digéré tout entier. Des couteaux tintent encore à sa ceinture, vestiges d'un passé sanglant, plein de gloire et de fierté ; mais leur fil est abimé, usé, et leur lame rayée par les chocs inutiles.

Les machines parties, il contracte ses muscles fatigués et se hisse sur ses pieds. Sa carrure musculeuse se déploie dans le silence. Son maintien est altier, presque militaire, investi d'un orgueil ancien qui a depuis longtemps déserté son esprit. Il glisse un bras dans la gueule béante d'une poubelle, fouille son estomac agité par les mouches. Un rai de lumière blanche dévoile un instant son visage. Toute la moitié en est brûlée, marquée par les sévices d'un fer chauffé au rouge. Il ne lui reste qu'un seul sourcil, mais celui-ci est si hautain que nul, hormis peut-être les rats qui partagent son antre, ne saurait soutenir son regard ni fixer cette laideur inscrite sur sa peau.

Il extirpe son butin de la poubelle. Ce n'est pas beau, ni même appétissant, mais les mouches ne s'y sont pas posées et c'est tout ce qui importe à cet instant. Les tripes grondantes de faim, l'homme s'apprête à y mordre lorsqu'un pas traînant résonne dans la rue.

Un couteau fuse de sa ceinture, brandi vers les ténèbres devant lui. Sa lame blanche jette des éclats aveuglants qui dansent sur la carlingue des poubelles.

Qui va là ?

Il ne parle pas. Il ne parle plus depuis des années. Parfois, un simulacre de voix se fait entendre dans ses souvenirs, mais elle ne sort jamais de sa bouche. Elle ne lui servirait à rien. Il est comme un animal, une bête obscure toujours affamée, qui n'œuvre qu'à sa survie.

Un être s'extirpe d'un porche, face à lui. Il est petit, bancal, et semble boiter bas.

Qui va là ? Répondez, ou le Ciel m'est témoin, je vous tue.

Mais la petite personne qui avance lentement vers lui n'est pas non plus dotée d'une voix. C'est un animal, une autre bête obscure. L'homme baisse son couteau. Hésitant. Il laisse l'étrange bestiole venir à lui.

Ce n'est pas un chien, ni un chat. Ses sabots fourchus tintent sur le goudron. Ses pattes sont graciles, mais meurtries de contusions. Son pelage est blanc, nacré, mais sali d'humeurs bilieuses et rasé à de nombreux endroits. Sa peau tendre et rosâtre, ainsi mise à l'air, expose des plaies refermées à coups d'agrafes métalliques, des trous d'aiguilles encore suintants. Des cicatrices courent le long de son ventre, plissant son épiderme dans des bourrelets rougis. Les mêmes que celles qui sinuent dans le dos de l'homme. Des blessures de guerre, mal refermées. Il sait ce que ça fait.

Approche. Approche, petite.

L'encolure est gracieuse, la tête finement ciselée. Ce devait être une chèvre, autrefois, il y a bien longtemps. Une longue aiguille argentée, torsadée comme une corne de légende, s'élève de son front. Les yeux sont grands et tristes, d'un doré incrusté d'éclats, et les naseaux doux donnent envie de les caresser.

Alors, lorsqu'elle est assez près pour lever le regard vers lui, l'homme les caresse doucement. Elle frémit de peur, mais ne bouge pas. Elle le regarde. Elle tremble sous sa main trop grande, qui pourrait lui broyer le chanfrein dans une poigne d'acier.

L'homme jette un regard derrière elle. Il sait ce qu'il y a là-bas, au fond de la ruelle. Les machines, chaque nuit, mettent toujours trop longtemps à nettoyer les abords de cet établissement. Elles y récupèrent des caissons scellés, qui sentent le fer et le sang.

L'animal prend confiance. Il ronronne sous les gestes hésitants du colosse ; il sent que celui-là est un frère d'armes, qu'il n'a rien à craindre. Sur sa croupe rasée, des mots ont été incrustés. Marqués au fer rouge dans des sillons de chair brûlée. C'est le nom de sa prison. Il est là, à la vue de tous ; il y a même une adresse, abrégée et concise, inscrite noir sur blanc sur la peau de cet être.

Des pas et des cris éclatent au fond de la rue ; dans un geste instinctif, l'homme referme les bras sur la bestiole et l'attire dans la pénombre, derrière les poubelles.

Ne t'inquiète pas. Ici, personne ne te verra.

Elle ne s'est pas débattue. Elle observe la rue, toujours dans ses bras. Sa peau est parcourue de frissons ; son échine se hérisse face aux humains vêtus de blanc qui, là-bas, la cherchent dans le noir.

Ils ne nous trouveront pas. Les gens sont aveugles, comme les machines. Ils ne te ramèneront pas là-bas.

Elle tend l'oreille, comme pour mieux l'écouter penser ; l'homme remarque que celle-ci est percée. Il déchiffre l'étiquette, blanche et froide, qui y est accrochée.

Sujet 401 - Protocole 8

La créature lève ses grands yeux d'or vers lui.

Je sais. Je suis avec toi.

VERS LA LUMIÈRE

Bande-son :
Ghost in the Shell OST, Cinema Symphony

Elle s'appelait 153-326 et elle ne connaissait même pas la couleur du ciel.

Le ciel, de toute manière, à ce qu'on racontait, cela faisait bien longtemps qu'il n'existait plus, surchargé de panaches noirs, de particules de charbon et de fumées de cendres.

Elle s'appelait 153-326, bien qu'elle sût que ce n'était pas son vrai nom, que ce matricule lui avait été imposé par les éleveurs, tatoué sur sa peau, gravé dans son esprit à vif. Elle savait qu'un autre nom, un vrai, un beau, lui avait été donné très longtemps auparavant, par sa mère ; mais c'était si loin dans sa mémoire et elle était si jeune lorsqu'on l'avait arrachée à elle qu'elle ne parvenait pas à s'en souvenir.

De toute manière, sa génitrice était probablement morte, et ce depuis longtemps. Ici, dans l'Usine, personne ne faisait de vieux os.

153-326 était née dans l'Usine et celle-ci finirait par la tuer. Et si elle en croyait l'état de ses mamelles et de ses os, c'était pour bientôt. Il n'y avait que trois ans qu'elle était venue au monde. En d'autres circonstances, hors des murs de béton et d'acier de l'Usine, elle aurait été considérée comme à peine pubère par les siens.

153-326 ne cessait de rêver à tout ce qui n'existait plus. Elle imaginait ces vertes prairies dans lesquelles elle aurait pu courir, ces lacs dans lesquels elle aurait pu boire, se demandant quel goût pouvait bien avoir la liberté. Quel goût pouvait avoir un monde sans Usine. Mais même si elle y rêvait aussi fort qu'elle y pouvait, du fond de sa cervelle tourmentée où tournaient en boucle les mêmes souvenirs sinistres, ce n'était que cela : du rêve. Le rêve ne servait à rien, ici. Le rêve ne l'aiderait pas à tenir plus longtemps. Elle n'attendait plus rien, sauf peut-être la mort. Le moindre de ses gestes provoquait de grandes giclées de souffrance, des élancements qui lui traversaient les os et les nerfs. Sa stabulation restreinte la détruisait à petit feu.

La stabulation restreinte, c'est ainsi que les hommes nommaient les trois mètres carrés qui étaient dévolus à chaque individu de l'Usine. 153-326 avait grandi dans ces trois mètres carrés, les sabots à même la grille hygiénique, censée la débarrasser de ses selles ; mais très vite, elle s'était rendue compte que ce grillage n'était qu'un simulacre destiné à déresponsabiliser les soigneurs. La répugnante matière pouvait s'accumuler jusqu'à ses jarrets, jusqu'à s'effondrer sous son propre poids gluant, sans que personne ne s'occupe de la nettoyer.

153-326 avait appris à passer outre ce linceul brunâtre et puant. Elle avait passé la totalité de sa vie debout, sur ses quatre pattes qui n'avaient que la peau sur les os – comment aurait-elle pu développer un muscle digne de ce nom sans jamais pouvoir faire un seul pas ? – et de mois en mois, alors qu'elle grandissait et voyait ses mamelles s'alourdir, la douleur qui montait à l'assaut de ses membres statufiés n'avait cessé de croître, de gonfler, au rythme de sa prise de poids, jusqu'à devenir brûlante, jusqu'à ce que 153-326 ne puisse plus penser à autre chose, dans son cerveau devenu débile sous la souffrance, jusqu'à ce qu'elle ne puisse plus que prier, à chaque minute de son existence, qu'on lui ouvre ces barrières de fer qui l'emprisonnaient dans son propre cercueil, ou qu'on la laisse enfin mourir en paix.

Heureusement, sous ce dôme qui était tout son monde – un monde chaud, purulent et âcre, aux effluves de crottin et de lait – elle n'était pas seule, et il y avait parfois suffisamment d'animation autour d'elle pour la distraire de cette agonie qui durait depuis qu'elle était née.

Sa stabulation à elle n'était qu'une simple particule au milieu des centaines, des milliers d'autres de ces enclos en fer qui tapissaient les vingt étages du dôme. Devant elle, au centre de l'édifice, s'ouvrait un gouffre béant autour duquel s'empilaient toutes les cages, en rangs circulaires bien numérotés. De loin, on aurait dit des alvéoles grises, des cocons lardés d'acier qui abritaient les grandes silhouettes blanches et noires de ses sœurs. 153-326 était placée au quinzième étage. En levant la tête ou en plongeant son regard dans les profondeurs du dôme sous ses sabots, elle avait toujours l'impression de se trouver dans l'immense estomac d'une créature, un estomac chaud, humide et lumineux, tapissé de cellules identiques. Dans ces moments-là, elle imaginait une autre vision que la sienne dans laquelle elle n'aurait été qu'une simple unité, un élément sans nom et sans identité. Un microbe parmi tant d'autres. Et alors, dans un éclair de lucidité, elle comprenait pourquoi on la laissait croupir dans ses excréments comme toutes ses sœurs, pourquoi on se souciait d'elle comme d'une guigne et pourquoi personne, jamais, ne prêterait attention à elle ni ne se souviendrait d'elle : elle n'était qu'une cellule dans un organisme entier.

C'était, supposait-elle, la vision qu'en avaient les Hommes.

Deux fois par jour, à heures fixes, un ronflement électrique faisait vibrer les barrières de sa stabulation. Alors, après avoir suivi pendant toute la journée son déplacement insectoïde dans l'Usine, 153-326 levait la tête pour voir la machine la surplomber. L'énorme ventre de métal se positionnait juste au-dessus d'elle, puis la trayeuse faisait descendre ses palpes froids et ses tentacules voraces, qui la soulageaient un peu de son poids et de sa douleur.

153-326, avec ses trois ans d'âge, ferait bientôt partie des doyennes de l'Usine ; elle n'était plus qu'un vieux modèle peu performant. Sur l'écran de la machine automatique qui pompait son lait pendant près d'un quart d'heure, chaque fois, les chiffres montaient aux alentours de dix-huit. Puis s'y additionnaient ceux de la traite du matin, les faisant culminer à la barre des quarante litres.

Quarante litres de lait.

Une délivrance pour 153-326, qui sentait ses hanches s'alléger au fil des secondes pendant la traite ; mais elles ne tardaient pas à s'alourdir de nouveau dans les heures qui suivaient.

Une fois, après un dysfonctionnement des abreuvoirs, sa stabulation avait été inondée et elle avait pu, pour la première fois, se mirer dans le reflet d'une flaque qui s'était formée dans son auge automatique. Elle avait découvert son mufle sale, ses côtes saillantes sous la peau tirée par le poids des énormes mamelles, et puis sa colonne vertébrale déformée, devenue aussi courbe que le croissant de lune qu'elle distinguait parfois, loin au-dessus du puits de lumière qui s'ouvrait à la verticale dans l'Usine.

Quarante litres de lait tous les jours, depuis bientôt trois ans…

Et dire que les pauvres génisses qui grandissaient en face, fruit d'une nouvelle génération, étaient nées pour en produire plus de cinquante.

Il n'y avait pas que le poids du lait. Il y avait aussi celui, rond et doux, du fœtus qui grandissait entre ses hanches, le deuxième, tout minuscule encore, qu'on lui avait injecté quelques semaines auparavant. Juste après lui avoir arraché son premier nouveau-né. Perdue dans la douleur de la naissance, 153-326 n'avait même pas eu le temps de voir s'il s'agissait d'une femelle ou d'un mâle. Qu'importait ? Les Hommes, eux, le verraient. 153-326 ne savait ce qu'il advenait des mâles – elle n'en avait jamais vu de sa vie – mais elle devinait un sort aussi obscur qu'expéditif. Les mâles ne produisaient pas de lait. Elle ne voyait pas pourquoi les Hommes auraient eu besoin d'eux. Aussi, quand elle repensait à ce bébé perdu, elle ne savait jamais de quel genre elle préférait l'imaginer. Masculin ou féminin… une mort violente ou un simulacre de vie.

Le soir tombait sur l'Usine ; elle se teintait toute entière de lumière bleue, au rythme des néons qui s'allumaient le long des coursives, au-dessus des milliers de cages de métal. Le bâtiment ne dormait jamais. De toute sa vie, 153-326 n'avait jamais passé une seule nuit dans l'obscurité. Le ronronnement électrique de la trayeuse, quant à lui, allait continuer encore plusieurs heures. La machine aux allures d'insecte se déplaçait lentement d'une stalle à l'autre, son corps renflé posé en haut de ses longues pattes d'acier.

Quelque chose de bleu et de scintillant fila soudain à travers le champ de vision de 153-326, avant de disparaître dans une gerbe d'étoiles.

Elle cligna des paupières, ébroua sa lourde carcasse douloureuse et tourna difficilement la tête, cherchant le petit projectile mystérieux.

Elle mit un certain temps à le trouver. Il se tenait là, perché sur l'auge de la cellule voisine.

Il la regardait.

Bien qu'elle n'eût jamais rien vu de tel, et même si elle n'avait aucun mot pour le décrire, 153-326 comprit en un éclair qu'il s'agissait d'un oiseau. Qu'il s'agissait d'un autre être vivant, si différent d'elle qu'elle ne pouvait bien l'appréhender, ni le comprendre ; mais un autre animal cependant, plein d'intelligence, qui la fixait de ses yeux noirs, brillants et si vifs ! L'oiseau semblait la contempler. Il la contemplait *elle*, pauvre génisse vautrée dans ses propres selles, comme s'il la trouvait différente de toutes ses sœurs identiques. Et dans ce regard étranger, 153-326 se vit soudain. Elle se vit véritablement et réalisa que pour la première fois, un être prêtait attention à elle, à ce qu'elle était en réalité. L'oiseau la voyait comme *quelqu'un* et non quelque chose. Comme jamais personne ne l'avait regardée. Et en une fraction de seconde, toute sa vie s'écroula comme un château de cartes autour d'elle.

Perché sur l'abreuvoir, le petit être tressaillait sous son plumage de saphir éclatant, nerveux au milieu des bruits de succion et du vacarme cliquetant de la trayeuse ; mais même si ses pattes tremblaient sur son perchoir infect, il refusait de bouger. Il restait dans cet enfer, comme un joyau dans un écrin de boue.

Fascinée par cette vision délicate, 153-326 la trouva soudain insupportable. Elle fit passer tout son poids sur le côté gauche de son corps, puis vint lourdement cogner la barrière avec son épaule osseuse. Le fer trembla pendant plusieurs secondes. Mais l'oiseau à la gorge orangée ne bougea pas.

S'il restait ici, les hommes allaient le voir, peut-être le capturer, lui faire du mal ; ou pire, il resterait enfermé. L'Usine le salirait, le pervertirait, le digérerait lentement. Elle le priverait de sa liberté puis le tuerait, comme elle le faisait à tout être vivant qui n'était pas humain.

Lentement, 153-326 sentit une colère bouillonnante s'épancher dans son corps, puis affluer de plus en plus vite, comme un fleuve brûlant abreuvant ses muscles assoiffés, les rendant plus forts, chassant toutes ses douleurs, clarifiant ses pensées.

Ils n'auraient pas l'oiseau.

Elle s'ébroua et sentit cette colère enfler au rythme de ses battements de cœur, ses veines gonfler le long de ses membres ; elle sentit sa rancune grandir, tout avaler, la rendre indestructible, faire d'elle un monstre avide de meurtre et de vengeance.

Ils ne l'auraient pas non plus. Elle refusait de mourir dans l'Usine, de s'écrouler d'épuisement dans sa cage puis d'être tractée par une patte jusqu'à la pièce obscure où on l'abattrait – cette maudite pièce d'où elles entendaient toutes, chaque jour, fuser des meuglements lancinants.

153-326 se jeta de tout son poids contre la barrière, avec une force décuplée. Et le lourd verrou qui n'avait jamais été ouvert se brisa en deux. D'un seul coup, elle se retrouva libre.

Projetée au sol dans une explosion de lisier, 153-326 se releva dans un effort de titan et meugla sous la souffrance abominable de son corps ; toutes ses congénères joignirent leur voix à la sienne, dans un vacarme plein d'échos qui n'avait jamais eu lieu ici-bas. Un instant rendue folle par sa liberté, ses pensées se clarifièrent soudain lorsqu'elle vit du coin de l'œil le minuscule oiseau s'envoler dans une gerbe bleue.

Levant la tête, elle suivit son errance papillonnante à travers l'Usine. Puis elle baissa les yeux sur les dizaines de barrières qui la séparaient du couloir de service. De la sortie.

Si proche…

Elle fit craquer sa nuque avant de foncer.

Son galop était lourd et maladroit, mais il se révéla puissant. Sur son passage, les câbles et les tuyaux s'arrachaient, les loquets tressaillaient, les abreuvoirs débordaient ; deux barrières cédèrent sous son poids, puis trois. Son poitrail se marbrait d'ecchymoses, le fer lui coupait la peau en faisait couler un sang pâle et malade. Une quatrième grille s'ouvrit devant elle, d'un coup de sabot bien placé qui dût lui déchirer le tendon. 153-326 s'écroula dans un autre bourbier infâme qui l'avala dans un bruit de succion ; incapable de bouger, l'esprit à moitié fou de panique, elle meugla désespérément, quémandant une aide, qu'importait laquelle, dans ce désastre qu'elle tentait de fuir.

Et contre toute attente, son appel fut entendu, non par l'un de ces geôliers imbéciles et pleins de cette vanité qui caractérise les bipèdes, mais par les milliers d'oreilles bovines qui, depuis le début, suivaient son avancée avec un intérêt de moins en moins confus.

153-326 réussit à se remettre debout, une patte tordue sous elle, le ventre couvert d'excréments. Paralysée, tremblante, elle ne parvenait pas à retrouver l'oiseau bleu au milieu du chaos de meuglements et de raclements qui assourdissait toute l'Usine.

Elle ne remarqua pas l'une de ses sœurs, juste à sa droite, un éclat d'intelligence faisant briller sa pupille dilatée, qui testait sa propre grille d'une épaule tressaillante. Elle ne la vit pas projeter toute son énorme masse sur les barres d'acier qui luisaient, dangereuses, dans les lumières bleues des néons.

Il y eut un instant de silence absolu, irréel, sous la voûte sombre du dôme. Puis la chair rencontra le métal et la barrière ploya sous la force de la génisse, avant de casser net.

Alors, dans un déchaînement de puissance, toutes les minuscules cellules de l'Usine se rebellèrent d'un coup et se jetèrent contre leurs barreaux, les faisant plier sous la force de leur volonté.

Puis ce fut la débandade, chaque génisse renversant, écrasant, déchiquetant le moindre abreuvoir dans un déferlement de haine et de destruction, traçant son chemin vers le ciel enflammé qui teintait les lucarnes minuscules du fond du bâtiment. Elles avançaient d'un même pas lourd et martelé, celui de quelqu'un qui n'a jamais marché mais qui sait, du fond de son instinct millénaire, comment fuir ; elles déployèrent une force inconnue d'elles et de leurs geôliers, une force méprisée depuis si longtemps que tout le monde l'avait oubliée. Celle de l'animal avide de liberté, de la bête d'une tonne que l'homme a osé entraver.

Elles découvrirent cette puissance que personne ne soupçonnait dans leurs corps faibles, usés, exploités chaque jour ; elles réalisèrent enfin que chacune d'elle, depuis sa naissance maudite, portait en elle les clés de sa délivrance et que si de petits bipèdes malingres avaient pu les asservir dans un immense cocon d'acier, c'était uniquement parce qu'elles les avaient laissés faire.

Alors 153-326, ses sœurs derrière elle, se fraya un passage sous les néons d'acier en ouvrant les barrières, en brisant les portes vitrées. Elles s'acharnèrent sur la trayeuse, la pourchassant, la malmenant, réduisant en pièces ses pattes d'acier et son ventre de métal, déchirant ses tuyaux tentaculaires ; puis elles descendirent lentement les étages, un à un, avec l'aplomb d'une armée qui a tout son temps, qui sait qu'on l'attend là dehors. Et c'étaient le ciel, le vent, le soleil et la liberté qui les attendaient, depuis si longtemps qu'elles avaient cessé de compter.

C'était la nuit dans l'Usine. Nul humain ne s'y trouvait. La voie était libre.

Lorsqu'elles arrivèrent enfin aux portes étroites, au double-vitrage teinté qui les séparait du monde — des portes conçues pour les hommes, non pour les bêtes — 153-326 et ses sœurs étaient coupées, fracturées, bleuies et sanglantes, de ce sang trop blanc arraché par les machines sur lesquelles elles s'étaient vengées. Mais aucune ne ressentait plus la douleur depuis longtemps. Et même la haine, ce fleuve brûlant qui leur avait donné la force qui leur manquait, se retirait doucement.

Lorsqu'elles arrachèrent ces portes de leurs montants de ciment, qu'elles les réduisirent en décombres de verre et de bois qui jonchaient le sol, et qu'elles traversèrent cette zone de pénombre qui les séparait de la lumière, un même frisson d'appréhension les parcourut. Le silence se fit. Un grand calme se propagea dans leurs rangs, doucement, comme une vague tendre. Elles levèrent la tête par centaines, par milliers, les unes après les autres. Elles levèrent leur regard trouble et injecté de sang, nourri de lumière artificielle, et posèrent leurs pupilles dilatées sur ce ciel que personne n'avait jamais vu. Il existait bel et bien. Il se déployait là, immense, divin, juste au-dessus d'elles.

Lorsqu'elles furent rassasiées de cette vision où s'entremêlaient la lumière rouge de l'aube et l'ombre bleue des fumées, elles se remirent en mouvement. Leur longue cohorte s'ébranla lentement.

153-326 savait, avec cette douleur qui ballotait sous son ventre gonflé, dans ses énormes mamelles, que passées les premières heures surviendrait une longue, très longue agonie, qui les tuerait les unes après les autres et sèmerait leurs cadavres le long de cette route silencieuse. 153-326 aurait voulu être la dernière, celle qui aurait la chance de fouler l'herbe et peut-être d'en sentir le goût sur sa langue. Mais elle savait déjà, au vu de son corps perclus de blessures, que ce ne serait pas le cas.

Le vent se leva sur leur immense troupeau, chargé de promesses de liberté et de mort. Il caressa leurs silhouettes blanches et noires, rendant leur pas plus léger, chassant les effluves de sang, de crottin et de lait qui leur collaient à la peau, renvoyant ces maudites odeurs droit d'où elles provenaient. Dilatant les naseaux, 153-326 inspira cet air froid qui sentait le monde. Elle leva les yeux. Loin au-dessus d'elle, virevoltant dans la tourmente en traçant un sillage d'éclats scintillants, papillonnait un minuscule oiseau bleu.

La gueule sombre, immense et monstrueuse de l'Usine les surplombait telle un avertissement ; mais elles lui tournèrent le dos et s'éloignèrent de leur pas lourd et déhanché, qui avait retrouvé toute sa majesté. Avec la douceur d'un fleuve, elles s'en allèrent loin de ces murs, marchant vers les collines qui se découpaient sur l'horizon.

Vers la lumière.

LE GARAGE DE MINUIT

Texte de clôture

La lune veillait doucement sur la métropole.

Sa clarté blanche pesait tout particulièrement sur l'une des banlieues, qui étendait en arc de cercle ses filaments d'acier, ses toits de verre et ses infrastructures gigantesques. Des phares, des projecteurs et des feux s'illuminaient avec langueur sous les gouttières, projetant des lueurs vertes, rouges et bleues le long des rues immobiles.

La zone industrielle.

Un bâtiment surplombait tout ceci ; il s'élevait vers le ciel en étirant son long squelette de fer. Une large verrière brillait à son sommet. Elle était telle une porte d'entrée dédiée aux esprits du ciel.

Il s'agissait d'un garage, un simple garage devenu spectaculaire sous la lumière de la lune. Un garage à baleines nimbé d'une aura délicate.

Il y eut soudain un frémissement sous les nuages, qui rida la surface de la nuit comme le dos d'un poisson l'aurait fait d'un étang. Un projecteur s'éveilla sur la surface ouest de l'infrastructure, puis projeta une onde rouge le long des murs avant de relever son pinceau de lumière vers la voûte céleste. Quelque chose d'immense y défilait lentement, flottant au-dessus du garage silencieux. C'était un long ventre pâle, strié de lignes irrégulières qui réfractaient la lumière écarlate à l'infini.

Une alarme transperça soudain la nuit tranquille, réveillant toute la bâtisse. Le chœur artificiel mugit plusieurs minutes, le temps que de nouveaux projecteurs prennent vie le long de la verrière, qu'ils y tracent un laçage signalétique destiné à guider l'être qui se préparait à entrer.

Dans une nuée de claquements rouillés, le garage déverrouilla toutes ses poutres métalliques et son toit de verre s'ouvrit dans un grincement. Ses pales translucides se déployèrent avec la grâce d'une corolle de fleur. Des éclats de lumière dansèrent sur les murs environnants.

Un clignotement apparut dans les ténèbres du ciel, puis toute une ligne de diodes s'alluma dans les nuages, traçant les contours du ventre blanc de la baleine. Sa lourde masse s'inclina doucement vers le toit ouvert du garage, glissant dans l'air avec la délicatesse d'une plume. La lumière rouge des projecteurs éclaboussait sa peau rugueuse, révélant ses flancs rongés de mousse et de vermine. Elle était laide, cette baleine, usée jusqu'à la corde ; mais les dizaines de diodes implantées le long de ses os, sous sa chair translucide, faisaient scintiller tout son corps meurtri dans des symboles chargés de poésie.

L'énorme créature pénétra délicatement dans le garage, effleurant les pétales de la verrière avec son ventre lumineux. Une fois à l'intérieur, elle patienta un instant, suspendue avec majesté entre les poulies et les mini-grues, les échelles métalliques et les lampes ensommeillées, nimbant tout cet appareillage de sa clarté phosphorescente. Puis un bras robotique se déploya dans le silence. Il traversa toute la profondeur du garage avant d'ouvrir sa large paume de fer ; la baleine cybernétique vint doucement se poser dans le berceau ainsi formé. Sa longue gueule souriante s'entrouvrit d'aise. Elle ferma les paupières, voilant ses iris minuscules.

Un deuxième bras robotisé cliqueta en s'éveillant, étira son squelette de plastique jusqu'à venir caresser doucement la peau usée de la baleine. Il ouvrit sa gueule frappée de symboles chimiques et cracha l'éclat jaune d'un scanner, avant d'en promener le halo le long du corps abîmé. Des tremblements agitèrent la lourde carcasse de sa cliente lorsqu'il enregistra dans un clic les tags toxiques qui couvraient son dos, les grappes de mousse humide et de lichens qui parasitaient les stries de son ventre, les fêlures qui étoilaient ses diodes et les verres cassés de ses lucarnes.

Il lut ensuite le numéro de série imprimé sur son flanc, rassembla et compulsa toutes ces données avant de les envoyer à la base mémorielle du garage.

Deux minutes plus tard, tout un ballet de petites machines malicieuses se déployait autour de la créature hybride. Elles illuminèrent le garage de leur présence, l'emplissant de cliquetis et de frottements de rouages agacés.

La réparation commençait.

Soupirant d'aise, la baleine à bosse roula doucement sur le flanc, sur le dos, sur le ventre au rythme de leurs bons soins. Dans l'heure qui suivit, elle fut douchée, frottée, savonnée, rincée, avant d'être polie, cirée puis repeinte dans une nuance arc-en-ciel digne des plus beaux aérobus de la métropole. En un tournemain, toutes ses lucarnes furent changées et ses oculaires remplacés.

Ouvert à la scie circulaire, son ventre dévoila des sièges datés d'au moins vingt ans, ainsi que de vieilles côtes rouillées ; celles-ci furent retirées puis remplacées par du bel acier flambant neuf. Les machines ôtèrent les rangées de vieux sièges en tissu, abîmés par les enfants qui y collaient des chewing-gums et y posaient leurs semelles, et les troquèrent contre des bancs en plastique multicolore.

Ensuite, elles lui refermèrent le ventre et inspectèrent les implants lumineux qui chatoyaient sous sa peau. Toutes les diodes furent extraites une par une, puis réinjectées selon un nouveau motif plus moderne, qui traçait des arabesques délicates sur les muscles cybernétiques de la baleine. Découpées au laser, ses nageoires plastifiées furent fondues en une nouvelle forme asymétrique, sculptées en dentelle gracieuses, puis trempées dans un bain fluorescent avant d'être ressoudées sur ses os.

Enfin, les petits ouvriers de métal vérifièrent chacun des boulons et des pistons qui affleuraient à la surface de son corps. Ils les nettoyèrent soigneusement, puis les sublimèrent d'une couche de vernis qui les faisait briller comme l'or.

Leur travail touchait à sa fin. D'un commun accord, ils décrétèrent leur œuvre achevée.

Loin de la pauvre chose ternie qui était venue trouver refuge ici quelques heures auparavant, la baleine aérobus projetait des éclats multicolores dans tout le garage. Elle étincelait comme un joyau lustré.

Lorsque leur cliente, qui s'était endormie, rouvrit ses yeux lumineux dans un bâillement digne de Gargantua, les petits robots lui tendirent un grand miroir. Elle s'y mira longtemps.

Puis elle leva les nageoires et fit jouer sa nouvelle queue fluorescente, avant de s'élever doucement vers la verrière. Dans un grincement léger, celle-ci ouvrait de nouveau ses pétales translucides.

L'aube nimbait la ville, peinturlurant le ciel de mille couleurs, aussi vives que la nouvelle carlingue arc-en-ciel de la baleine. Dans un silence fasciné, les petites machines du garage levèrent la tête pour l'observer prendre son vol.

Quand elle leur fit signe d'une nageoire, toutes lui répondirent, agitant leurs palpes, pinceaux, pistolets à peinture, bras mécaniques et autres palmes dans un joyeux chaos.

Puis la baleine s'en alla lentement. Elle disparut au loin, entre les buildings, somptueuse dans la brume dorée de l'aurore.

NOTE DE L'AUTRICE : Dans *Vers la lumière*, le terme **génisse** est utilisé improprement. Il désigne normalement les vaches qui n'ont pas encore vêlé, alors que 153-326 et la plupart de ses voisines ont déjà eu un ou plusieurs veaux. Mais il me permettait de les désigner par un terme moins connu du grand public et surtout moins insultant que *vache* ou *bovin*.

Elles méritaient mieux que ces mots-là.

••••••

Publié de manière indépendante, ce recueil ne bénéficie pas du réseau d'une maison d'édition. Sa diffusion dépend entièrement du bouche-à-oreille et des réseaux sociaux.

Alors si ces seize histoires vous ont plu, malgré leur étrangeté, n'hésitez pas à les faire connaître autour de vous !

Suivre l'autrice :

Instagram : roncedor
Scribay (lecture numérique) : Cornedor
Mail : misty.bulle@laposte.net

Autres ouvrages :

Par le fer et le feu - roman (fantasy noire)

Masques & Monstres - roman (fantastique)

PAR LE FER ET LE FEU

Au cœur d'un Moyen-Âge tourmenté par
les succubes et autres esprits malins,
Alban a juré de ne jamais devenir une proie.
Misogyne et solitaire, c'est un tueur de monstres, un
homme défiguré par son passé.

Un homme qu'une démone maladroite va tenter de
corrompre... pour le meilleur et le pire.

Entre mensonges et faux-semblants, lequel tuera l'autre
dans ce jeu meurtrier ?

Fantasy noire • Romance psychologique

Blanche et Cornélia n'ont guère l'étoffe des héroïnes. Elles sont fauchées, hirsutes, dorment en pyjama girafe et cohabitent vaillamment avec Greg, leur chat galeux mangeur de patates.

Mais lorsqu'elles rencontrent un jeune sans-abri, leur vie devient soudain beaucoup plus palpitante. Pourquoi leur offre-t-il ces masques somptueux ?
Dans quel but leur confie-t-il un étrange colis ?

Bientôt, leur quotidien déraille pour de bon. Un autre monde colonise le leur : une dimension mystérieuse emplie de tarasques, de dragons orchidées et d'immortels mythiques.
Et à cette faune improbable s'ajoutent de séduisants inconnus, qui manœuvrent dans l'ombre...

Fantastique • Mythologie • Humour